U0011056

湯姆歷險記

The Adventures of
Tom Sawyer

序言

本書所記載的冒險故事大多都確實發生過，有些是我的親身經歷，其他則來自我同學的分享。哈克．芬恩和湯姆．索耶都是以眞實人物爲藍本，不過湯姆的角色並非取材自單一個體，而是結合了三個男孩的性格特質（這三個男孩我都認識），屬於多重人物的化身。

至於書中所提到的古怪迷信，都是當時（也就是三十到四十年前）盛行於美國西部，在孩童與奴隸間廣爲流傳的觀念。

雖然本書的主要目的是想娛樂孩子，但我希望大人們也能讀讀這本書。我想讓成年人想起過去的自己和童年的快樂時光，回憶兒時的感受、想法與說過的話，以及那些奇怪有趣、曾讓他們深深著迷的事物。

馬克．吐溫寫於哈特福，一八七六年

1

「湯姆！」

沒人回應。

「這孩子到底在幹嘛？喂！湯姆！」

還是沒人回應。

老太太把眼鏡往下挪，從鏡框上方環視房間，然後又把眼鏡往上抬，從鏡框下方東看西看。她很少、或者應該說從來沒有眞正透過眼鏡去找小男孩之類的小東西。對她來說，這副眼鏡是禮儀的象徵，是她內心的驕傲，她戴眼鏡不是爲了實用性（就算用鍋蓋當眼鏡她也看得一清二楚），而是爲了個人風格與整體造型。老太太一度露出困惑的表情，接著便提高音量，用算不上吼叫、但仍足以讓屋子裡每樣家具都聽得一清二楚的聲音大喊：

「如果讓我找到你，你就——」

她沒有把話說完，因爲她正彎腰拿著掃帚往床底下亂揮亂戳，不時需要喘口氣。從床底跑出來的除了貓之外什麼也沒有。

「沒看過這麼皮的孩子！」

她打開門，站在門口用眼神掃視種滿番茄和曼陀羅花的庭園，依舊不見湯姆的蹤影。於是她抬高下巴，擺出可以將聲音傳到遠距離的角度，扯開嗓門大喊：

「喂！湯姆！」

這時，背後傳來一陣細微的聲響，她及時轉身，一把揪住小男孩鬆垮的外套，讓他想逃也逃不了。

「抓到了吧！我就知道你躲在衣櫥裡。你在裡面幹嘛？」

「沒幹嘛。」

「沒幹嘛？看看你的手和嘴巴。沾到什麼了？」

「我不知道，姨媽。」

「是嗎？我倒清楚得很。是果醬，你偷吃果醬。我跟你講過幾百次了，不准打果醬的主意，不然我就要剝你的皮！把鞭子拿來給我。」

鞭子在空中盤旋，眼看就要落在身上，大難即將臨頭……

「姨媽！妳看妳後面！」

波莉姨媽以為有危險，急忙撩起裙襬轉過身去。就在這一瞬間，湯姆拔腿狂奔，匆匆翻過高高的木板圍籬，一下子就不見人影。

波莉姨媽愣在原地，呆站了一會兒，隨後噗哧笑了出來。

「這孩子真難搞！我怎麼老是學不到教訓？這種玩笑不知道開過多少次了，我居然還這麼大意。沒辦法，人老了，腦筋不管用了！俗話說得好，老狗學不會新把戲。天哪！這孩子花樣一大堆，老是變來變去，沒有一天重複的，誰知道他今天又要玩哪一招！他很清楚要怎麼折磨我才會讓我發火，也知道只要哄哄我、逗我笑就會沒事了，我根本拿他沒轍！不過我沒盡到應盡的責任，這是事實，老天都看在眼裡。《聖經》上說，孩子不打不成器。我知道這樣姑息他對我們倆都不好，吃苦受罪的還是自己。雖然他滿腦子鬼主意，可是……唉！他終究是我妹妹的遺孤，可憐的孩子，我沒辦法狠下心來揍他一頓。每次饒過他，我都會良心不安；每次出手揍他，我又心痛不捨。哎呀，就像《聖經》上說的，人為婦人所生，日子短少，多有患難，這話還真不假。他今天下午一定會蹺課，明天我要丟些粗活給他當作懲罰。雖然要他禮拜六乖乖工作實在是太難了，畢竟其他孩子都在放假，他又最討厭幹活，但我非得盡到責任不可，不然這孩子會被我毀了。」

湯姆不但真的沒去上課，還玩得很開心。他在最後一刻及時趕回家，幫黑人男孩吉姆鋸了幾塊隔天要用的木頭，並在晚餐前劈好生火用的引火柴（應該說，至少他及時趕回家跟吉姆分享自己的冒險故事，而吉姆一人包辦了四分之三的工作）。湯姆同父異母的弟弟席德也已經撿完木屑，做好自己分內的事。席德是個文靜的孩子，不像哥哥那樣愛冒險、愛惹麻煩。

吃晚餐時，湯姆趁機偷了幾顆糖，波莉姨媽則故意拐彎抹角地問他問題，想套他的話。波莉姨媽就跟那些頭腦簡單的人一樣自以為聰明、很有手腕，深諳神祕狡詐的社交話術，認為自己的計策非常高明，殊不知那些拙劣的伎倆早就被別人識破了。

「湯姆，今天學校裡滿熱的，對不對？」

「對啊，姨媽。」

「一定熱壞了，對吧？」

「是啊，姨媽。」

「你都沒有想要去游泳嗎，湯姆？」

聽到這裡，湯姆突然覺得有點驚慌，一絲不安與懷疑掠過心頭。他看著波莉姨媽的臉，想找出一點蛛絲馬跡，卻看不出個所以然，於是便回答：「沒有，姨媽……呃，我沒有很想游泳。」

波莉姨媽伸出手摸摸湯姆的襯衫。「不過你現在好像沒那麼熱了喔。」她發現湯姆的襯衫是乾的，沒有被汗水沾濕的跡象，得意地想著沒有人能看透她內心的想法。不料湯姆已經察覺到事有蹊蹺，決定先下手爲強。

「因爲我們幾個人把水淋到頭上沖涼啦——妳看，我的頭髮還有點濕呢！」

波莉姨媽好氣惱，自己竟然忽略了這個間接證據而錯失良機。就在這時，她靈機一動，想到了另一個辦法。

「湯姆，只是用水沖沖頭，不必把我縫上去的襯衫領子拆掉吧？把扣子解開，打開外套讓我看看！」

湯姆臉上的憂慮一掃而空。他打開外套，領子依然牢牢地縫在襯衫上。

「見鬼了！好啦，算了。我敢說你今天一定蹺課去游泳，不過我原諒你，湯姆，雖然你看起來很愛惹事，但本性其實沒那麼壞。這次我就放你一馬，下不爲例。」

波莉姨媽一方面為了自己未能展現出洞察事理的智慧而感到懊悔，另一方面又因爲湯姆這次居然這麼守規矩而感到欣慰。

沒想到席德說話了。

「姨媽，妳縫領子時用的不是白線嗎？可是湯姆的領子是黑線耶。」

「沒錯，我的確是用白線縫的！湯姆！」

湯姆沒等他們說完就跑出去了，跑到門口時還不忘放聲大喊：「席德，我一定要揍你一頓！」

湯姆找了一個安全的地方停下來仔細檢查外套衣領。領子裡別了兩根粗粗的針，上面還穿著沒用完的線，一根是白線，一根是黑線。

「要不是席德，姨媽才不會發現。絕對不會！」他喃喃自語地說。「她有時用白線，有時用黑線，哎，眞希望她用同一種顏色的線就好了，不然我老是搞不清楚。可惡，我一定要揍席德一頓，給他一點教訓！」

湯姆不是鎭上的模範生，但他跟那個模範生倒是很熟，也很討厭他。

不到兩分鐘，湯姆就忘卻了所有煩憂。對他來說，他的煩惱就和大人的煩惱一樣沉重、一樣難受，他之所以能那麼快忘記，並不是因爲他的問題和痛苦比較輕鬆，而是因爲新事物的吸引力更強，能暫時壓制、驅散他內心的煩悶，就像大人一有了值得奮鬥的新目標，就會興奮地拋開原有的不幸一樣。這次讓湯姆轉移注意力的是一種新奇有趣的口哨技法，是他不久前從一個黑人那裡學來的，現在終於可以在不受干擾的情況下好好練習了。這種吹法可以吹出很特別的旋律，聽起來就像清脆流暢的鳥囀，得不時用舌頭抵住上顎來製造流暢的顫音（和湯姆一樣曾經是小男孩的讀者們說不定還記得怎麼吹）。他練得很認眞、很專心，一下子就掌握住訣竅，得意地邁開大步在街上閒晃，口中吹著美妙的音符，內心充滿感激。他的心情就像天文學家發現新行星一樣激動，但若比較兩種喜悅之間的強度、深度和純度，天文學家顯然略遜一籌。

　　夏季的午後時光很長，到現在都還沒天黑。湯姆突然停止吹口哨，因爲他眼前出現了一個比他年長一點的陌生男孩。在聖彼得堡這個貧窮殘破的小鎭裡，不管新來的人是男是女、是老是少，都會引起大家的好奇心。男孩打扮得非常得體，對平常日來說太講究了，這點讓湯姆大感訝異。他戴著做工精緻的帽子，身穿藍色緊身上衣，釦子扣得整整齊齊，長褲也跟上衣一樣又新又乾淨，更別說腳上居然穿了鞋子！今天可是禮拜五耶！他甚至還打了領帶，是那種顏色鮮豔、閃閃發亮的緞面領帶。男孩全身上下散發出濃濃的都市氣息，讓湯姆覺得很不舒服。他翹起鼻子打量這位衣著華麗的陌生人，越看越覺得自己身上的衣服很寒酸。兩個男孩都沒有說話。一個往左一步，另一個就往右一步，面對面瞪著彼此，僵持不下。最後湯姆率先開口：

「我可以揍扁你！」

「你試試看啊。」

「我眞的會揍你。」

「算了吧，你才不敢呢。」

「我敢！」

「才怪。」

「我眞的會。」

「你才不會。」

「會！」

「不會！」

一陣尷尬的沉默降臨。接著湯姆問道：「你叫什麼名字？」

「這應該不關你的事吧。」

「哼，我會把它變成我的事。」

「那你變變看啊。」

「你再說一句我就變。」

「一句，一句，一句。我說啦，快變啊！」

「哼，你自以爲聰明是吧？只要我想打你，就算一隻手綁在後面也能把你揍扁！」

「那你試試看啊，是你說你辦得到的喔。」

「你敢整我的話，我就揍你。」

「是喔，你們這種人都光說不練啦。」

「喲！你自以爲了不起是吧？看看你這頂帽子！」

「你不喜歡我的帽子又怎樣？我看你才不敢把我的帽子打掉咧！你敢我就揍你！」

「你吹牛！」

「你才吹牛。」

「你是亂講話的大騙子。」

「好了啦，走開啦！」

「我告訴你，你要是再罵我，我就用石頭砸你的頭！」

「好啊，你就丟啊。」

「我會丟！」

「那你怎麼還不丟？你幹嘛一直撂狠話？你怎麼不直接動手？因爲你怕嘛。」

「我才不怕！」

「你就是怕！」

「我才不怕！」

「你明明就很怕！」

又是一陣沉默。兩人惡狠狠地瞪視對方，兜著圈子繞來繞去。一轉眼，他們已經肩抵著肩彼此推撞。

「滾開！」湯姆說。

「你才滾開！」

「我不滾。」

「那我也不滾。」

兩人各撐著一隻腳站著，使盡吃奶的力氣互相推擠，眼神裡充滿恨意。可惜最後沒人勝出。激烈的纏鬥過後，兩人都渾身發熱，滿臉通紅，一邊舒展筋骨，一邊小心留意對方的動靜。湯姆說：

「你是個膽小鬼，沒用的傢伙。我要跟我哥告狀，他用一根小指頭就能把你打趴。我要叫他來揍你。」

「我才不在乎你哥咧，我哥比你哥還壯，而且他還能把你哥甩過籬笆。」

（其實兩個人都沒有哥哥。）

「你騙人。」

「你也只會說大話啦。」

湯姆用腳趾在地上畫了一條線說：「你敢跨過這條線，我就打到你站不起來。看看是誰吃不完兜著走。」

男孩立刻跨過線說：「你說你會打，那你現在打打看啊。」

「少在那邊挑釁，你給我小心點。」

「是你說要打我的，怎麼還不打？」

「好啊，你給我兩分錢我就打！」

陌生男孩從口袋裡掏出兩枚銅幣，一臉嘲弄地伸出手。湯姆一拳把錢打到地上。兩人立刻像貓一樣緊抓著對方，在地上扭打起來，一下子拉頭髮，一下子扯衣服，用拳頭互揍，還抓傷了鼻子。兩個人都搞得灰頭土臉，卻又氣勢萬千，誰也不讓誰。湯姆在漫天灰塵中漸漸占了上風。他跨坐在陌生男孩身上，不斷揮拳揍他。

「夠了沒？快認輸！」湯姆叫道。

男孩一心只想掙脫，氣得哭了出來。

「還不夠？快點認輸！」湯姆不停搥打。

「夠了！」陌生男孩終於擠出這兩個字。

湯姆放開他說：「你現在學到教訓了吧！下次給我小心點。」

男孩一邊拍拍衣服上的灰塵，一邊抽抽噎噎、吸著鼻子走開，還不時回頭搖著腦袋，用恐嚇的語氣對湯姆說些「下次被我遇到你就完了……」之類的話。湯姆用嘲笑的態度回應，趾高氣揚地離開。沒想到湯姆一轉身，男孩就撿起石頭砸向湯姆的背，接著夾起尾巴，如羚羊般飛也似的跑掉了。湯姆一路追著那個說話不算話的男孩，直到男孩衝進家門為止。這下子他知道男孩住在哪裡了！湯姆站在門口向敵人叫陣，但對方只敢在窗戶前做鬼臉，拒絕出門。最後，敵人的媽媽現身，罵湯姆是個邪惡又粗俗的壞小孩，要他趕快走。湯姆這才悻悻然地離開，但他保證一定會找那個男孩算帳。

那天晚上，湯姆很晚才回家。他小心翼翼地爬進窗戶，沒想到卻中了波莉姨媽的埋伏。波莉姨媽看到湯姆身上的衣服弄得又破又髒，原本決心罰他禮拜六禁足、留在家裡幫忙家務的想法變得更加堅定。這一次，她絕不通融。

2

禮拜六早上，處處洋溢著晴朗、清新又充滿活力的夏日氣息。每個人都在心裡哼著歌，有些年輕人還忍不住唱出聲來。大家都踩著輕快的步伐，臉上堆滿了笑容。刺槐樹燦爛盛開，空氣中瀰漫著陣陣花香。高聳的卡地夫山座落在小鎮彼端，不遠不近的完美距離讓綠意盎然的山巒看起來就像一片美妙樂土，夢幻、幽靜又令人神往。

湯姆提著一桶石灰水，拿著一把長柄刷走上人行道，他仔細看看籬笆，內心滿是惆悵，夏日的歡樂離他遠去，只留下深沉的憂傷。眼前這片圍籬足足有三公尺高，三十公尺長。此時此刻，生命只是一場虛無，存在只是沉重的負擔。湯姆一邊嘆氣，一邊把刷子放進桶子裡蘸石灰水，從最上面的木板開始刷；刷完又蘸，蘸完再刷，一次又一次地不斷重複。和那一大片待刷的圍籬比起來，他刷過的地方有如滄海一粟，渺小不堪。湯姆無精打采地坐在木箱上。這時，吉姆一邊哼著〈水牛城的少女〉，一邊提著錫桶走出大門，準備去鎮上的抽水機汲水。提水在湯姆眼裡一向是討厭的苦差事，但他現在卻好羨慕吉姆。他想起抽水機附近總是聚集了一大群人，有白人、黑人和混血的男孩女孩，大家都在排隊等著汲水，有時偷閒聊天，有時交換玩具，有時嬉鬧，有時吵架，甚至還會動手打架。他還想到，雖然他們家距離抽水機只有大約一百四十公尺遠，吉姆卻老是花上一個多小時才提一桶水回來，有時甚至還要有人去催他才行。

「嘿，吉姆，我們來交換，我去提水，你幫我刷一下籬笆好不好？」湯姆說。

「不行啦，湯姆老大，」吉姆搖頭拒絕。「老太太要我去提水，還警告我不准鬼混，她說湯姆老大一定會要我刷籬笆，要我做好自己的事，不能和你交換。她說她會盯著你，看到底是誰在刷籬笆。」

「哎喲，你不用管她說什麼，她老是講這種話。把水桶給我，我很快就回來了，她不會發現啦！」

「不行啦，湯姆老大。老太太一定會揍我一頓，一定會的。」

「拜託！她從來沒揍過人好不好，頂多用手上的毛線棒針敲敲你的頭罷了。我才不相信有人會怕她咧！不過她罵起人來的確很可怕，但被罵又不會少一塊肉……反正只要她不大哭大叫就好啦。這樣吧，吉姆，我給你白色彈珠好不好？」

吉姆心動了。

「白色的彈珠耶！吉姆，這可是非常、非常漂亮的小石頭喔！」

「天哪！你真的要給我白色彈珠嗎？太棒了！可是湯姆老大，我真的很怕老太太會……」

「對了，你不是想看我受傷的腳趾嗎？只要跟我交換，我就給你看！」

吉姆只是個平凡人，怎能拒絕得了這種強烈的誘惑？他放下水桶，拿了白色彈珠，彎著腰興致勃勃地看著湯姆慢慢把腳趾上的繃帶解開。就在這個時候，波莉姨媽剛好從田裡工作回來，手裡拎著拖鞋的她眼中閃爍著勝利的光芒——湯姆立刻轉身用力粉刷籬笆，吉姆則趕緊拎著水桶，一溜煙地跑走了。

不過湯姆撐不了多久，才刷一下子就想起今天本來打算要去哪裡玩，越想心裡越難過。等一下那些自由自在的男孩們就會蹦蹦跳跳地跑過來，大玩各種有趣的遊戲，而且一定會笑他禮拜六還得留在家裡工作。想到這裡，湯姆的內心就如火燒般難受。他把身上所有財產掏出來仔細數算，他有幾個玩具、幾顆彈珠，還有一些沒什麼用的垃圾，最多大概只能交換勞務，連半小時純粹的自由時光都買不起。他把拮据的財產收進口袋，放棄妄想買通別人來幫他刷籬笆的念頭。就在這個黑暗又絕望的時刻，他突然靈光一閃，想到一個絕妙的好點子。

湯姆拿起長柄刷，開始安靜地粉刷圍籬。過沒多久，班．羅傑斯出現了。就是他，在所有男孩當中，湯姆最怕的就是他的嘲諷。班蹦蹦跳跳地走過來，看起來心情很好，準備大玩特玩。他一邊吃蘋果，一邊發出悠長又優美的嗚嗚聲，緊接著是一連串低沉的「叮咚咚」、「叮咚咚」，原來他在模仿蒸氣輪船。班的身影離湯姆越來越近，他放慢腳步走到路中央，身體誇張地往右舷傾斜，緩緩轉身，故意擺出沉重吃力的模樣，因爲他演的是船底深達水下近三公尺的「大密蘇里號」。他既是船，又是船長、引擎和警鈴，身兼多角的他一下子在頂層甲板發布命令，一下子又得執行命令。

「準備，停船！叮鈴鈴！」船放慢速度，逐漸靠近人行道。

「調轉船頭！叮鈴鈴！」班伸直雙臂，僵硬地貼在身側。

「轉右舷！叮鈴鈴！啾！啾啾啾！」他一邊喊，一邊用右手畫了一個大圓，象徵十二公尺寬的船輪。

「轉左舷！叮鈴鈴！啾啾啾啾！」他的左手開始畫起大圓。

「停下右舷！叮鈴鈴！停下左舷！過來右舷！停下來！慢慢轉過去！叮鈴鈴！啾啾啾！把船頭纜繩拿過來！快點！拿出繫船的纜繩！欸！你們在發什麼呆啊！轉一下桿子，準備下一步！就是現在，鬆開！報告船長，引擎沒問題！叮鈴鈴！嘶！嘶嘶！」班模仿液壓計旋塞閥的聲音。

湯姆只顧著刷籬笆，完全不理那艘蒸氣輪船。班盯著湯姆好一陣子，接著說：「嗨喲，湯姆，你在幹嘛？又挨罵了吧？」

湯姆不發一語，像藝術家一樣專心地檢視剛刷好的籬笆。他再度拿起刷子輕輕刷了一下，接著停下來審視成果。班走到他旁邊。湯姆很想吃他手上的蘋果，但他不動聲色，繼續刷圍籬。

「嘿，朋友，你今天還要工作啊？眞慘！」班說話了。

湯姆像被嚇到一樣連忙轉身，驚訝地說：「是你呀，班！我沒注意到你。」

「嘿，我要去游泳喔！你也很想去對不對？可是你去不了，因爲你得工作，對吧？被我說中了吧！」

湯姆若有所思地看著班，悠悠地說：「什麼工作啊？」

「你現在不就在工作嗎？」

「嗯，你可以說我在幹活，」湯姆繼續粉刷圍籬，心不在焉地回答。「但我一點也不覺得辛苦，我還滿喜歡刷籬笆的。」

「拜託，你怎麼會喜歡做這種事？」

湯姆仍然刷個不停。

「為什麼不行？為什麼我不能喜歡刷籬笆？不是每天都有刷籬笆的機會耶！」

班從來沒這麼想過。他把吃了一半的蘋果放下來。湯姆優雅地來回移動刷子，退一步檢視成果，又在這邊揮一筆，那邊刷一下，再後退看一看。班緊盯著湯姆的一舉一動，越看越有趣，越看越著迷。過沒多久，他就說：「欸，湯姆，讓我刷一下。」

湯姆考慮良久，本來打算答應，但又突然改變主意。

「嗯，不行，我覺得還是不要比較好。你也知道，波莉姨媽很在乎這片圍籬，這可是她的門面，你懂吧？不過如果是後院的籬笆就可以，她不會在意。沒錯，她很重視前面這片圍籬，一定要漆得非常完美，我想一千人裡，不，大概兩千人裡也找不到一個能滿足她要求的人。」

「不會吧，真的嗎？哎喲！拜託啦，讓我試試看，一下下就好！如果是我，一定會讓你試一下的。」

「班，我真的很想答應你，可是波莉姨媽……哎，吉姆本來也想刷的，但波莉姨媽不准他做，就連席德想刷，她也拒絕了。你沒看到我刷得多認真嗎？要是你把這片圍籬搞砸了……」

「我保證一定會很小心，眞的。現在我可以刷一下嗎？我可以把蘋果核留給你喔！」

「嗯……不行啦，班，我擔心……」

「我把整個蘋果都給你！」

湯姆心不甘情不願地放下刷子，暗自竊喜計畫成功。班幾分鐘前還是氣勢磅礴的大密蘇里號，現在卻頂著大太陽，汗流浹背地刷籬笆；那位退休的大藝術家則坐在旁邊的木桶上就著樹蔭納涼，雙腳悠閒地晃來晃去，一邊吃著蘋果，一邊盤算著要怎麼引誘更多天眞無邪的孩子來幫他幹活。他不用擔心找不到人，因爲每隔一陣子就有男孩開開心心地經過，準備嘲笑他，只是最後都中了計，留下來刷圍籬。班還沒累垮，比利．費雪就拿著狀況良好的風箏和湯姆交換，等著當下一個粉刷工；比利刷累了，強尼．米勒就用纏了線可以甩著玩的死老鼠賺得下一個粉刷機會。一個又一個小時過去了，男孩們一個接一個排隊等著刷籬笆。下午才過了一半，湯姆就已經從早上那個窮困潦倒的男孩搖身一變成了大富翁。除了原有的財產外，他還多了十二顆彈珠、一把破爛的口琴、一塊透明的藍色玻璃瓶碎片、一只彈弓、一把開不了任何鎖的鑰匙、一小段粉筆、一個玻璃酒瓶塞、一個錫製的玩具兵、幾隻蝌蚪、六串鞭炮、一隻獨眼貓、一個銅門把、一個狗項圈（但沒有狗）、一個刀柄、四片橘子皮，還有一個破舊的窗框。

湯姆過了悠閒又快樂的一天，不僅身邊圍繞著許多玩伴，圍籬也刷上了三層石灰水。要不是石灰水用完了，鎭上每個男孩都會爲了換取刷籬笆的機會而破產。

湯姆心想，原來這個世界也沒那麼空洞嘛。他無意間發現了一項重要的人類行爲法則：

想讓男人或男孩渴求某樣事物，只要讓那樣事物變得難以取得就行了。如果湯姆像本書作者一樣是個偉大又睿智的哲學家，就會明白「工作」指的是一個人必須做的事，「遊戲」則是一個人不一定要做的事，進而了解爲什麼做假花和踩水車碾穀物是工作，玩十柱保齡球戲和爬白朗峰是娛樂。英格蘭有幾位富裕的紳士每到夏季就天天駕著四匹馬拉的客車，來回奔波三十到五十公里；雖然這麼做要花不少錢，他們還是免費提供服務，因爲一旦收取費用，就會變成一項沒有樂趣的工作，他們一定會立刻辭職。

湯姆思考了一下生活中的重大轉變，接著漫步走回家，準備向姨媽報告粉刷的成果。

3

湯姆來到波莉姨媽面前。她正坐在屋子後方敞開的窗戶邊，這間舒服的房間既是臥房也是餐廳，還充當書房用。溫暖宜人的夏日氣息，閒適安詳的寧靜，花朵的芬芳香氣和令人昏昏欲睡的蜂鳴，一切的一切都起了催夢效應。波莉姨媽打毛線的手停了下來，眼鏡上推到灰白的頭髮上，開始搖頭晃腦地打瞌睡，唯一陪伴著她的貓咪也在她腿上睡著了。她很意外湯姆居然主動跑來自投羅網，她以爲湯姆早就拋下工作跑去玩了。

「姨媽，我可以去玩了嗎？」湯姆問道。

「什麼？你已經刷完啦？刷了多少？」

「全部都刷完了，姨媽。」

「別騙我，湯姆，我受不了你老是說謊。」

「我沒騙妳，姨媽。全部都刷完了。」

波莉姨媽不太相信，決定要親自確認。只要湯姆說的話有百分之二十爲眞，她就心滿意足了。沒想到，整片籬笆不僅全數粉刷完畢，還精心細膩地多刷了好幾層，連地上都刷了一條線。波莉姨媽驚訝到差點說不出話來。

「天哪，我眞不敢相信！你居然沒騙我！」波莉姨媽說。「只要有心，你什麼都會，什麼都做得很好。但我不得不說，」她不想過分讚美湯姆，所以又補了一句。「你老是心不在焉，很少眞的認眞做事。好了，去玩吧。別忘了回家的時間，不然有你好看。」

波莉姨媽非常佩服湯姆完美的粉刷成果，於是便帶他進儲藏室，挑了一個又大又香的蘋果給他當作獎勵，同時還不忘說教，碎唸著靠自己努力得來的獎賞，比那些透過不正當手段得來的還要甜美、還要有價値。當波莉姨媽引用《聖經》裡的名言錦句爲這番激勵人心的演說作結時，湯姆偷拿了一個甜甜圈。

湯姆蹦蹦跳跳地跑出門，正好看見席德在戶外樓梯上，準備走到二樓後面的房間。他抓了手邊的土塊猛力一丟，刹那間，土塊就像冰雹一樣漫天飛舞，狠狠落在席德身上。波莉姨媽驚覺情況不對，在她恢復鎭定趕來救席德之前，他已經挨了六、七個土塊，而湯姆早就翻過圍籬逃跑了。雖然圍籬上有一扇門，但湯姆就跟平常一樣急著溜走，沒時間開門，只好直接跳過去。這下子總算報了先前席德多嘴、害他因爲領口黑線而挨罰的仇。湯姆的心情好多了。

他沿著街區外圍往前走，轉進那條通往自家牛舍後方的泥濘小巷。現在他已經安全逃出危險地帶，沒有人抓得到他，也沒有人能懲罰他。他匆匆走向鎭上的民衆廣場，其他男孩已經按照之前的約定集合起來，分成兩邊，準備玩軍隊打仗的遊戲。湯姆是其中一支軍隊的將軍，他的知心好友喬．哈波則是另一個陣營的將軍。兩位偉大的指揮官不屑下場戰鬥（那是下屬和士兵的工作），他們一起坐在高處掌握軍情，擬定作戰策略，再由侍衛官傳達命令。

經過漫長又激烈的戰鬥，湯姆的軍隊贏得光榮的勝利。雙方計算死亡人數，交換戰俘，談妥下次的交戰條件，約定下一場戰事的日期，接著各自重整隊形，以行軍的方式齊步離開。玩伴散去後，湯姆便一個人踏上回家的路。

他經過傑夫．柴契爾家時，發現花園裡有一個他之前從沒見過的可愛女孩。女孩的身材嬌小，有一雙漂亮的藍眼睛，長長的金色秀髮紮成兩條辮子，身上穿著白色的夏季洋裝和刺繡燈籠褲。這位剛贏得榮耀加冕的英雄立刻被陌生女孩的美麗迷倒，把原先心心念念的艾美．勞倫斯拋在腦後。湯姆原本愛艾美愛得死心塌地，深信那澎湃的激情就是眞愛；現在看來，這段感情不過是渺小廉價、轉瞬即逝的迷戀罷了。湯姆花了好幾個月想贏得艾美的芳心，一週前艾美才接受他的愛意，過去這七天，他成了世上最幸福、最自傲的少年。然而此時艾美對他來說只是一個偶然相遇、緣分已盡的過客，短短幾秒鐘內就被送出他的心門。

湯姆用愛慕的眼神偷瞄這位新來的天使，對方一發現他，他又假裝沒看到她，開始做些小男生自以爲很酷的動作想「好好秀一下」，贏得她的青睞。他裝模作樣地做了一堆蠢事，甚至還端出危險的體操把戲；正當他認眞表演時，卻瞥見小女孩走向大門，準備進屋。湯姆快步跑到籬笆前，倚著欄杆獨自哀傷，心裡暗暗希望女孩能停下腳步，在花園裡多逗留幾分鐘。這時，走上門階的女孩突然停下腳步，然後又繼續走向大門。她踏上門檻的那一刻，湯姆深深嘆了一口氣，隨即面露喜色，因爲女孩在關門前往籬笆外拋了一朵三色堇。

湯姆立刻跑去找那朵花。他在離花不到一公尺遠的地方停下腳步，把手舉到眼睛上方遮住耀眼的陽光，積極地低頭四處尋找，好像在找什麼有趣的東西一樣。過沒多久，他撿起一根麥稈，把頭往後仰，將麥稈橫放在鼻子上，試著不讓麥稈掉下來。他一邊搖搖晃晃地努力保持平衡，一邊慢慢靠近那朵三色菫，直到他赤裸的光腳終於碰到了花。湯姆用靈活的腳趾夾住三色菫，接著便開心地握著這朵心愛的寶貝，蹦蹦跳跳地離開，消失在街角。他決定要把花別在外套內裡的釦子上，放在最貼近心房的地方——當然也有可能放在最貼近肚子的地方，畢竟解剖學不是他的專業，吹毛求疵也不是他的風格。

過沒多久，湯姆再度回到花園，倚著籬笆繼續裝模作樣。他在心裡默默安慰自己，女孩此時一定靠在某扇窗邊，注意到他痴情的身影。他等啊等，等到夜幕低垂，女孩卻再也沒有出現。最後他終於放棄，心不甘情不願地回家，小腦袋裡盡是天馬行空的幻想。

吃晚餐的時候，湯姆還是情緒激昂，整個人興奮不已。波莉姨媽忍不住好奇這孩子到底怎麼了。湯姆因爲朝席德丟土塊而挨了一頓罵，但他看起來卻一點也不在意，甚至還當著姨媽的面想偷糖吃。波莉姨媽立刻敲他的指關節當懲罰。

「姨媽，席德拿糖吃的時候，妳都不會打他。」湯姆回嘴。

「因爲席德不像你那麼愛搗蛋，讓人心煩。如果我不盯緊一點，你一天到晚都會偷糖吃。」

波莉姨媽說完就走進廚房。席德開心地把手伸向糖罐，故意向湯姆炫耀他的特權，讓湯姆氣得牙癢癢。沒想到，席德的手滑了一下，糖罐就這樣掉到地上摔得粉碎。幸災樂禍的湯姆努力閉上嘴巴，他告訴自己什麼話都別說，乖乖坐好，等到姨媽進來質問是誰闖的禍，他再全盤托出；世界上最大快人心的莫過於看「乖寶寶」受罰了！這時，波莉姨媽走進來，站在碎裂的糖罐前，眼鏡後方迸射出如雷電般震怒的火光。湯姆暗自心想：「好戲上場！」可是下一秒，他已經整個人躺在地上！眼看波莉姨媽高舉的手就要毫不留情地打下來，湯姆立刻大叫：

「等一下！爲什麼要打我？是席德打破的耶！」

波莉姨媽愣在原地，一臉困惑，被冤枉的湯姆則渴求慰藉，希望姨媽會哄哄他。可是波莉姨媽再度開口時，卻只說了這句話：

「喔？是這樣嗎？但你還是該打，說不定剛才我不在的時候，你又做了什麼調皮搗蛋的事。」話才一出口，波莉姨媽就後悔了。她很想說些安慰湯姆的話，但又覺得這樣等於是在承認自己的錯誤，破壞了原有的規矩和紀律。因此她選擇沉默，假裝若無其事地忙著做家事，心裡卻難受得不得了。

湯姆縮在角落生悶氣，刻意裝出一副悲慘的樣子。他知道姨媽心裡對他很愧疚，原本陰鬱的情緒因而泛起了一絲滿足感。他不想釋放出和好的信號，也不想管其他事。他知道波莉姨媽不時透過淚水拋來渴望的目光，但他都裝作沒看見。他想像自己臥病在床，即將離世，姨媽俯身向他乞求原諒，他毫不猶豫地別過臉，面向牆壁，默默無聲地死去。啊，那時她會有什麼感受呢？湯姆又想像自己溺死在河裡，被別人救起來送回家，一頭鬈髮濕淋淋披散在額際，蒙冤痛苦的心終於得到安息；波莉姨媽會傷心地伏在他的遺體上，淚如雨下，祈求上帝把她的小男孩還給她，她絕對、絕對不會再打他了！然而湯姆只是冷冰冰地躺在那裡，臉色慘白，毫無生命跡象——小小年紀的他承受了多少苦難，現在，一切都結束了。湯姆幻想著各種感人肺腑的情境，越想越傷心，差點哽咽了起來，只好猛吞口水抑制情緒；他的眼睛漾著一層朦朧的薄霧，只要一眨眼，淚水就會潰堤，順著鼻尖往下滴。他從這種悲傷中獲得極大的安慰和滿足，完全無法忍受任何世俗的樂趣與歡愉來擾亂此刻的心境，這種心境太神聖了，不該被塵世玷汙。因此，當離家一週去鄉下作客的表姊瑪麗帶著如陽光般的活力與回家的喜悅，一邊哼著歌，一邊手舞足蹈地跑進門時，陰鬱的湯姆立刻站了起來，從另一扇門離開。

湯姆四處閒晃，刻意避開平常和朋友嬉戲玩耍的地方，一心只想找到符合此刻心情、遺世獨立的角落。河裡有艘木筏吸引了他的目光，他坐在木筏邊緣，望著單調又廣闊的河面沉思，想著自己要是能擺脫痛苦的自然循環，一瞬間無意識地淹死就好了。然後他想起了那朵三色堇。他掏出花朵，卻發現花已經枯萎凋零，被壓得皺巴巴，大大增強了淒美的情調。他想，要是那個女孩了解他的心情，會不會憐憫他的遭遇？她會不會爲他哭泣，希望自己能緊緊抱著他，撫慰他受傷的心？或者，她會像這個空洞的世界一樣，冷漠地轉身離去？這幅景象帶來了一種心痛與愉悅共存、苦甜交織的感受，他忍不住在腦海中以各種角度幻想了一遍又一遍，直到想得透透澈澈、索然無味爲止。最後他一邊嘆氣，一邊站起身，踏入無盡的夜。

湯姆沿著大街往前走，來到那位不知名可愛女孩的住處。這時已經是晚上九點半、十點左右，街上沒有半個人影。他停下腳步，站在屋子前側耳傾聽，但什麼也聽不見，只有二樓窗簾背後透出昏暗的燭光。那位迷人又純潔的女孩會不會就在窗邊呢？他爬上籬笆，穿過枝枒，躡手躡腳地走到窗下，深情款款地望著窗戶好一陣子，接著又躺在地上，雙手交握放在胸前，緊抓著那朵枯萎的三色堇。他情願就這樣死去，死在冷酷無情的世界裡，無家可歸的他沒有棲身之處、沒有溫暖的手來撫去他臨死前鎖在眉間的哀愁，也沒有慈愛的臉孔在痛苦將至時同情他的遭遇、俯身凝視他的面容。唯有等到天色破曉，她站在窗前看著晨光閃耀，才會發現躺在窗下的他。噢！她會看著他悲慘且了無生氣的身軀，落下一小滴淚嗎？還是會因爲這個美好燦爛的年輕生命驟然殞落而輕聲嘆息呢？

就在這個時候，窗戶打開了。女傭的說話聲擾亂了這神聖平靜的一刻，一桶水就這樣毫不留情地潑到這名悲壯的受難者身上。

被水嗆到的湯姆猛地跳起來，用力噴噴鼻子。突然間，有個東西飛過半空中，接著響起玻璃的碎裂聲，其間還混雜著低沉的叫罵聲。只見一個模糊的小身影翻過籬笆，如閃電般消失在幽暗的夜色裡。

過沒多久，湯姆回到家，換好衣服準備上床睡覺。當他藉著燭光仔細檢查濕透的上衣時，席德醒了。他本來想講幾句嘲諷的話，笑湯姆是落湯雞，但一看到湯姆的眼神滿是殺氣，他立刻改變主意，覺得還是乖乖閉嘴比較好。

湯姆沒做睡前禱告就上床睡覺了。席德看在眼裡，放在心底，默默記下這件事。

4

太陽高高升起，俯瞰寧靜的大地，溫暖的陽光宛如天上的祝福，澆灌著平和的小鎮。吃完早餐後，波莉姨媽做了一場家庭禮拜，一開始先援引《聖經》章節，並加入一點屬於自己的小創意，最後在精采處帶出上帝在西奈山透過摩西頒布《摩西律法》的嚴肅故事，爲敬拜畫下句點。

接著湯姆打起精神，準備背《聖經》。前幾天席德已經把自己該背的段落背完了。湯姆選擇從〈登山寶訓〉開始著手，因爲這篇的篇幅最短。他費盡心力，努力想記住那五段經文內容，可是耗了半小時，只得到一個模模糊糊的印象而已。心不在焉的他滿腦子胡思亂想，手也不安分地東摸西摸，玩些無關緊要的東西。瑪麗抽走湯姆手上的書，要他開始背誦。他只好在記憶的迷霧中摸索，尋找正確的方向。

「心虛……心虛……」

「虛心的人。」

「對，對，虛心的人有……有……」

「有福了。」

「因爲天國。」

「因爲天國是他們的。虛心的人有福了，因爲天國是他們的。哀慟的人有福了，因爲他們……他們……」

「必……」瑪麗表姊又提醒湯姆。

「因爲他們必……」

「必……得……」

「因爲他們必……哎喲，我不知道啦！」

「『他們必得』啦！」

「喔，『必得』啊！因爲他們必得……因爲他們必得……嗯……必得哀慟……呃……他們有福了……他們必得……呃……必得哀慟，因爲他們必得……到底必得什麼啊？瑪麗，妳幹嘛不提示我？妳怎麼這麼小氣啊！」

「唉，湯姆，你這可憐的小笨蛋，我眞的不是在開玩笑。你得再讀一次，一定要背好。別灰心，湯姆，你沒問題的。如果你背熟了，我就送你一個很棒的東西！好了，去背吧，這樣才是好孩子。」

「很棒的東西？眞的嗎？是什麼東西？瑪麗，快告訴我是什麼東西！」

「別擔心，湯姆，我說很棒，就一定很棒。」

「妳最好說話算話喔，瑪麗。好吧，那我再努力背背看。」

在好奇心和渴望獲得獎賞的雙重誘惑下，湯姆這次眞的很認眞、很努力地背，最後居然大成功，展現出令人刮目相看的成果。瑪麗依照約定給了他一把要價十二分半的全新「巴洛牌」折疊刀，湯姆開心得手舞足蹈，興奮得不得了。老實說這把刀根本切不了什麼東西，但這可是貨眞價實的巴洛刀，象徵著極其華美又偉大的榮耀。（西部的孩子有個很不可思議的想法，認為冒牌的巴洛刀很爛，有損眞品的價值；但說眞的，這種劣質的刀怎麼會有人想仿冒呢？這大概永遠是個謎吧。）湯姆拿著小刀在碗櫥上劃來劃去，正打算對衣櫃動手時，就被叫去換衣服上禮拜天的主日學校了。

瑪麗把水盆和肥皂遞給湯姆。他把水盆拿到門外放在小板凳上，將肥皂沾濕放在一旁，捲起袖子輕輕地把水倒在地上，接著轉身走進廚房，拿起掛在門後的毛巾用力擦臉。瑪麗一把搶走他手上的毛巾說：

「湯姆，你都不覺得丟臉嗎？眞是個膽小鬼！水又傷不了你！」

湯姆有點不安。瑪麗重新把水盆裝滿，這一次，湯姆站在水盆邊猶豫了一陣子，接著下定決心，深吸一口氣，開始認眞洗臉。過沒多久他便走回廚房，閉著眼睛摸索毛巾，臉上滴落的肥皂水就是他慷慨赴義、值得尊敬的證明。可是他把臉擦乾後，瑪麗還是不太滿意，因為他的臉雖然洗乾淨了，下巴和脖子卻還是髒兮兮，乾掉的泥土痕跡沿著喉嚨往下、往後延伸，包住整個頸部，看起來好像戴了面具一樣。瑪麗只好把他拉過來，親自幫他梳洗。整理完後，湯姆從頭到腳煥然一新，看起來就像個眞正的男人，不僅身上的髒汙都不見了，就連濕透的短翹鬈髮也梳得俐落又服貼，還弄成好看的對稱造型。（湯姆費了好大的心力偷偷把捲翹的鬈絲拉直，讓頭髮柔順地貼在頭皮上，因為他覺得鬈髮很女孩子氣，非常討厭自己天生的自然捲。）接著瑪麗拿出一套西裝，這套西裝已經買了兩年，只有禮拜日才會穿，也是湯姆的「另一套衣服」，可見他的衣櫥有多寒酸。湯姆換好衣服後，瑪麗又幫他「稍微整理了一下」，把外套鈕釦全都扣好，一直扣到下巴，襯衫領子翻好，撣撣衣服上的灰塵，再替他戴上那頂有點斑駁的草帽。現在湯姆看起來不但非常帥氣，也非常不自在；不舒服的表情明白地寫在臉上，因爲穿這套衣服還要保持整潔對他來說是種拘束，所以他覺得很煩躁。他暗自祈求瑪麗別想起鞋子，但希望落空，瑪麗已經按照慣例用動物油脂擦亮鞋面，把鞋子拿出來了。湯姆開始鬧脾氣，抱怨自己老是被迫做些不想做的事。

「拜託，湯姆，把鞋子穿上，這樣才是好孩子。」瑪麗用勸誘的口氣說。

湯姆一邊穿鞋，一邊大吼大叫。瑪麗迅速換好衣服，三個孩子便一起出門上主日學。湯姆非常討厭主日學校，但瑪麗和席德很喜歡那裡。

主日學時間是上午九點到十點半，接著是做禮拜。瑪麗和席德每次都會主動留下來聽牧師講道，湯姆也會跟著留下，但他的目的可不是爲了聽道。教堂建築本身又小又簡陋，連屋頂上的尖塔都是用松木箱之類的東西搭建而成，會堂裡則擺放著沒有椅墊的高背長椅，大約可容納三百人。走到教堂門口時，湯姆刻意放慢腳步，向旁邊同樣西裝筆挺的同伴打招呼。

「嘿，比利，你有小黃券嗎？」湯姆問道。

「有啊。」

「要怎麼跟你換？」

「你要拿什麼來換？」

「一顆糖和一個魚鉤。」

「讓我看看。」

湯姆把東西掏出來，讓比利驗貨。雙方都很滿意，立刻成交。接著湯姆又用兩顆白色彈珠換到三張小紅券，再用幾樣小東西換到兩張小藍券；他不斷在門口攔下其他男孩，收買不同顏色的獎券，就這樣換了十到十五分鐘，才和一群穿戴整齊又吵吵鬧鬧的男孩女孩一起走進教堂。湯姆剛坐下沒多久就開始和旁邊的男生吵架，老師（一位年老且神情嚴肅的男子）立刻出手制止；可是他才一轉身，湯姆又去鬧坐在另一張長椅上的男孩，還用手拉對方的頭髮，男孩一回頭，湯姆立刻假裝專心看書；接著他又用別針刺另外一個男生，只為了聽他喊痛，結果被老師臭罵一頓。湯姆所在的班級就是這樣，整天吵吵鬧鬧地靜不下來，讓人傷透腦筋。背誦經文的時候，全班沒有一個人背得出完整的段落，得一直靠提示才背得下去；最後他們勉強過關，各自拿到一張小小的藍色獎券作為獎勵。每張獎券上都印了一段《聖經》經文，只要背出兩節經文就能領到一張小藍券；十張小藍券可以換一張小紅券，十張小紅券可以換一張小黃券；集滿十張小黃券，就能從校長那裡得到一本包裝單調的《聖經》（在那個日子好過的年代，這本《聖經》可是值四十分錢呢）。

親愛的讀者，世界上有多少人願意費盡心思用功苦讀，努力記住兩千多節的經文，只為了換一本《聖經》，甚至是法國版畫大師古斯塔夫．杜雷的珍貴《聖經》插圖？瑪麗就是其中一個，她花了兩年的時間贏得兩本《聖經》，還有一個德國裔男孩領了四、五本。有一次，他一口氣背了三千節經文；可惜他用腦過度，從那天起腦袋就變得不太靈光，差點變成白痴，這對主日學校來說是非常不幸的傷心事，因為每逢重大場合，校長都會叫這個德國裔男孩出來在賓客面前「露一手」。除此之外，只有那些年紀大且夠用功的學生才能集滿足夠的獎券來換《聖經》，因此頒發《聖經》是非常罕見又轟動的大事。頒獎當天，所有學生都會被得獎者傑出的表現和耀眼的光采感染，進而燃起一股野心，期許自己有朝一日也能接受表揚（這種積極的氛圍通常會持續一、兩週）。湯姆對那些獎品沒什麼興趣，但是他從頭到腳、從裡到外都非常渴望隨著那些獎品而來的名聲與榮耀。他已經計畫很久了。

時間一到，校長便站到講壇前方，示意大家安靜。他手上拿著一本闔起來的讚美詩集，食指則插在書頁間。主日學校校長在依照慣例發表簡短演說的時候，手中非拿著一本讚美詩集不可，就像演唱會中走到舞台前方開始獨唱的歌手手裡一定會拿著幾張樂譜一樣；奇怪的是，校長並不會照著讚美詩集發表演說，歌手也不會盯著樂譜唱歌，那他們為什麼要這麼做呢？個中原因至今還是個謎。

主日學校校長華特斯先生年約三十五歲，身材清瘦，蓄著淡褐色的山羊鬍，留著淡褐色的頭髮；漿得硬挺的立領上緣幾乎快要頂到他的耳垂，兩端尖尖的領角往前彎，和嘴角平行，就像一堵圍牆，逼得他只能往前看，如果他想轉頭看旁邊，就得全身一起轉過去；他的脖子上繫著寬大的領結，簡直和鈔票一樣大，尾端還綴有流蘇；靴子鞋尖則像雪橇一樣往上翹，是當時非常流行的風格。那時的年輕男子為了壓出漂亮的弧度，不惜耐著性子面對牆壁，用力頂著腳趾好幾個小時。華特斯校長是個非常認真、實在又虔誠的人，他很尊敬關於信仰的一切，把神聖的宗教事務和世俗瑣事分得一清二楚，甚至在無意識間養成了一種奇怪又獨特的「主日學校腔」，和他平常的聲音大不相同。

「現在，孩子們，」華特斯校長用主日學校腔說。「抬頭挺胸坐好、坐正，專心聽我講幾句話。對，就是這樣。好男孩好女孩就該這個樣子。我看到有個小女孩正望著窗外發呆——她是不是以爲我站在外面？以爲我站在樹上對小鳥演講？（孩子們拍手竊笑）我想告訴你們，看到這麼多聰明活潑、乾乾淨淨的小朋友聚在這裡，學習怎麼做好事、做好人，我眞的很高興……」

華特斯校長說個沒完，剩下的實在沒必要寫出來，畢竟他講來講去都是些陳腔濫調，大家早就聽過了。

幾個調皮孩子玩鬧所引發的紛爭擾亂了華特斯校長最後三分之一的演說，大家開始心浮氣躁、坐立不安，不斷竊竊私語，就連如磐石般屹立不搖、堅定沉穩的席德和瑪麗也受到影響。隨著華特斯校長的聲音越來越小，躁動也戛然而止，大家突然安靜下來，對好不容易結束的演說表達無聲的感謝。

剛才那陣騷動源自於一件多少有點罕見的事：演講過程中居然有幾位訪客走了進來，包含柴契爾律師；一位非常虛弱的老先生；一位頂著鐵灰色頭髮，舉止優雅，身材略顯發福的中年男子和一位顯然是男子的妻子、氣質雍容華貴的女士，女士手裡還牽著一個小女孩。湯姆臉頰發燙，如坐針氈，又緊張又煩惱，覺得良心不安；他再也無法直視艾美那充滿愛意的眼神。他一看到那個新來的小女孩，內心就燃起快樂的火焰。湯姆立刻使出渾身解數拼命要酷，一下子揍人，一下子拉頭髮，一下子又做鬼臉，總之所有可能吸引女孩目光、贏得佳人掌聲的把戲都用了。想到上次在這位小天使的花園裡出糗，湯姆火熱的心不免涼了半截，不過這段慘痛回憶就像沙灘上的痕跡，很快就被幸福的湧浪洗刷得一乾二淨。

訪客團被請到特別席就坐。演說一結束，華特斯校長就向全體師生介紹這幾位貴賓。原來那位中年男子的來頭可不小——他是郡法官耶！這些孩子從來沒見過這麼德高望重、不同凡響的大人物，忍不住猜想他的身體是用什麼做的，想聽他吼叫幾聲，又怕他真的會大肆咆哮。柴契爾法官來自十九公里外的君士坦丁堡，底下的孩子欽羨地想著，這位先生不僅足跡遍及天下、閱歷豐富，還親眼看過郡法院，聽說法院的屋頂是錫做的呢。每個人都睜大雙眼屏氣凝神，目不轉睛地看著法官，教堂裡瀰漫著無聲的敬畏。這就是偉大的柴契爾法官，鎮上那位柴契爾律師的哥哥。傑夫．柴契爾立刻走上前向伯父打招呼，其他師生紛紛投以羨慕的目光。

「吉姆，你看傑夫！他走過去了……快看！他在跟大法官握手耶，握、手、耶！天啊！好想變成傑夫喔！」

傑夫聽見大家的耳語，就好像聽見撫慰心靈的樂音，整個人飄飄然。

華特斯校長忍不住開始賣弄。他擺出主管的架勢指揮各種活動，發號施令，表示意見，下達指示，這裡說幾句話，那裡指點一下，到處尋找可以表現的機會。圖書館員跟著賣弄起來，嘀嘀咕咕地抱著一大堆書東奔西跑，誇張地製造出劈哩啪啦的噪音，忙得樂不可支。年輕的女老師也在賣弄，溫柔地俯身安慰剛才被打耳光的學生，親切地拍拍乖孩子的肩膀，舉起漂亮的手指警告不聽話的壞孩子；年輕的男老師則低聲責罵學生，透過各種小動作來展示威權，誇耀自己非常注重紀律。大多數的老師無論男女，都在講壇旁的圖書室忙得團團轉，手上的事明明可以一次完成，非要重複做個兩、三次，還一臉氣急敗壞的樣子。小女孩賣弄的方式也很多，而小男孩更是卯足全力，競出風頭，空中滿是亂飛的紙團，教堂裡扭打的聲音不斷。偉大的法官坐在高處，帶著明辨是非的莊嚴微笑俯視全場，沉浸在光輝燦爛的自我優越感裡——其實，他也在賣弄。

華特斯校長的美夢只差一步就能圓滿實現，那就是頒發《聖經》給認眞的好孩子，炫耀校內傑出的人才。他四處打聽，詢問那些表現優異的明星學生，雖然幾個人手上有小黃券，但數量都不夠，沒辦法換《聖經》。這一刻，華特斯校長甘願付出一切，不計代價換取那位德國裔男孩恢復正常，好讓他能再次上場表演。

華特斯校長的希望眼看就要落空，這時，湯姆突然走上前，拿著九張小黃券、九張小紅券和十張小藍券要換《聖經》。眞是青天霹靂！華特斯校長做夢也想不到湯姆會收集到那麼多獎券。可是這些獎券確實是眞的，上面的字跡也清清楚楚，他不得不面對現實，邀請湯姆坐上特別席，加入法官與貴賓的行列，並向大家宣布這個好消息。這是十年來最令人意外的大事，簡直轟動全場，湯姆成了新的英雄，地位和柴契爾法官不相上下。現在享受全體師生注目的不只一位，而是兩位不可思議的人物。男孩們全都分外眼紅，其中內心最憤恨、最痛苦的莫過於那些用獎券和湯姆交換寶物的人，那些寶物都是湯姆藉由販賣粉刷特權積攢而來的，是他們親手將湯姆推上令人不快的榮耀寶座。孩子們好氣自己，居然被這個如毒蛇般狡詐的騙子擺了一道，現在後悔也來不及了。

華特斯校長盡可能地展現熱情，一邊把獎品交給湯姆，一邊言不由衷地說些讚美的場面話，因爲他的直覺告訴他，這件事背後一定藏著不可告人的祕密。拜託，湯姆的腦袋裡怎麼可能裝得下兩千多節的《聖經》經文？光是背十句就要他的命了！

艾美好開心，好希望湯姆看到她多麼以他爲傲，可是湯姆並沒有看向她。艾美覺得很奇怪，開始心神不寧，一絲懷疑隱約浮上心頭。難道湯姆變心了？她一下子愁眉苦臉，一下子又告訴自己想太多了。她仔細觀察湯姆，發現他飄忽的眼神停在另一個人身上。這一刻，她的世界澈底瓦解，心碎成一片一片，她好嫉妒，好生氣，眼淚撲簌簌地掉下來。她討厭世界上每一個人。不過最討厭的還是湯姆（她心想）。

華特斯校長向柴契爾法官介紹湯姆。湯姆舌頭打結，心臟狂跳，緊張到差點喘不過氣，一部分是因爲法官的威嚴，另一部分（也是最主要的部分）則是因爲他是那女孩的父親。要不是大家都在看，他眞想跪下來膜拜柴契爾法官。法官摸摸湯姆的頭，稱讚他是個優秀的孩子，還問他叫什麼名字。湯姆支支吾吾了半天，倒抽一口氣，好不容易擠出四個字：

「我叫湯姆。」

「不對，這時你要說全名——」

「湯瑪斯。」

「這就對了，我想說你應該有正式的全名。很好。名字後面還有姓，對吧？可不可以告訴我你姓什麼？」

「快告訴法官你姓什麼，湯瑪斯，」華特斯校長說。「別忘了加上『先生』。要有禮貌。」

「先生，我叫湯瑪斯・索耶。」

「就是這樣！很好，你是個好孩子，非常有教養的好孩子，很有男子氣概。能背兩千節經文眞的很不簡單，非常了不起。你一定花了很多時間和心力苦讀，相信我，你絕對不會後悔，因爲知識是世上最珍貴的財富；知識能形塑良善，成就偉人。湯瑪斯，有一天你會成爲善良的偉人，你會回顧過去，滿懷感激地說，一切都要感謝我小時候上的主日學校；一切都要感謝親愛的老師給我的教誨；一切都要感謝好心的校長鼓勵我、看顧我，給我一本漂亮的《聖經》，一本珍貴又典雅的《聖經》，讓我能永遠保留，隨時翻看；一切的一切都要感謝我從小受的良好教育！有一天你一定會這麼說的，湯瑪斯。這兩千節經文是無價之寶，你會銘記在心，永誌不忘。現在，你可不可以告訴我和這位女士，你學到了什麼？我們都很欣賞用功的孩子，我相信你一定會大方地和我們分享，對不對？你一定知道十二使徒的名字吧，可不可以告訴我們，耶穌最初選定的是哪兩位使徒呢？」

湯姆侷促不安地拽著釦眼，露出尷尬的表情，雙眼直盯著地板，臉頰也越來越紅。華特斯校長的心瞬間沉落谷底。他忍不住想，這孩子連最簡單的問題都答不出來……唉，柴契爾法官爲什麼偏要問他啊？

「湯瑪斯，別怕，回答法官先生的問題。」華特斯校長終於開口。他覺得自己有義務跳出來打破沉默。

湯姆依舊說不出話來。

「來，跟我說好了，」柴契爾太太說。「第一位和第二位使徒的名字是——」

「大衛和歌利亞。」

哎，我們還是大發慈悲放過可憐的湯姆，就此打住，別看他鬧笑話了。

5

十點半，小教堂的破鐘響起，鎮民紛紛聚集，準備參加晨間布道會。上完主日學的孩子各自跑到家人身邊，和爸媽坐在同一張高背長椅上（這樣家長才好就近監督）。湯姆、席德和瑪麗跟波莉姨媽坐在一起，姨媽刻意安排湯姆坐在走道旁，盡可能讓他遠離敞開的窗戶和誘人的夏日美景。走道上擠了滿人，有曾經意氣風發、如今年老貧困的郵政局長；市長和市長夫人（別懷疑，這種小地方也有市長及其他不必要的機構）；治安官也來了；還有美麗又精明的道格拉斯寡婦，年約四十的她心地善良，為人慷慨，生活相當優渥，她的山林別墅宛如皇宮，堪稱鎮上數一數二的華美殿堂，熱情好客的她經常舉辦一些值得讓小鎮大肆炫耀、極盡奢華的節慶派對；駝背且德高望重的瓦德少校和少校夫人也到了；還有遠道而來的新面孔、知名律師瑞佛森先生；再來是全鎮公認的大美人，後面還跟著一群身穿精緻棉質緞帶洋裝、讓人神魂顛倒的少女；鎮上所有年輕店員和職員全都聚在一起，在門廊上圍成一堵人牆，緊張兮兮地拿手杖掩嘴，用愛慕的眼神看著那群少女傻笑，直到最後一名少女走進教堂為止；最後是小鎮模範生威利・莫弗森，他小心翼翼地陪在母親身邊，彷彿她是易碎的雕花玻璃藝術品。威利每次都會陪著媽媽上教堂，婦女都對他讚不絕口，但男孩都很討厭他自認完美又愛現的態度。每到禮拜天，威利褲子後面的口袋總會「不小心」露出一條純白的手帕。湯姆沒有手帕，他覺得用手帕的小孩都是勢利的傢伙。

會眾都坐定了。鐘聲再次響起，提醒遲到的人加快腳步。教堂裡一片寂靜，瀰漫著肅穆的氣息，唯有二樓廊座的唱詩班不時發出窸窣的竊笑和細語，打破了這股寧靜。唱詩班老是在牧師講道時低聲嬉鬧。我曾看過一個很有禮貌的唱詩班，但那是好多年前的事，我已經想不起來地點在哪、當時又是什麼情況，只隱約記得應該是國外的教堂。

史普拉格牧師公布今天的詩歌曲目，忘我地朗讀歌詞。他的語調和風格非常獨特，很受當地民眾歡迎。他先以沉穩的中音開場，逐步提高音調，直到在某一個字達到最高點，鏗鏘有力地強調一下，接著就像從跳板上躍下似的猛然降低：

「他人為主奮勇作戰，血汗滿布沙——場，自己豈能獨享安逸，逍遙進入天——堂？」

史普拉格牧師是大家公認的朗讀高手，經常在各種教會社交活動中被請上台朗誦詩歌。他朗誦的時候，女士們都會陶醉地高舉雙手，再軟綿綿地落下放在腿上，輕閉雙眼，搖頭晃腦，彷彿在說：「這種感動難以言喻，實在是太美了，美到不像凡塵俗世裡會有的聲音，太動聽了。」

唱完詩歌後，史普拉格牧師化身為人形布告欄，開始報告一些集會和社團通知等諸如此類的事，內容之冗長好像唸到世界末日也唸不完。雖然當今用以傳遞資訊的報紙隨處可見，但美國仍保留著這種由牧師向群眾宣布各種消息的奇特習慣，就連大城市也不例外。通常越不合理、越沒有實際作用的傳統習慣就越難以根除。

報告完畢後，牧師開始禱告。他的禱詞感人肺腑、包羅萬象又鉅細靡遺，祝禱對象包含教堂、教堂裡的孩子、鎮上其他教堂、聖彼得堡小鎮本身；郡、州、州政府、美國、美國各地的教堂、美國國會、總統、政府官員；在驚濤駭浪中漂泊的可憐水手、飽受歐洲君主制與東方專制主義壓迫的百萬人民；擁有上帝的祝福和榮光卻視而不見、聽而不聞的人，以及遠方海島上的異教徒……等等，最後他祈求上帝垂聽他的禱告，希望祂的話語會像落在肥沃土壤中的種子一樣，終將開花結果，造福萬有。阿門！

站著的會眾紛紛坐下，發出衣服摩擦的窸窣聲。湯姆很不喜歡這篇禱詞，只能勉強忍耐（還能忍過去就算不錯了）。雖然禱告時他的心非常浮躁，大腦卻在無意間記錄了禱詞的細節。他沒有認眞聽，但他很清楚牧師掛在嘴邊的那套陳腔濫調，無論增加了什麼瑣碎的新內容，他都能立刻辨別出來，同時產生一股強烈的厭惡感，覺得這種任意加油添醋的行爲很不正當，簡直卑鄙無恥。禱告到一半的時候，有隻蒼蠅飛進湯姆的視線範圍，停在前排的椅背上。蒼蠅從容地搓揉雙手，伸出胳臂抱著頭，使勁地把頭擦乾淨，力氣大到腦袋好像都快和身體分家，露出如絲線般纖細的脖子。接著蒼蠅又用後腳撥弄翅膀，輕輕地把翅膀貼平身體合起來，彷彿在收整禮服的衣襬。蒼蠅悠閒地整理儀容，似乎覺得自己的處境安全無虞。這隻小傢伙逍遙自在的模樣讓湯姆看得心癢難耐，但牠確實很安全沒錯，因爲湯姆眞的很想伸手抓牠，但他擔心在衆人禱告時抓蒼蠅，上帝會立刻降下懲罰，摧毀他不敬的靈魂，所以一直不敢動作。禱告快結束時，他把手彎成碗狀，偷偷靠近蒼蠅；大家一說完「阿門」，他就迅速出手，把蒼蠅變成他的階下囚，結果被波莉姨媽發現，要他放了蒼蠅。

牧師唸了一段和本日布道相關的《聖經》經文，用低沉單調的嗓音講述今天的主題，內容既囉嗦又乏味，過沒多久，許多人就開始搖頭晃腦，打起瞌睡來。牧師滔滔不絕地談論地獄中無窮無盡的刑罰與磨難，就他的說法，那些受上帝揀選、註定會得救進天堂的人越來越少，少到幾乎沒有拯救的價值。湯姆默默計算講道詞的頁數；每次做完禮拜，他都能說出牧師講了幾頁的稿，卻很少記得講道的內容。然而這一次，他對內容稍微感興趣了。牧師描繪出一幅壯觀動人的景象：千禧年時，世人不分種族團聚在一起，獅子與羔羊一同躺臥、彼此相依，還有一個孩童帶領大家前進。湯姆完全不在乎這幅偉大場景所蘊含的道德教訓、寓意及情緒渲染力，一心只想著那個站在萬國萬民面前的孩子好神氣、好耀眼。想到這裡，他的臉亮了起來，散發出興奮的光芒，他眞的好希望自己能當那個引領天地萬物的孩童……如果那隻獅子不會咬人的話啦。

牧師回到無聊的主題，繼續往下講，湯姆又開始心浮氣躁，陷入痛苦的深淵。這時，他突然想起自己有個寶物。他掏出一個裝雷管的小盒子，裡面有一隻顎部堅硬發達、令人生畏的黑色大甲蟲，湯姆把牠取名叫「巨鉗蟲」。他一打開盒子，甲蟲就夾住他的手指，他出於本能反應彈了一下指尖，甲蟲就這樣滾到走道中央，腹面朝上，六條腿在半空中無助地揮來揮去，拼命掙扎，就是翻不了身。湯姆用嘴含住受傷的手指，眼巴巴地望著甲蟲，很想把牠抓回來，可是距離太遠了，就算伸長了手也搆不到。其他對講道沒興趣的人倒是發現了新的樂趣，好奇地看著甲蟲解悶。這時，一隻四處閒晃的貴賓狗悠悠地走過來，一副無所事事、心情憂鬱的樣子，夏日的溫熱與寧靜讓牠變得懶洋洋，厭倦了約束和拘禁，渴望爲生活加點變化。一看到地上的甲蟲，小狗立刻豎起低垂的尾巴猛力搖晃。牠仔細觀察這個得來不易的玩具，繞著甲蟲走了一圈，隔著安全距離聞聞牠，然後再繞一圈。小狗的膽子大了起來，又靠近甲蟲一點，聞了一下，接著張開嘴小心翼翼地想叼起甲蟲，可惜沒叼到。牠試了一次又一次，覺得這個遊戲很好玩，於是便趴在地上，伸出狗掌圍住甲蟲，繼續牠的小實驗。最後牠玩累了，對甲蟲失去興趣，開始心不在焉，慢慢地打起瞌睡。小狗的頭一頓一點，越來越靠近地板；當牠的下巴碰到甲蟲的那一刻，甲蟲便抓緊機會用力一夾！一聲淒厲的慘叫響徹教堂，只見貴賓狗猛烈甩頭，把甲蟲拋到幾公尺遠外的地方，可憐的甲蟲又摔個六腳朝天，動彈不得。坐在附近的人看到這一幕只能努力憋笑，身子抖個不停，有些還笑到用扇子或手帕遮住臉，逗得湯姆開心極了。那隻狗看起來好蠢，像個傻瓜一樣，可能牠自己也這麼覺得吧，所以內心才滿腔怨恨，急著想復仇。牠慢慢走向甲蟲，小心翼翼地發動攻擊。牠繞著甲蟲跳來跳去，在距離大約三公分遠的地方伸出狗掌胡亂揮舞，接著又齜牙咧嘴地湊上去東咬西咬，兩隻耳朵隨著猛烈出擊的頭上下拍打，晃個不停。過沒多久，牠又累了，於是決定放棄，轉移目標去追蒼蠅，可是蒼蠅不好玩，所以牠又跑去追螞蟻，把鼻子貼在地板上跟著螞蟻繞來繞去，結果才一下子就心生倦怠。貴賓狗打了一個大呵欠，嘆了口氣，完全忘了那隻甲蟲的存在，一屁股坐到甲蟲身上。牠發出一聲雜揉著痛苦與憤怒的尖叫，飛快衝上走道。牠一邊大吼一邊狂奔，從聖壇前方呼嘯而過，跑到另一條走道，如閃電般越過大門，咆哮著進行最後衝刺。牠跑得越快，痛楚就越強烈；一轉眼，牠就變成了一顆繞著軌道光速運轉、透著微亮的毛茸茸彗星。這隻受盡折磨、痛到抓狂的貴賓狗四處亂竄，最後突然轉向，跳進

6

禮拜一早上，湯姆很不開心。應該說，每個禮拜一早上，湯姆都很不開心，因爲這表示他又要去學校面對另一週漫長的酷刑。他心想，要是沒有禮拜天就好了，週末的存在讓他更討厭週一，覺得回學校就像重返牢獄一樣，痛苦難當。

湯姆躺在床上胡思亂想，腦中突然閃過一個念頭：他好希望自己生病，這樣就能待在家裡不用去上學了。這個辦法說不定可行。他東摸西摸，仔細檢查自己的身體，想盡辦法找出一點小毛病，但是什麼也沒發現。他決定再試一次。這一次他覺得肚子好像有點絞痛，滿懷希望地期待症狀加劇。可惜不舒服的感覺才持續了幾秒就逐漸褪去，消失得無影無蹤。湯姆陷入沉思，想著下一步該怎麼做。就在這個時候，他發現了一個小驚喜。上排門牙有一顆鬆動了。太幸運了！正當湯姆打算開始呻吟，表演所謂的「開場白」時，他突然想到，要是用這個理由，波莉姨媽一定會眞的把他的牙齒拔下來，那很痛耶！於是湯姆決定暫時放過這顆門牙，找找看有沒有其他地方不舒服，可是找了老半天，還是沒有結果。這時，湯姆想起之前曾聽醫生說過，有個病人因爲罹患某種病在床上躺了兩到三週，手指還差點爛掉。湯姆立刻把受傷的腳趾從棉被底下抽出來，舉到半空中仔細查看，可是他又不知道醫生說的那種病有什麼徵狀。算了，不管怎麼說都值得一試。湯姆開始煞有介事地呻吟起來，好像真的很難受的樣子。

席德仍舊呼呼大睡，完全沒反應。

湯姆提高音量，大聲哀號，想像自己的腳趾真的痛得要命。

席德還是一動也不動。

湯姆聲嘶力竭地表演，累得氣喘吁吁，不得不停下來休息一下，重整旗鼓，然後又深吸一口氣，發出一連串驚心動魄的哀鳴。

席德繼續打呼。

湯姆氣炸了。「席德！席德！」他放聲大喊，拼命搖晃席德。這一招果然有效。湯姆立刻躺回床上開始唉聲嘆氣。席德打打呵欠，伸伸懶腰，用手肘撐起上半身，哼了一聲，轉頭看著湯姆。湯姆繼續呻吟。

「湯姆！欸，湯姆！」席德說。

湯姆不理他。

「湯姆！你怎麼了？湯姆！」席德用手推推湯姆，焦急地望著他的臉。

「噢，席德，別這樣，不要再推我了。」湯姆嗚咽地說。

「你怎麼了，湯姆？發生什麼事？我去叫姨媽過來。」

「不要——沒關係，過一陣子就好了。應該不會痛太久。不用麻煩了。」

「不行，我一定要跟姨媽說！湯姆，別叫了，聽起來好恐怖喔。你痛多久了？」

「好幾個小時了。唉喲！席德，不要再碰我了，很痛欸！你想要我的命啊？」

「湯姆，你怎麼不早點叫醒我？哎，湯姆，別這樣！你叫得我都起雞皮疙瘩了！湯姆，你到底怎麼了？」

「席德，以前的帳我都跟你一筆勾銷（呻吟），你對我做的那些壞事我都不在乎了。我死了以後……」

「天哪！湯姆，你不會死的！別這樣，湯姆，你不會有事的！說不定——」

「席德，我原諒大家（呻吟），你要幫我跟他們說。席德，幫我把我的窗框還有獨眼貓送給那個新搬來的女生，告訴她——」

席德沒聽完就抓起衣服衝出房間。湯姆驚人的想像力澈底發威，現在他真的覺得腳趾好痛、好難受，發出的慘叫和呻吟也更真實了。

席德飛奔下樓，大聲叫喊：

「波莉姨媽，快來！快點！湯姆快死了！」

「快死了？」

「對啊，姨媽！沒時間了，快上來！」

「胡說！我才不信！」波莉姨媽嘴上這麼說，身體卻急急忙忙衝上樓，席德和瑪麗則跟在後面。波莉姨媽臉色發白，雙唇顫抖，喘著氣跑到湯姆床邊問道：

「湯姆？湯姆！你怎麼了？」

「啊，姨媽……我……」

「你怎麼了，孩子？到底怎麼了？」

「噢，姨媽，我那個受傷的腳趾頭死翹翹啦！」

波莉姨媽笑了出來，跌坐在椅子裡，忍不住掉下眼淚，就這樣又哭又笑，又笑又哭。好不容易平復心情後，她說：

「湯姆，你眞的把我嚇壞了。好了，現在別說那些鬼話了。快下床吧！」

湯姆停止呻吟，腳趾突然一點也不痛了。他覺得自己有點蠢。

「波莉姨媽，我眞的以爲我的腳趾完蛋了，眞的很痛，痛到我都忘記我的牙齒了。」

「牙齒？你的牙齒怎麼了？」

「有一顆門牙鬆了，痛得要命。」

「好啦，好啦，別再哀哀叫啦！嘴巴張開讓我看看。嗯，牙齒眞的鬆了，但你不會因爲這樣就死掉啦。瑪麗，幫我拿一條絲線來，再去廚房拿一塊燒紅的炭。」

「拜託，姨媽，我不要拔牙，」湯姆立刻說。「已經不痛了，一點都不痛。就算眞的痛我也不會叫了。拜託不要拔我的牙齒，姨媽，我想去上學，我不要待在家裡。」

「哎喲，你想去上學，不想待在家啦？所以你鬧成這樣就只是想蹺課，好去釣魚逍遙？湯姆啊湯姆，我這麼愛你，你卻盡搞些花招來氣我，傷我這老人家的心呀。」說到這裡，拔牙的工具也準備好了。波莉姨媽把絲線的一端綁在湯姆的牙齒上，另一端綁在床柱上，接著拿起燒紅的木炭猛地湊向湯姆的臉，差點就碰到了。湯姆被姨媽突如其來的動作嚇得往後一閃，牙齒就這樣拔了下來，懸在床柱旁晃來晃去。

人生有失必有得。

湯姆在吃完早餐去上學的途中，利用上排門牙缺口發明了一種全新的吐痰方式，路上遇到的男孩都看得嘖嘖稱奇，羨慕得不得了。一大群孩子緊跟在他後面，就想看他表演。之前那個因手指割傷而備受尊崇、成為衆人焦點的男孩赫然發現自己的追隨者都不見了，過往的榮耀與輝煌已然消逝。男孩懷著沉重的心情，故作不屑地說湯姆的吐痰沒什麼了不起，結果馬上有人反諷他「吃不到葡萄說葡萄酸」，最後這位悶悶不樂的過氣英雄只能黯然走開。

過沒多久，湯姆遇見了鎮上出名的壞孩子哈克貝利．芬恩。哈克貝利的爸爸是個酒鬼。媽媽們對哈克貝利又恨又怕，因為他舉止粗俗又沒教養，整天游手好閒，目無法紀，更別說所有孩子都很崇拜他，就算大人不准，他們還是很喜歡和他一起鬼混，希望自己敢像他一樣恣意妄為。湯姆和其他家境不錯的男孩一樣，很羨慕哈克貝利那種逍遙自在的流浪生活，但又被大人嚴格限制不准跟他玩，因此他只要一逮到機會，就偷偷跑去找哈克貝利。哈克貝利總是穿著別人丟棄的陳年舊衣，任由又大又破的衣服隨風飄蕩。他戴著一頂帽緣有個巨大半月形缺口的破爛寬帽，身上的外套長到腳跟，背後的釦子一路扣到屁股；至於長褲則只有一條吊帶撐著，褲襠又鬆又垮，垮到原本應該在臀部的口袋都嚴重位移，裝不了東西，如果褲管沒捲起來，走路時就會皺皺地拖在地上，揚起一片塵土。

哈克貝利總是隨心所欲，自由來去。天氣好的時候，他就躺在門階上睡覺，下雨時就躲進空的大木桶裡休息。他不用去上學，也不用做禮拜，更不需要叫誰老師或聽誰的話。他想釣魚就釣魚，想游泳就游泳，想去哪裡就去哪裡，想待多久就待多久，打架沒有人管，不睡也沒有人管，愛熬夜到幾點就到幾點。春天一來，他總是第一個打赤腳；到了秋天，又是最後一個穿上鞋。從來沒有人要求他洗澡或換上乾淨的衣服，就算他隨便罵髒話（而且罵得很流利）也不會挨揍。總而言之，所有能造就美好人生的條件他都有了。聖彼得堡小鎮中每個家教甚嚴、經常挨打受罰的好男孩都這麼認爲。他們都想當哈克貝利。

湯姆向這位充滿神祕色彩的傳奇浪子打招呼。

「嗨，哈克貝利！」

「哈囉！你看這個，喜歡嗎？」

「那是什麼？」

「一隻死貓。」

「讓我看看！天啊，哈克，牠整個硬掉了耶。你在哪裡找到的？」

「跟一個男生買的。」

「你拿什麼跟他買？」

「我給他一張小藍券和一個從屠宰場偷來的膀胱。」

「你怎麼會有小藍券？」

「兩個禮拜前用一根滾鐵圈的鐵棒跟班．羅傑斯換的。」

「嘿，哈克，死貓能拿來幹嘛？」

「死貓？能治好肉疣啊！」

「不會吧！眞的嗎？我知道更有用的方法耶！」

「我才不信咧，你說說看啊。」

「就是神仙水啊！」

「神仙水！我才不相信什麼神仙水咧！」

「你不信？你又沒試過！」

「對，我是沒試過，但鮑伯試過啦！」

「誰跟你說的？」

「他跟傑夫說，傑夫跟強尼說，強尼跟吉姆說，吉姆又跟班說，班跟一個黑鬼說，黑鬼又跟我說，我就知道啦！」

「那又怎樣！他們都是愛說謊的騙子。也許那個黑鬼沒說謊啦，不知道，我不認識他。但我從來沒見過不說謊的黑鬼。哼！哈克，你告訴我鮑伯是怎麼用神仙水的？」

「呃，他就找了一截積滿雨水的腐爛樹樁，把手泡在裡面。」

「他是白天弄的嗎？」

「那還用說！」

「他有面向樹樁嗎？」

「有啊，我想應該有吧。」

「那他有沒有說什麼？」

「好像沒有。這我就不知道了。」

「這就對啦！他那樣胡搞瞎搞，還說神仙水治不了肉疣！拜託，當然沒用啊！你要自己一個人走進樹林，找到有神仙水的樹樁，然後在午夜背對著樹幹，把手伸進水裡說，『大麥粒呀大麥粒，印第安人幫幫忙，神仙水呀神仙水，快把肉疣殺光光』，說完閉著眼睛快走十一步，轉三圈，安靜地走回家，一路上絕對不能跟任何人說話。只要一說話，魔法就會失靈啦。」

「嗯，聽起來是個好方法，不過鮑伯不是這樣做。」

「當然不是啊，他一定沒這樣做，因爲他是鎮上長了最多肉疣的傢伙，如果他眞的知道怎麼用神仙水，那些疣早就治好啦！我很愛玩青蛙，所以手上老是長疣，哈克，我就是靠這個方法弄掉手上一大堆肉疣的喔！對了，有時候我也會用豆子治疣。」

「對，豆子滿有用的，我也用過。」

「眞的嗎？你都怎麼用？」

「先把豆子掰成兩半，接著割開肉疣，擠幾滴血，把血塗在其中一半的豆子上，然後趁半夜沒有月亮時在十字路口挖一個洞，把豆子埋起來，再把另一半豆子燒掉。沾了血的豆子會吸啊吸，想辦法把另一半豆子吸過去，這樣就能把肉疣裡的血吸出來，過一下子肉疣就消了！」

「沒錯，就是這樣，哈克，就是這樣。不過如果你在埋豆子的時候說，『豆子入土！肉疣退散！別再來煩我！』會更有效喔！喬都這麼做，他去過很多地方，有一次還到了康維爾附近呢。話說回來，你要怎麼用死貓來對付肉疣？」

「喔，是這樣啦，你要等有壞人死掉準備在半夜下葬時帶著死貓去墓園。到了午夜，魔鬼就會出現，可能是一隻，也可能是兩、三隻，不過你看不見牠們，只會聽見類似風吹的聲音，或是牠們說話的聲音。魔鬼把壞人帶走時，你就把貓丟出去說，『肉疣跟著貓，貓跟著魔鬼，魔鬼跟著死屍，我跟你一刀兩斷！』這樣就能趕走所有肉疣啦。」

「聽起來很有用耶，哈克，你有試過嗎？」

「沒有，是霍普金斯老婆婆告訴我的。」

「嗯，我想也是。大家都說她是巫婆。」

「對啊！湯姆，不用你說，我也知道她是巫婆！她對我爸下咒耶！是我爸親口說的。有一天他遇到那個巫婆，發現她在對他施咒，我爸立刻拿石頭丟她，要不是她閃得快，一定會被打到。總之那天晚上，我爸喝醉躺在木棚上休息，不知怎的就摔了下來，手都摔斷了。」

「天啊，太可怕了！他怎麼知道是巫婆在施咒啊？」

「拜託，我爸一眼就看出來了。他說，只要她們目不轉睛地盯著你看就是在施咒，特別是口中還唸唸有詞的時候，那就表示她們在倒著唸《主禱文》。」

「原來如此。哈克，你什麼時候要試那隻死貓？」

「今天晚上。我猜魔鬼今晚會來取老荷斯·威廉斯的靈魂。」

「可是老威廉斯禮拜六就下葬啦，牠們禮拜六晚上沒帶他走嗎？」

「你在說什麼啊！魔鬼的法力要到午夜才會生效，但禮拜六的午夜就是禮拜天啦！魔鬼才不會在禮拜天跑出來到處亂晃咧，不可能啦！」

「我從來沒想過這一點耶，原來是這樣啊。我可以跟你去嗎？」

「好啊，如果你不怕的話。」

「怕？怎麼可能！我才不怕呢！你還是會用貓叫聲當暗號嗎？」

「對，不過你也要用貓叫聲回應一下。上次你讓我喵了好久，喵到海斯那老頭不但拿石頭丟我，還說『該死的貓！』所以我就扔了一塊磚頭砸破他的窗戶。你不能跟別人講喔。」

「我不會講出去啦。那天晚上姨媽一直盯著我，所以我才不能喵你。這次我一定會喵。咦，那是什麼啊？」

「沒什麼，一隻壁蝨而已。」

「你在哪裡抓到的？」

「外面那邊的樹林。」

「要什麼東西你才願意賣？」

「不知道，我不想賣。」

「好吧，那就算了。反正這隻壁蝨那麼小。」

「喲，吃不到葡萄就說葡萄酸。我對這隻壁蝨很滿意，覺得牠好得很。」

「隨便啦，壁蝨到處都是。我要的話，抓個一千隻都沒問題。」

「哼，那你怎麼不去抓抓看？因爲你很清楚自己根本抓不到。這隻壁蝨出現得早，是我今年看到的第一隻壁蝨喔。」

「拜託，哈克，我用我的牙齒跟你換啦！」

「讓我看看你的牙齒。」

湯姆掏出一個紙團，小心翼翼地攤開。哈克貝利用渴望的眼神看著牙齒，非常心動。

「真的是你的牙齒？」他終於開口。

湯姆張開嘴巴，露出缺了一角的門牙。

「嗯，好吧，」哈克貝利說。「成交。」

湯姆把壁蝨放進原先囚禁巨鉗蟲的雷管小盒裡，和哈克說再見。兩個男孩都覺得自己變得比之前更富有了。

湯姆邁著輕快的步伐，走向偏僻的小校舍，一副老老實實來上課的樣子。他俐落地把帽子掛到掛鉤上，快速溜進座位裡。老師高高地坐在如寶座般的木製大扶手椅上，聽著學生唸書的嗡嗡聲打瞌睡，結果被走進教室的湯姆驚醒。

「湯瑪斯．索耶！」

湯姆知道只要有人叫他全名，就表示他麻煩大了。

「是，老師！」

「過來。我問你，你怎麼又遲到了？」

湯姆原本打算說個謊矇混過去。就在這個時候，他瞥見一個垂著兩條金色長髮辮的熟悉背影，體內立刻竄起一股電流。教室裡唯一的空位正好就在她旁邊。這是愛的共鳴，更是命中註定。

「我停下來跟哈克貝利聊天。」湯姆毫不猶豫地回答。

老師氣到脈搏差點停止跳動，忍不住瞪大眼睛看著湯姆。唸書的嗡嗡聲戛然而止。全班同學都好納悶，這個莽撞的傢伙是不是瘋了？

「你……你做了什麼？」老師終於開口。

「我在路上停下來跟哈克貝利聊天。」

老師確定自己沒聽錯。

「湯瑪斯．索耶，這大概是我有生以來聽過最驚人的自白。你犯了這麼大的錯，光打你一頓還不夠。把外套脫下來。」

老師狠狠地揮舞教鞭，一直打到手臂又痠又累，藤條的握柄也明顯磨損才停止。

「現在，你去坐女生那邊！算是給你的警告！」他命令道。

教室裡爆出一陣竊笑。湯姆的臉紅了起來，但不是出於困窘，而是出於他對心上人的愛慕，沒想到自己居然有幸和她同桌。他在松木長凳的一端坐了下來，女孩甩甩頭，往旁邊挪挪身子，好離他遠一點。其他孩子紛紛擠眉弄眼，用手肘推來推去，低聲耳語。湯姆靜靜地坐著，手臂放在又長又矮的課桌上，一臉認真用功的樣子。

漸漸的，大家不再注意湯姆了。沉悶的空氣中再次響起嗡嗡的唸書聲。湯姆不時偷瞄旁邊的女孩，結果被她發現。她對湯姆做了一個鬼臉，接著撇開頭，用後腦勺對著他。過了大約一分鐘，她才慢慢地把頭轉回來，發現自己手邊多了一顆桃子。她把桃子推開。湯姆輕輕地把桃子推回去。她又推開，不過這次比較沒有敵意，感覺溫和多了。湯姆耐心地把桃子推回原位。她沒有拒絕。湯姆在寫字板上留下幾個潦草的字跡：「請收下，我有很多。」女孩一瞥了瞥那些字，沒什麼反應。湯姆開始在寫字板上畫圖，還用左手擋住女孩的視線。女孩一開始裝作沒看到，但好奇心深植於人性，總是以隱晦難察的姿態慢慢浮現，她開始動搖。湯姆埋頭畫畫，看起來似乎沒有察覺到這件事。女孩故作隨意地偷瞄一眼，但湯姆依然不動聲色，假裝沒注意到。

「讓我看一下。」女孩終於投降，語帶猶豫地小聲說。

湯姆移開手，露出乏善可陳的畫作。畫中有一棟小屋，屋子兩端是山形牆，還有一縷炊煙從煙囪裊裊升起。女孩深受吸引，興味盎然地盯著畫，將其他事全都拋到九霄雲外。湯姆畫好後，她仔細地看了一會，輕聲說：「畫得眞好，再加一個人吧。」

小畫家立刻在前院裡畫了一個人。這個人看起來比較像巨大的人形鐵架，只要一伸腳就能跨過旁邊的小屋，但女孩一點也不在意，反而很喜歡這個巨無霸怪獸。

「畫得好帥喔。現在畫一個我吧，畫我走過來的樣子。」她說。

湯姆畫了一個凹凸有致的沙漏當作她的身體，再畫了圓圓的滿月當她的臉蛋，加上像稻稈一樣細的四肢，張開的手指裡還拿著一把裝模作樣的扇子。

「太美了！眞希望我也會畫畫！」女孩說。

「很簡單啊，」湯姆低聲說。「我可以教妳。」

「眞的嗎？什麼時候？」

「妳中午會回家吃飯嗎？」

「如果你願意教我畫畫，我就留在學校。」

「好，太好了。妳叫什麼名字？」

「貝琪．柴契爾。你呢？噢，我知道！你叫湯瑪斯．索耶。」

「他們要揍我的時候才叫我湯瑪斯．索耶。大家喜歡我的時候都叫我湯姆。妳叫我湯姆吧，好嗎？」

「好。」

湯姆又開始在寫字板上塗鴉，但他遮著不給貝琪看。這一次她不再害羞，直接拜託湯姆讓她瞧瞧。

「哎，沒什麼好看的啦。」湯姆說。

「才怪，一定有什麼好看。」

「沒有，眞的沒什麼。妳不會想看的。」

「我想看，非常想看。拜託讓我看一下嘛。」

「妳會跟別人說。」

「不會，絕對不會，我保證、保證、再保證，百分之兩百不會說出去。」

「妳眞的不會跟任何人說？永遠、一輩子都不說？」

「我絕對不會跟任何人說。這樣可以了吧？讓我看一下嘛。」

「哎，妳不會想看的啦！」

「你越是這樣，我就越要看！」貝琪把小小的手按在湯姆手上，兩人爭來爭去，湯姆假裝努力抵抗後失手，剛好露出他寫的三個字：「我愛你。」

「哎喲，你很壞耶！」貝琪滿臉通紅，用力打了湯姆的手，但看起來很開心。

就在這個時候，湯姆突然覺得耳朵一緊！有隻手掐住他的耳朵，捏得越來越用力，慢慢把他往上提。湯姆就這樣在同學的訕笑聲中被老師鉗著耳朵，連拖帶拉地穿過教室，回到原來的座位。老師生氣地站在湯姆旁邊，低頭瞪他瞪了好一陣子，最後一言不發地走回神聖的寶座。湯姆覺得耳朵好痛，心裡卻甜甜的。

教室裡的騷動逐漸平息。湯姆努力想認眞上課，可是內心卻情緒翻湧，一直靜不下來。接下來的朗讀課，他唸得零零落落，表現一團糟；到了地理課，他把湖泊當成山脈，山脈說成河流，河流成了大陸，世界再度回到混沌狀態；拼字課時，他一連拼錯了好幾個簡單到不行的字，最後成績吊車尾，只好把身上那面讓他得意了好幾個月的白鑞獎牌還給老師。

7

湯姆越想專心讀書，思緒就越亂。最後他嘆了口氣，打個呵欠，完全放棄用功的念頭。他覺得早上這段時間過得好慢，好像午休永遠都不會來。教室裡死氣沉沉，凝滯的空氣讓人昏昏欲睡。二十五位孜孜不倦的學生發出喃喃的讀書聲，宛如蜜蜂的嗡鳴般撫慰心靈，引人入夢。熾熱的陽光籠罩著遠方的卡地夫山，山巒在微光閃爍的蒸騰熱浪中顯得柔和溫暖、綠意盎然，遠遠望去，就像染上了一層薄薄的紫暈。幾隻小鳥悠悠哉哉地在高空翱翔，附近除了幾頭熟睡的乳牛外，沒有其他動物。湯姆的心緊揪在一起，他好希望能趕快下課，奔向自由，不然找點有趣的事來打發時間解悶也好。他把手伸進口袋東摸西摸，突然露出開心又感激的表情（其實這就是禱告，只是湯姆並不知道）。他偷偷地拿出那個裝雷管的小盒子，把壁蝨放在又長又平的課桌上。壁蝨心裡大概也像禱告終獲回應的信徒一樣覺得謝天謝地。不過牠高興得太早了。正當牠感激涕零地準備逃跑時，湯姆便用別針把牠撥到旁邊，逼牠走另一個方向。

湯姆的知心好友喬就坐在他旁邊。喬原本和湯姆一樣覺得很無聊，沒想到突然出現一隻壁蝨，讓他萬分感激，總算有好玩的餘興節目了。湯姆和喬在平常日是患難與共的好兄弟，然而一到週六就成了戰場上的死對頭。喬取下衣領上的別針，和湯姆一起折磨這隻可憐的小俘虜。獨樂樂不如衆樂樂，這種玩法確實有趣多了。可是過沒多久，湯姆就覺得兩人互相干擾，無法盡情逗弄壁蝨。於是他把喬的寫字板放到桌上，在中間畫了一條線。

「現在，」湯姆說。「只要壁蝨跑到你那邊，你愛怎麼玩就怎麼玩，我不鬧你，但要是你讓牠跑到我這邊來，就換我玩，你不能干涉我，除非牠又跑到你那邊去。」

「好，就這麼辦。開始吧！」

才一轉眼，壁蝨就逃出湯姆的領地，越過寫字板上的楚河漢界，跑到喬那邊。喬玩弄了牠一陣，牠又立刻逃到湯姆那裡，沒多久又跑來喬這邊。壁蝨就這樣在兩人的領地間跑來跑去。其中一個人專心逗弄壁蝨時，另一個就認眞觀察戰況，兩顆小腦袋全神貫注地貼著寫字板，越靠越近，完全忘了他們還在上課。幸運女神似乎決定和喬站在同一陣線。壁蝨這邊走走，那邊繞繞，和盯著牠的兩個男孩一樣興奮、一樣焦急。可是每當壁蝨快要越線，湯姆也心癢地動動手指準備逗弄牠時，喬就會用別針巧妙地撥一下，讓壁蝨轉到別的方向，留在他這邊。最後湯姆忍無可忍，眼前的誘惑實在太大了。他伸出手用別針挑了一下壁蝨。

「湯姆，不要動牠啦！」喬氣呼呼地說。

「我只是想逗牠一下啊。」

「不行，這樣不公平。你不能動牠！」

「又不是我的錯，誰叫牠那麼好玩。我不會一直弄牠啦。」

「我再說一次，不要動牠！」

「好啦，我不會了啦！」

「你不能這樣，牠明明在我這一邊耶。」

「拜託，喬，你沒忘記那是誰的壁蝨吧？」

「我才不管牠是誰的，只要牠在我這一邊，你就不能動牠！」

「哼，我就是要玩，怎麼樣？牠是我的壁蝨，我愛怎麼玩是我的事，要牠活就活，要牠死就死！」

啪！教鞭毫不留情地落在湯姆肩上，喬也一樣。他們的外套揚起陣陣灰塵，就這樣輪流挨揍了兩分鐘，全班同學都抱著幸災樂禍的心情享受這場好戲。湯姆和喬剛才只顧著搶壁蝨玩，完全沒注意到教室裡突然鴉雀無聲，原來老師早就躡手躡腳地走到課桌旁，靜靜看著這場精采的壁蝨爭奪戰，看了好一陣子，才出手揮舞教鞭替他們「加料」。

午休時間一到，湯姆立刻飛奔到貝琪身邊，在她耳朵旁小聲地說：

「戴上帽子，假裝回家。走到轉角時避開其他人，從小巷那邊繞回來。我會走另外一條路，用同樣的辦法把其他人甩掉再跟妳會合。」

於是他們各自跟著一群學生離開。過沒多久，兩人在巷子底會合，一起折回學校。空蕩蕩的教室成了他們專屬的遊樂園。他們坐在一起，桌上放了一塊寫字板，湯姆遞給貝琪一枝鉛筆，接著握住她的手，一筆一畫地帶她描繪出一棟令人驚豔的房子。後來兩人逐漸對畫畫失去興趣，開始嘰嘰喳喳地聊起天來。湯姆身邊圍繞著粉紅泡泡，沉浸在滿滿的幸福裡。

「妳喜歡老鼠嗎？」他問道。

「不喜歡！我最討厭老鼠了！」

「喔，我也是，我討厭活的老鼠。不過我是問妳死老鼠，死老鼠還滿好玩的，可以用線串起來在頭上甩來甩去。」

「那又怎樣？我對老鼠沒興趣。我喜歡口香糖。」

「欸，我也是耶！要是我現在有口香糖就好了。」

「我有喔，你要嗎？我可以讓你嚼一下，不過你一定要還給我喔。」

湯姆欣然接受貝琪的提議。他們倆輪流嚼著口香糖，雙腿在長凳底下晃來晃去，覺得好開心、好滿足。

「妳有看過馬戲團嗎？」湯姆問道。

「有呀，我爸爸說如果我聽話，他會再帶我去看馬戲團喔。」

「我看過三次還四次——反正很多次就對了。馬戲團比教堂禮拜好玩，裡面有好多好多表演，永遠不無聊。我長大後想當馬戲團的小丑！」

「哇，眞的嗎？好棒喔，小丑都會穿彩色點點的衣服，很可愛耶！」

「對啊，很酷吧。而且他們還能賺進大把大把的鈔票，一天差不多可以賺一塊錢喔。這是班跟我說的。對了，貝琪，妳訂過婚嗎？」

「什麼是訂婚？」

「訂婚就是兩個人說好要結婚啊。」

「我沒訂過。」

「妳想訂婚嗎？」

「應該想吧，我不知道耶。訂婚是什麼樣子？」

「什麼樣子？很難形容耶。就是妳跟一個男生說，從今以後妳只跟他一個人好，永遠、永遠、永遠不會變心，然後妳要親他一下，就這樣。每個人都可以訂婚。」

「親？爲什麼要親？」

「呃，那個……就是……總之大家都這麼做啦。」

「大家？」

「對啊，大家談戀愛時都這麼做啊。妳還記得我在寫字板上寫了什麼嗎？」

「嗯……記得。」

「我寫了什麼？」

「我不告訴你。」

「那我告訴妳。」

「好……可是不要現在說，下次再說。」

「才不要，我現在就說。」

「不行，不要，明天再說。」

「不要啦，我想現在說。拜託啦，貝琪，我會很小聲、很小很小聲。」

貝琪猶豫不決，湯姆把她的沉默當作默許。他摟住她的腰，在她耳邊柔聲呢喃。

「現在輪到妳了，妳也要小聲地對我說這句話。」

貝琪抗拒了一下，最後終於妥協。

「你把臉轉開不要看我，那我就會說。可是你不能跟別人說喔。湯姆，你會說出去嗎？你絕對不能說出去，知道嗎？」

「我不會說出去，真的，我保證，絕對不會。貝琪，快說啦。」

湯姆把臉轉過去，貝琪害羞地俯身，越靠越近，直到她的呼吸拂過他的鬈髮。

「我……愛……你。」

她一說完就立刻跳開，繞著教室跑，在課桌和長凳間不停穿梭，湯姆在後面追她，最後貝琪躲到角落裡，用雪白的小圍裙遮住臉。湯姆伸手環住她的頸項，緊緊擁抱她。

「好了，貝琪，我們都說了，現在就差親親了！」他懇求道。「妳別怕，親親沒什麼大不了的。求求妳，貝琪！」他扯下貝琪用來遮臉的圍裙，試著掰開她擋在眼前的手。

貝琪逐漸放棄抵抗，把手放下來。剛才一陣拉扯讓她的臉染上一陣紅暈。她抬起頭，露出溫順的神態。湯姆吻了那雙紅潤的唇。

「好了，貝琪，該做的都做了。現在我們訂了婚，以後妳只愛我一個人，妳只能嫁給我，不能嫁給別人，永遠、永遠、永遠都不能喔。妳願意嗎？」

「我願意，湯姆，我會永遠只愛你一個人。我不會嫁給別人，只會嫁給你。你也只能娶我，不能娶別人喔。」

「那還用說，當然囉！對了，還有，別人看不到的時候，我們上學和放學都要一起走；參加舞會的時候，妳要選我當舞伴，我也會選妳。訂婚的人都是這樣。」

「聽起來好棒喔。我以前從來不知道有訂婚這件事。」

「訂婚真的很棒！之前我和艾美——」

貝琪睜大眼睛。湯姆這才意識到自己說溜了嘴，鑄下大錯。他立刻住口，腦袋一片混亂，不知道該怎麼辦才好。

「天哪，湯姆！你居然跟別人訂過婚！」貝琪哭了起來。

「噢，別哭，貝琪，我已經不喜歡她了。」

「騙人，你喜歡她，湯姆，你明明還喜歡她！」

湯姆伸出手想抱住貝琪，但貝琪把他推開，轉頭面對牆壁放聲大哭。湯姆又試了一次，還說了些安慰的話，結果又被拒絕。自尊心強的他面子掛不住，氣得甩頭就走，大步離開教室。他在外面站了好一陣子，內心焦躁不安，每隔幾分鐘就往門口看一看，希望貝琪會後悔，跑出來找他。可是湯姆怎麼等就是等不到貝琪。他覺得好難過，擔心自己真的做錯了。要驕傲的湯姆拉下臉來求和並不容易，但這一次，他鼓起勇氣走回教室，發現貝琪依舊站在角落，面向牆壁啜泣。湯姆深受打擊。他走向貝琪，呆呆地站在旁邊，完全不知道下一步該怎麼做。

「貝琪，我……我真的只喜歡妳一個人。」他吞吞吐吐地說。

貝琪還是哭個不停。

「貝琪……」湯姆苦苦哀求。「貝琪，妳說話嘛。」

貝琪哭得更傷心了。

8

湯姆東躲西閃地穿過幾條小巷，避開回學校上課的學生，接著放慢腳步，鬱鬱寡歡地往前走。他在一條小溪上來回跳了兩三次，因爲青少年之間流傳著一種迷信，只要跨過水流就能打亂足跡，誤導追兵。半小時後，他已經登上卡地夫山山頂，消失在道格拉斯宅邸後方。從這裡望過去，座落在身後山谷中的學校變得好渺小，遠到幾乎看不見了。湯姆走進枝葉繁茂的樹林，開闢屬於自己的蹊徑，深入林地中心，來到一棵盤根錯節的橡樹旁。他一屁股坐在樹下的苔蘚地上。樹林裡空氣凝滯，一絲微風也沒有，正午的熱浪悶得讓人窒息，鳥兒也停止歌唱，大自然陷入恍惚的昏睡狀態，只有遠處偶爾傳來幾聲啄木鳥鑿打樹幹的咚咚聲，讓瀰漫在四周的孤獨與死寂變得更加深刻。憂傷啃噬著湯姆的靈魂，冷清的樹林正是他內心的寫照。他把手肘撐在膝蓋上托著下巴，陷入沉思。在他看來，人生不過是一場無止境的磨難。他不禁有點羨慕最近過世的哈吉斯先生，想著要是能無憂無慮地躺下來沉睡不醒，盡情做夢，聽著風在枝椏間低聲細語，輕輕拂過墳墓上的綠草和小花，不用再承受活著的痛苦，一定很安詳、很愜意。他好希望自己有乖乖上主日學校，這樣他就能無所牽掛地一了百了，直上天堂。他想起了那個令他心碎的女孩。他到底做了什麼？他什麼也沒做啊！他滿懷善意地想討她歡心，卻被她當狗一樣對待，一隻澈澈底底的狗！有一天她一定會後悔，也許到那時她後悔也來不及了。唉，要是他能暫時死掉就好了！

然而年輕人思緒靈活、不受拘束，態度也比較樂天，沒辦法長時間壓抑自我，耽溺在悲傷裡太久。很快的，湯姆就開始考慮現實問題。如果他此刻轉身離去，神祕地銷聲匿跡呢？如果他走得遠遠的，到大海彼方未知的世界，從此一去不回呢？貝琪會怎麼想？他的腦海中再度浮現出當小丑的願望，令人反感的難受隨之襲來。一想到神聖莊嚴、恍惚朦朧的浪漫國度，小丑的把戲、笑話和圓點緊身衣頓時變得很可笑。不，他才不要當小丑，他要當士兵，一名歷經長年征戰、傷痕累累，終於帶著顯赫功勛衣錦還鄉的士兵。不，不僅如此，他還要和印第安人一起獵捕水牛，在西部杳無人跡的曠野和壯麗嚴峻的山峰上浴血奮戰；等到將來成爲大酋長，他就要頭上插著羽毛，帶著滿身駭人的彩繪圖騰，在一個懶洋洋的夏日早晨大步踏進主日學校，發出令人聞風喪膽的戰吼，讓昔日同伴目瞪口呆、欽羨不已地盯著他看。不，這樣還不夠，他要成爲更厲害的大人物！他要當海盜！對，就這麼決定了！這一刻，燦爛的未來就在他眼前，閃爍著難以想像的異光。等著看吧，全世界都會知道湯姆．索耶，只要一提起他的名號，大家就會怕得渾身發抖。他會駕著狹長低矮的黑色快艇「暴風怒神號」征服狂濤駭浪，懾人心魄的旗幟在船頭無懼地飄揚。他會在聲勢如日中天之際突然出現在小鎮故鄉，昂首闊步地走進教堂，飽受風吹日晒、膚色黝黑的他穿著合身的黑色天鵝絨短上衣和短褲，腳上套著及膝長筒靴，肩上披著緋紅色飾帶，皮帶上掛著長馬槍，腰際別著濺血無數的鏽蝕彎刀，軟邊寬帽上綴著隨風飄揚的翎毛。當他攤開畫著恐怖骷髏頭和交叉人骨的黑色旗幟，大家會交頭接耳地說：「那就是大海盜湯姆．索耶！西班牙海上的闇黑復仇者！」內心狂喜的他得意地享受大家的驚嘆。

太好了，就這麼辦！湯姆選定了自己的志業，決心逃家加入海盜的行列。明天一早就行動。現在他得趕快打包家當，準備啓程。他走到附近一塊腐爛的木頭旁邊，拿出巴洛刀在地上用力挖，一下子就挖到一塊空心的木板。他把手放在木板上，大聲地喊出咒語：

「還沒來的，快來！在這裡的，留下！」

接著他撥開泥土，露出一塊松木瓦。他打開木瓦，原來這是一個木製的小寶盒，盒子裡躺著一顆水晶彈珠。湯姆大感驚訝，困惑地抓抓頭說：

「奇怪，怎麼失靈了！」

他氣憤地把彈珠往旁邊一丟，站在原地沉思。他的咒語失效了，他和夥伴們一直以來深信不疑、絕對萬無一失的魔法失靈了。他們相信，只要把彈珠埋起來，再唸幾句特定的咒語，兩週後再唸他剛才唸的咒語，把盒子打開，就會發現過去弄丟的彈珠，不論遺失多久、在多遠的地方弄丟，那些彈珠全都會跑回盒子裡。然而這次法術卻失敗了，徹頭徹尾地失敗了。湯姆堅定的信念架構開始動搖，瀕臨瓦解。他知道不少法術成功的例子，從來沒聽說過有人失敗。他完全忽略了自己試過很多次，但每次都找不到彈珠的事實。他想了好久，最後終於得出結論，一定是女巫從中作梗，破解了他的咒語，這樣就能解釋魔法爲什麼會失效了。於是他四處尋找，總算在附近找到一個小沙堆，沙堆上有個漏斗狀的凹陷處。他趴在地上，嘴巴緊貼著凹陷處吶喊：

「小甲蟲，小甲蟲，快告訴我發生了什麼事！小甲蟲，小甲蟲，快告訴我發生了什麼事！」

沙堆開始動了起來。一隻黑色小蟲很快地鑽出洞口，又嚇得立刻縮了回去。

「牠不敢說！一定是女巫幹的好事。我就知道。」

湯姆很清楚和女巫鬥法沒什麼好處，只能悶悶不樂地讓步。他突然想到剛才不應該把那顆彈珠丟掉，於是便耐著性子認真尋找，但什麼也沒找到。他又走回埋寶盒的地方，小心翼翼地站在先前拋彈珠的位置，接著從口袋裡拿出另一顆彈珠，用同樣的方式把彈珠丟出去。

「老兄，把你的兄弟找出來吧！」

湯姆盯著彈珠落下，立刻跑過去翻找。彈珠一定是掉得太近或彈得太遠了。他又試了兩次，最後一次終於成功，找到落點相隔約三十公分遠的兩顆彈珠。

這時，森林深處突然響起錫製玩具喇叭的號角聲。湯姆以迅雷不及掩耳的速度脫掉外套和褲子，用吊帶當腰帶，從腐木後方的灌木叢裡翻出一副簡陋的弓箭、一把木劍和一個錫製喇叭。他解開上衣的釦子露出上身，光著腳，抱著裝備衝出去，跑到一棵大榆樹下，吹起號角回應。他踮著腳尖四處張望，然後壓低聲音，謹慎地對著想像中的同伴說：

「親愛的弟兄們穩住！聽我的號令行動。」

這時，精心裝備、打扮得和湯姆一樣的喬從樹林中現身。

「站住！來者何人？竟敢未經我的允准就擅闖雪爾伍森林？」湯姆大喊。

「吉斯本的蓋伊要來就來，不需要誰的允准！你是誰？膽敢——膽敢——」

「膽敢口出狂言！」湯姆連忙提醒忘詞的喬。因為他們全憑記憶在演，這些話都是從故事書裡來的。

「你是誰？膽敢口出狂言！」喬立刻接話。

「我？我是俠盜羅賓漢，你這卑劣的小人馬上就會知道我的厲害！」

「你就是那聲名遠播的亡命之徒？好極了，我正想和你較量較量，看這片林中樂土歸誰所有。看招！」

兩人把多餘的裝備扔到地上，高舉木劍，雙腳相對，擺出比劍的姿勢，小心翼翼地開始戰鬥，雙方不分高下，誰也不讓誰。

「喂，你要是真有兩下子，就拿出真本事來和我痛快地比一場！」湯姆說。

於是他們「痛快地比了一場」，戰得揮汗如雨，氣喘吁吁。

「認輸吧！快認輸！你怎麼還不認輸！」湯姆大喊。

「我才不認輸！你自己幹嘛不認輸？你快完蛋啦！」

「才怪，我不會輸，也不可能輸！書裡不是那樣寫的！書上說，『他反手一劍，刺傷了來自吉斯本的可憐蓋伊。』你應該要轉身讓我往你背上刺一劍才對。」

羅賓漢專家都這麼說了，喬也沒辦法，只能轉過身受湯姆一擊，負傷倒地。

「現在，」喬從地上爬起來說。「換我刺你一刀，這樣才公平。」

「為什麼？我才不要，書上又沒這麼說。」

「拜託，你也太小氣了吧，這樣很卑鄙耶。」

9

當晚九點半，湯姆和席德照常被催回房間睡覺。兩人禱告完沒多久，席德就沉沉地進入夢鄉，湯姆則睜大眼睛躺在床上，焦躁地等著。他等了好久好久，覺得天都快要亮了，沒想到時鐘一響，居然才敲了十下！太令人失望了。湯姆緊張到全身僵硬，很想翻身，可是又怕吵醒席德，只能靜靜地躺在床上，注視著無盡的黑暗。屋子裡一片死寂，瀰漫著令人沮喪的氣味。慢慢的，那些平時難以察覺的細微聲響變得好清晰，在靜夜裡顯得格外刺耳。時鐘的指針滴滴答答。老舊的木梁發出神祕的劈啪聲。樓梯隱約地嘎吱作響，一定是鬼魂現身了。波莉姨媽的房間裡傳來規律又沉悶的鼾聲。接著又不知道從哪裡冒出一隻蟋蟀唧唧叫，讓人心煩意亂。突然，床頭牆裡竄出一陣蠹蟲嚙齧著木頭的聲音，湯姆嚇得全身發抖，這個聲音代表有人時日不多了。遠處的狗拉開嗓門嗥叫，劃破寂靜的夜，接著更遠的地方又傳來一聲微弱的長嗥，彷彿在回應前者。湯姆覺得好難受，他相信時間已經靜止了，整個世界就此進入永恆。他忍不住打起瞌睡，完全沒聽到時鐘敲了十一下。半夢半醒之間，他隱約聽見貓咪的哀號聲。附近的鄰居打開窗戶，湯姆的眼皮動了一下。「該死的貓！滾開！」鄰居大吼，一只空瓶子砸上波莉姨媽的柴房，發出清脆的碎裂聲，驚醒了湯姆。不到一分鐘，他已經穿好衣服，偷偷摸摸地溜出窗戶，爬上屋頂。他一邊爬，一邊小心地喵喵叫，接著跳到柴房屋頂上，再跳到地上。哈克貝利就拎著死貓站在那等他。兩個男孩消失在濃重的夜色裡。半個小時後，他們已經走進墓園，在長長的草叢中奮力前進。

這是一座傳統的西部墓園，座落在小鎮外大約兩公里半的丘陵上，周圍豎著歪七扭八的木板圍籬，有些往內倒，有些往外斜，總之沒有一片木板是直的。墓園裡雜草叢生，所有老舊的墳墓都塌陷了，上頭也沒有墓碑；簡陋的圓頂木牌交錯地插在墳上，歪的歪、倒的倒，被蟲蛀得亂七八糟。這些木牌上曾漆著「以此紀念某某某」，但絕大多數的字跡都隨著時間淡去，變得模糊不清，即使是白天也看不出來到底是誰葬在這裡。

一陣微風吹過樹林，發出淒涼的嗚咽。湯姆好害怕，擔心說不定是亡靈在生氣，抱怨他們擾亂死者的安寧。兩個男孩幾乎沒有說話，就算開口也只敢低聲咕噥幾句。午夜的墓地一片寂靜，瀰漫著肅穆的氣息，壓得他們喘不過氣。他們找到了那座新堆的墳墓，墳墓不遠處種了三棵枝葉濃密、盤根交錯的大榆樹，他們隱身到榆樹間坐了下來，靜靜地等，感覺等了好久好久。除了遠處貓頭鷹的叫聲外，周遭一片死寂。湯姆悶到快要窒息了，非得講幾句話不可。

「哈克，你覺得死人會喜歡我們這樣不請自來嗎？」湯姆悄聲說。

「要是我知道他們在想什麼就好了，」哈克貝利輕聲回應。「這裡安靜得可怕，對不對？」

「對啊。」

兩人陷入無聲的思考，各自在心中咀嚼剛才的話題。

「欸，哈克……你覺得荷斯．威廉斯聽得到我們說話嗎？」湯姆又開口。

「當然啊，至少他的魂魄聽得見。」

湯姆停頓了一下。

「我剛才應該說威廉斯先生才對。我無意冒犯，只是大家都叫他荷斯。」

「講到過世的人本來就要特別小心，注意禮貌。」

湯姆被潑了一盆冷水，說不出話來。沉默再次降臨。

過沒幾分鐘，湯姆突然抓住哈克的手臂說：「噓！」

「怎麼了，湯姆？」他們倆緊緊靠在一起，心臟撲通撲通地狂跳。

「噓！又是那個聲音！你沒聽到嗎？」

「我……」

「聽！現在聽到了吧？」

「天哪，湯姆，他們來了！他們真的來了！我們該怎麼辦？」

「我不知道。他們看得見我們嗎？」

「唉，湯姆，他們和貓一樣，就算在黑暗中也看得一清二楚。我真不該來的。」

「哎呀，別怕，我想他們不會找我們麻煩。我們又沒做什麼壞事。說不定只要靜止不動，他們就不會發現我們了。」

「我盡量，可是……天啊！我好怕，怕到不停發抖。」

「你聽！」

兩人的頭緊靠在一起，努力屏住呼吸。墓園另一端遠遠傳來一聲悶響。

「快看！看那邊！」湯姆低聲說。「那是什麼？」

「那是鬼火。唉，湯姆，我們完了。」

幽暗的夜色中隱約映出幾個慢步走來的模糊人影，還有一盞老式的錫燈籠，搖曳的燈火在地上灑下無數細小的光點。

「一定是魔鬼來啦，」哈克貝利顫抖地說。「有三個啊！天哪，我們死定了！湯姆，你會禱告嗎？」

「我來試試。你別怕，他們不會傷害我們的。『此刻我躺下沉睡，我……』」

「噓！」

「又怎麼了，哈克？」

「他們不是鬼，是人啦！至少有一個是人。我聽到莫夫．波特的聲音了。」

「不會吧……眞的嗎？」

「我敢說一定是他。你千萬別動，他沒那麼機靈，不會發現我們的。他和平常一樣喝醉了，這個該死的糟老頭！」

「好，我會保持不動。現在他們停下來，好像在找什麼東西……他們又開始往前走，好像很興奮的樣子。失望。興奮。超級興奮！看起來應該是找對方向了。欸，哈克，我知道另一個人是誰，那是印第安喬的聲音。」

「沒錯，就是那個殺人不眨眼的雜種！眞希望來的是魔鬼，魔鬼比他們好太多了。咦，他們在幹嘛啊？」

那三個身影走到一座墳前，離他們的藏身處只有幾公尺遠。湯姆和哈克立刻閉上嘴巴，噤聲不語。

「就是這裡。」第三個人一邊說，一邊提起燈籠查看，火光照亮了他的臉。原來是年輕的羅賓森醫生。

波特和印第安喬推著手推車，上面放著一根繩子和兩把鐵鏟。他們把東西從推車上卸下，開始動手挖墳。羅賓森醫生把燈籠放在墳頭上，然後走向那三棵大榆樹，倚著樹幹坐了下來。他離湯姆和哈克好近，近到他們只要一伸手就碰得到他。

「動作快點！」羅賓森醫生壓低聲音說。「月亮隨時會出來。」

另外兩人粗啞地應了一聲，繼續往下挖。有好長一段時間，墓園裡沒有半點雜音，只剩下鐵鏟挖掘土壤、拋擲砂礫的撞擊聲，聽來既單調又刺耳。最後鐵鏟碰到棺材，發出沉重的木頭悶響。不出兩分鐘，他們就把棺材抬出墓穴，用鏟子把棺木撬開，搬出屍體，粗魯地丟到地上。月亮從雲層後方緩緩露臉，灑下蒼白的月光。

他們把屍體放到手推車上，蓋上一塊毛毯，用繩子緊緊固定。波特掏出一把大彈簧刀，切斷垂下來的繩索說：

「醫生，我們把這傢伙搞定啦。你再拿五塊錢出來，不然我們就把屍體丟在這裡。」

「說得好！」印第安喬附和。

「等等，這話什麼意思？」羅賓森醫生從樹下站起來。「之前你們要我先付錢，我已經付了。」

「沒錯，你是給了，但你欠我的可不只那些。」印第安喬一邊說，一邊走向醫生。「五年前有天晚上，我到你爸爸的廚房討點食物，結果你把我趕出去，說我不安好心，你爸爸還因為我是遊民，把我關進牢裡。那時我就發誓，就算要等上一百年，我也一定要你付出代價。你想想，我會就這樣算了嗎？我身上的印第安血脈可不是白流的！現在你落到我手裡，我們正好來算算這筆帳！懂嗎！」

他對著醫生揮舞拳頭，作勢威脅。羅賓森醫生出其不意地猛擊，一拳把這個印第安惡棍打倒在地。

「喂！你竟敢打我朋友！」波特丟下刀子大叫。他抓住羅賓森醫生，兩人扭打在一起，決心要拼個你死我活，戰況激烈到把草地都踩爛了。印第安喬突然跳了起來，眼中燃燒著熊熊怒火。他抓起波特扔在地上的刀子，像貓一樣弓著背，輕手輕腳地在兩人身邊繞來繞去，尋找下手的好時機。羅賓森醫生奮力甩開波特，一把抓起威廉斯墳上那塊沉重的墓碑就往對方猛砸，波特倒在地上昏死過去；就在這個時候，印第安喬抓準機會，握著刀子狠狠地往前刺，直插進羅賓森醫生的胸口。醫生踉蹌了幾步，頹然倒在波特身上，狂湧而出的鮮血染紅了波特的身體。湯姆和哈克被眼前這齣慘劇嚇得魂飛魄散，連忙趁著月亮又被烏雲遮住時離開現場，在黑暗的掩護下逃離墓園。

過了不久，月亮再次現身。印第安喬站在倒地不起的兩人旁邊，盤算著下一步該怎麼做。羅賓森醫生含糊不清地低喃幾句，長長地倒抽了一口氣，接著就一動也不動了。

「這筆帳算清了。去死吧！」印第安喬咕噥一聲。

他在屍體上東翻西翻，搶走值錢的東西，然後將那把致命的彈簧刀塞進波特軟趴趴的手裡，在撬開的棺材上坐下來。三分鐘、四分鐘、五分鐘過去了，波特逐漸清醒，開始呻吟。他感覺自己手裡好像握著什麼東西，舉起來一看，居然是一把沾滿血的刀子，嚇得他立刻把刀子丟到地上，不停發抖。他坐起身，推開羅賓森醫生的屍體，接著困惑地看看屍體，又看看四周，最後迎上印第安喬的目光。

「天啊！喬，怎麼會這樣？」波特問道。

「眞麻煩！」印第安喬坐在棺材上說。「你幹嘛殺他？」

「我？我沒有啊！」

「拜託，你看看刀子，看看屍體！再狡辯也沒用！」

波特渾身顫抖，臉色瞬間慘白。

「我以爲我酒醒了。今天晚上我本來不想喝酒的。我的腦子糊里糊塗的，比我們剛來這裡時更糟。我現在昏昏沉沉，什麼也想不起來，只有一大堆片段。喬，告訴我——別說謊啊老朋友——人眞的是我殺的嗎？喬，我從來沒想過——我以我的靈魂和榮譽發誓，我從來沒想過要殺掉他。喬，你老實告訴我，到底發生了什麼事。唉，眞慘哪，他還那麼年輕，又有前途。」

「哎，你們兩個不停扭打，他抓了一塊墓碑把你打倒在地，你搖搖晃晃地站起來，抓起刀子就往他身上捅，他又拿著墓碑對你狠砸，你就躺在這像木頭一樣一動也不動，一直到剛剛才醒過來。」

「唉，我眞不知道自己在幹嘛！眞想死了算了！都是威士忌和腎上腺素惹的禍。我這輩子從來沒用過武器。喬，我會打架，但絕不會用武器傷人。這點大家都知道。喬，這件事千萬別說出去。我要你開口保證，你絕對不會說出去，這樣才夠意思。喬，我一直很喜歡你，也總是站你這邊，你不記得了嗎？喬，你不會說出去吧？」可憐的波特跪在冷血的殺人凶手前，緊握著他的手不斷哀求。

「不會，我不會說出去。你一直都以誠相待，對我很好，波特，我不會出賣你的。好了，就這樣，這麼說應該可以吧。」

「哎，喬，你眞是個善良的好人。只要我活著一天，就爲你祈禱一天，求神保佑你平安順利。」波特哭了起來。

「好了，沒時間哭哭啼啼了。你快回去，從那邊走，我從這邊走。快點，記得別留下太多痕跡。」

波特小跑步離開現場，越跑越快，最後加速狂奔。

「他剛才被打昏過去，酒也沒醒，看他那個樣子，八成忘了那把刀，」印第安喬望著波特的背影喃喃自語。「就算他想起來，應該也已經跑遠了。他絕對不敢自己一個人回到這種地方撿刀。眞是個膽小鬼！」

幾分鐘後，只剩月光冷冷地凝望著被殺死的羅賓森醫生、裹著毯子的屍體、少了蓋子的棺材和空蕩蕩的墓穴。墓園再次恢復以往的死寂。

10

湯姆和哈克嚇得說不出話來，沒命似的往前飛奔，一路衝向小鎮。他們跑啊跑，不時緊張地轉頭看看後面，擔心自己被跟蹤。路上的每一棵樹椿看起來都好像人，甚至是敵人，害他們連大氣也不敢喘。他們跑過座落在小鎮附近、地點偏僻的農莊，引得看門狗一陣猛吠，嚇得他們拔腿狂奔。

「要是我們能一口氣跑到舊皮革廠就好了！」湯姆上氣不接下氣地低聲說。「我真的跑不動了。」

哈克貝利大口喘氣，說不出話來。他們倆全心全意盯著那座象徵希望的舊皮革廠，拼了命往前跑。他們離目標越來越近，最後肩並肩地衝進敞開的大門，筋疲力盡地跌坐在陰暗的角落裡，慶幸自己逃過一劫。等到脈搏慢慢穩定，情緒也平復下來後，湯姆輕聲問道：

「哈克貝利，你覺得結果會怎麼樣？」

「如果羅賓森醫生真的死了，一定會有人被送上絞刑台。」

「真的嗎？」

「那還用說。這種事我見多了。」

湯姆想了一下，再度開口。

「那誰會去告密呢？我們嗎？」

「你在說什麼啊？你想想，萬一印第安喬沒被送上絞刑台會怎樣？不用懷疑，他遲早會要我們的命。」

「我也這麼覺得。」

「要告密也是波特去，反正他笨得要命，老是醉得一場糊塗。」

湯姆再度陷入沉思，沒有回答。不久後他才低聲說：

「哈克，波特又不知道發生什麼事，他怎麼告密？」

「他怎麼會不知道？」

「印第安喬殺醫生的時候，波特被醫生打昏啦。你想他有看到嗎？你覺得他知道嗎？」

「對耶，湯姆，你說的有道理。真有你的！」

「而且，你想想——說不定醫生把波特打死了……」

「不太可能。我看得出來他喝得很醉，他老是這樣醉醺醺的。我爸喝醉的時候，就算把整座教堂壓在他頭上也不可能壓死他。這是我爸親口說的。波特一定也是這樣。不過話說回來，如果他當時沒喝醉，醫生那一敲說不定真的能把他打死。我也不知道。」

沉默降臨在兩人之間。湯姆想了一下，開口問道：

「哈克，你真的不會說出去嗎？」

「湯姆，我們不能說出去。你明知道那個印第安魔鬼會怎麼做，他要淹死我們就像淹死兩隻小貓一樣容易。如果我們走漏半點風聲，他又沒被絞死，那我們就完蛋了。好了，聽著，湯姆，現在我們要彼此發誓，我們一定要這麼做，要發誓一句話也不能說。」

「我同意，這件事一定要保密。好，我們握手立誓……」

「不行，那種誓沒用，只能拿來處理一些雞毛蒜皮的垃圾事，唬唬小女生，反正她們從來不守信，老是背叛你，一氣之下就把你賣了。像這樣的大事，光口頭發誓還不算，我們得寫下來立血誓才行。」

湯姆舉雙手贊成，覺得這個主意再好不過了。今晚夜色深沉，月黑風高，他們躲在廢棄的舊皮革廠，處境堪慮，此刻、此情、此景，只有「用血立誓」才能符合這種詭譎的氣氛。他撿了一片乾淨的松木瓦放在月光下，又從口袋裡掏出一顆赭紅色的小石頭，就著皎潔的月色用力在松木瓦上寫字。筆順往下時，他就咬緊牙關增強力道；筆順往上時，他就放鬆手腕往上撇。

「哈克貝利．芬恩和湯姆．索耶在此鄭重發誓，墓園一事，嚴守祕密，三緘其口；誰若洩密，當場暴斃，屍骨無存。」

湯姆流暢的書寫技巧和用字遣詞的高雅品味讓哈克貝利佩服得五體投地，急著取下衣領上的大頭針就要往手上刺。

「等一下，」湯姆連忙阻止他。「不要用那根針，那是銅針，上面可能有銅鏽。」

「什麼是銅鏽？」

「是一種毒物，反正銅鏽有毒就對了。不信的話就吞一點看看，保證有你好受。」

湯姆一邊說，一邊把自己的針拿出來，拿掉上面的線，接著兩人分別用針往拇指上刺一下，擠出一滴血。湯姆擠了好幾次，好不容易才擠出足夠的量，用小拇指當筆蘸血簽下姓名縮寫，接著又教哈克貝利寫下他的姓名字首H和F，血誓終告完成。他們舉行了一場蹩腳的儀式，唸了幾句咒語，把松木瓦片埋在牆角，象徵從今以後他們的嘴巴都上了鎖，鑰匙也丟了，絕不會洩漏任何消息。

與此同時，破敗的廠房另一端出現動靜。有個人影鬼鬼祟祟地從裂縫處爬進來，但湯姆和哈克完全沒發現。

「湯姆，」哈克貝利小聲地說。「這樣我們就不會說出去了吧？永遠不會，對不對？」

「當然啦，不管發生什麼事，我們都要關緊嘴巴，什麼也不能說，不然就會當場暴斃。這你也知道啊，不是嗎？」

「對喔，我想也是。」

兩人繼續交頭接耳說悄悄話。這時外面突然傳來一聲狗吠，聽起來離他們不到三公尺遠。悲傷又淒厲的長嗥讓湯姆和哈克嚇得魂飛魄散，緊緊抱在一起。

「牠是在對我們叫嗎？」哈克貝利倒抽了一口氣。

「我不知道——你從縫隙那邊瞄一下。快點啦！」

「我才不要，湯姆，你去看！」

「不行啦，哈克，我不敢啦！」

「拜託，湯姆。牠又開始叫了！」

「喔，天哪！謝天謝地！」湯姆輕聲說。「我認得牠的聲音，是鮑爾．哈畢森❶啦。」

「呼，那就好！說眞的，湯姆，我快嚇死了，我還以爲是野狗呢。」

狗又叫了起來。他們的心猛然一沉。

「天哪！那不是鮑爾．哈畢森！」哈克貝利低聲驚呼。「湯姆，你去看一下啦！」

湯姆怕到全身發抖，但他還是鼓起勇氣，透過縫隙往外瞄。

「哎，哈克，是一隻野狗。」他的聲音小得像蚊子叫。

「快點，湯姆，快說！牠在對誰叫？是你還是我？」

「哈克，牠一定是對我們兩個叫……我們一直靠在一起啊。」

「唉，湯姆，我們死定了。我知道自己一定會下地獄。誰叫我平常做了那麼多壞事。」

「完了啦！都怪我愛蹺課，到處調皮搗蛋，老是和大人唱反調……只要我願意，我也可以像席德一樣當個乖寶寶，但我就是不聽話。如果幸運逃過這一劫，我發誓，我一定乖乖去上主日學……」湯姆說著說著，忍不住哽咽起來。

「你哪有不乖！」哈克貝利也開始吸鼻子啜泣。「說眞的，湯姆，和我比起來，你根本就是天使。唉，天啊！老天爺啊！要是我有湯姆一半聽話就好了！」

「哈克，你看！」湯姆壓低聲音打斷哈克。「你看！那隻狗背對我們了！」

哈克看了一下，心裡好高興。

「眞的耶，牠眞的背對著我們！剛才也是這樣嗎？」

「對啊，牠一直背對著我們。我眞笨，居然完全沒發現。呼，太好了！不過話說回來，牠到底在對誰叫啊？」

長長的狗吠聲戛然而止。湯姆豎起耳朵仔細聆聽。

「噓！那是什麼？」他低聲問道。

「聽起來像……像野豬的叫聲。不對，湯姆，是有人在打呼啦！」

「對耶！那是誰在打呼啊？」

「聽起來好像是從另一邊傳來的。以前我爸有時會在那和野豬一起睡，天哪，他打起呼來可不得了，能把屋頂都掀了。不過我想那應該不是我爸，他不會再回到這座小鎮了。」

兩個男孩的冒險精神再次燃燒起來。

「哈克，如果我走前面的話，你敢一起過去看看嗎？」

「我才不要。湯姆，萬一是印第安喬怎麼辦？」

「印第安喬」這四個字讓湯姆忍不住退縮，但好奇心的誘惑實在太大，而且越燒越旺，最後兩人達成協議，決定一起去看看，條件是只要打呼聲一停就要立刻逃跑。他們倆一前一後、躡手躡腳地走出去。走到距離打呼的人只有五步遠時，湯姆不小心啪地踩斷一根樹枝。那個人悶哼一聲，動了一下，臉孔在月光中展露無遺。是波特。波特扭動身體那一刻，湯姆和哈克的心跳都快停了，如今眞相大白，恐懼已然消逝。他們又踮著腳尖悄悄離開，穿過破

❶作者註：若哈畢森先生的奴隸名叫鮑爾，湯姆就會叫他「哈畢森的鮑爾」；若指稱的對象是哈畢森先生的兒子或狗，湯姆就會叫他／牠「鮑爾．哈畢森」。

掉的擋風板，一直到離皮革廠有段距離後才停下腳步，準備分手道別。就在這個時候，一聲又長又淒厲的狗嚎再次劃破寂靜的夜。他們轉身一看，一隻陌生的野狗就站在離波特幾公尺遠的地方面對著他，仰天長嘯。

「喔！原來狗是在對他叫啊！」湯姆和哈克異口同聲地驚呼。

「欸，湯姆，聽說兩個禮拜前，有隻野狗半夜在強尼．米勒家附近狂吠，而且同一天晚上還有隻夜鷹飛進他家，停在樓梯扶手上啼叫。不過他們家目前還沒有人死掉。」

「嗯，我知道這件事。是沒有人死，但葛蕾絲．米勒不是在隔週的禮拜六不小心跌進廚房壁爐裡嗎？聽說她嚴重燒傷耶。」

「是沒錯，但她沒死啊！而且她也慢慢康復了。」

「你等著看吧。她死定了，和波特一樣，他們兩個都死定了。黑鬼都這麼說，哈克，他們對這種事清楚的很呢。」

兩人互道再見，各自帶著心事回家。當湯姆偷偷摸摸地從窗戶爬進房間時，天已經快亮了。他小心翼翼地脫掉衣服，墜入夢鄉，暗自慶幸沒人發現他溜出去冒險。他不知道輕聲打呼的席德其實已經醒來一個小時了。

湯姆起床時，席德早已換好衣服不見人影。明亮的天色，安靜的房間，一看就知道時候不早了。湯姆嚇了一跳。怎麼沒有人來叫他？平常姨媽都會一直叫他，叫到他起床為止啊？湯姆越想越不對勁，心裡有種不祥的預感。不到五分鐘，他就穿好衣服，睡眼惺忪地走到樓下，覺得全身痠痛。波莉姨媽、席德和瑪麗都坐在餐桌旁，已經吃完早餐了。沒有人出聲責備他，只有閃躲的眼神和奇怪的沉默。嚴肅的氣氛讓良心不安的湯姆寒毛直豎。他坐下來，努力假裝開心的樣子，可是眞的好難，沒有人對他微笑，也沒有人開口說話。他只好閉上嘴巴，心不斷往下沉。

吃完早餐，波莉姨媽把湯姆拉到一旁。湯姆開心地想著姨媽總算恢復正常，要揍他一頓了。然而並非如此。波莉姨媽看著他，眼淚撲簌簌地掉下來，難過地問他怎麼能這樣傷她的心；最後她說，既然他這麼想毀掉自己，那就隨便他吧，就讓她煩惱到滿頭白髮，最後帶著痛苦死去吧，反正不管她怎麼做、怎麼努力都沒用。這番話比一千下鞭打還要令人難受，此時此刻，湯姆的心比身體還痛。他放聲大哭，乞求姨媽原諒他，並一而再、再而三地保證自己一定會改過自新。波莉姨媽語帶敷衍地說沒關係，要他趕快去上學。湯姆半信半疑，覺得姨媽其實沒有眞的原諒他。他走出家門，心裡好痛苦、好難過，根本沒心情追究是不是席德向姨媽告狀，也不想報仇；反倒是席德擔心湯姆會找他算帳，早就從後門溜走了。

湯姆滿面愁容，悶悶不樂地來到學校，還因爲前一天蹺課和喬一起挨了一頓打，但他心不在焉，根本無暇在乎這些芝麻綠豆大的小事。他無精打采地回到座位上，雙手托著下巴，用冷冷的眼神瞪著牆壁，一副飽受煎熬、人生無望的模樣。他的手肘一直壓著某個硬硬的東西，過了好長一段時間，他才帶著悲傷慢慢移開手肘，一邊嘆氣，一邊拿起那個用紙包裝的硬物。他打開紙包，發出一聲重重的長嘆。那是他送給貝琪的銅製把手，也是壓垮駱駝的最後一根稻草。

湯姆的心澈底碎了。

11

不到中午，墓園凶殺案的消息就傳遍了整個小鎮，引起軒然大波。當時人們做夢也想不到會有電報這種東西，所有新聞都是口耳相傳，一傳十、十傳百，傳播的速度就跟電報差不多。老師立刻宣布下午停課；要是他不這麼做，全鎮的人都會對他投以異樣的眼光。

鎮民在羅賓森醫生的屍體旁找到一把血淋淋的刀子，有人認出那是波特的彈簧刀。謠言立刻不脛而走。有個晚歸的鎮民宣稱自己撞見波特凌晨一、兩點在小溪邊洗澡，一見到有人來，他就偷偷摸摸地溜走了。嗯，情況非常可疑，尤其是洗澡的部分，因爲大家都知道波特根本不愛洗澡。還有傳言說，居民翻遍了整座小鎮要揪出凶手（民眾細查證據和裁決定罪的效率驚人，從不怠惰），但波特彷彿人間蒸發，完全不見蹤影。騎警已經從四面八方分頭搜索，每一條路都不放過，警長也拍著胸脯保證，入夜前就會抓到波特。

大家紛紛湧進墓園看熱鬧。湯姆已經擺脫傷心欲絕的狀態，跟著群眾一起前進。其實他很想去別的地方，離墓園越遠越好，可是不知怎的，身體卻被一股可怕又難以解釋的魔力吸了過去。抵達恐怖的案發現場後，湯姆扭著小小的身軀擠過人群，淒涼絕望的景象再次映入眼簾。幾個小時前，他才在這裡目擊一切，感覺起來似乎是好久以前的事了。這時，有人捏捏他的手臂。他立刻轉頭，迎上哈克貝利的目光，但兩人旋即別開眼神，擔心旁人會不會從他們的對望中察覺什麼異狀。不過大家都忙著交頭接耳，一心只關注駭人的凶案現場。

「眞可憐！」

「年紀輕輕，實在是太不幸了！」

「眞該給那些盜墓賊一個教訓！」

「要是他們抓到波特，一定會把他送上絞刑台！」

人群中不時傳出這樣的話語。

「天理昭彰，報應不爽。他是罪有應得。」牧師說。

這時，湯姆在人群中瞥見一張面無表情的臉孔——是印第安喬！湯姆嚇得全身發抖。群衆開始騷動不安，有人大叫：

「是他！是他！他居然自己過來了！」

「誰？誰啊？」二十幾個聲音此起彼落。

「波特啊！」

「哎呀，他停下來了！小心，他轉身了！別讓他跑了！」

「他沒有要跑啦，只是看起來有點遲疑和困惑，好像搞不清楚狀況。」那些爬到樹上的人在湯姆頭頂上議論紛紛。

「太可惡了！不要臉的傢伙！」有個路人大罵。「八成是想偷偷回來欣賞他的傑作吧，沒想到會被這麼多人包圍！」

大家紛紛閃開，讓出一條路。警長抓住波特的手臂，招搖過市地從鎮民面前走過去。可憐的波特一臉憔悴，眼裡滿是驚恐，不曉得接下來會發生什麼事。他站在羅賓森醫生的屍體旁邊，痙攣似的不停發抖，接著把臉埋進雙手中痛哭流涕。

「不是我幹的，各位鄉親，」波特抽抽噎噎地說。「我發誓，我眞的沒有殺人。」

「誰說你殺人了？」一個聲音大喊。

這聲叫喊讓波特回過神來。他抬起頭，用可憐又無助的眼神環顧四周，發現了印第安喬的身影。

「印第安喬，你保證過你絕對不會……」他放聲大叫。

「那把是你的刀嗎？」警長把刀扔到波特面前。

要不是有人及時扶著他，讓他慢慢坐到地上，波特一定會立刻癱軟在地。

「有人告訴我，要是我不回來拿……」他顫抖地說，然後就像洩了氣的皮球般揮揮無力的手，做出投降的姿勢。「說吧，印第安喬，你說吧……反正再怎麼解釋也沒用了。」

湯姆和哈克只能傻傻愣在原地，目瞪口呆地看著那個冷酷無情的騙子以平靜的口吻編出彌天大謊，一副事不關己的模樣。他們倆不停祈禱，希望老天有眼，立刻從晴朗的天空打下一道閃電，迎頭劈死這個作惡多端的大壞蛋；然而時間一分一秒過去了，他們忍不住想，到底要等多久才會看見老天顯靈。印第安喬從容自若地說完事發經過，人卻仍好端端地站在那裡，毫髮無傷。湯姆和哈克原本很想違背誓言去救那個被陷害的可憐人，但眼前的景象讓他們畏懼不前，一句話也不敢說。顯然這個可怕的凶手已經把靈魂賣給了撒旦，而惹到撒旦的人只有死路一條。他們可不敢向魔鬼宣戰。

「你怎麼不直接逃跑？還回來這裡幹嘛？」有人問道。

「我沒辦法……眞的沒辦法……」波特痛苦地呻吟。「我想逃，但我就是做不到……」

他再度低頭啜泣。

幾分鐘後，本案正式進入審訊與驗屍調查，印第安喬在宣誓的狀態下冷靜地搬出剛才的謊言，重述一遍證詞。上帝依舊沒有降下天打雷劈，這讓湯姆和哈克更加確信印第安喬已經把自己賣給了魔鬼，成爲他們這輩子見過最神祕的危險人物。他們倆難掩好奇，目不轉睛地盯著魔鬼的門徒，同時暗暗下定決心，一定要找機會在夜裡跟蹤印第安喬，說不定會看到魔鬼的眞面目。

印第安喬幫忙把受害者的屍體抬到馬車上，準備運離現場。「醫生的傷口流血了！」圍觀的群衆突然爆出耳語，引起一陣騷動。湯姆和哈克好開心，以爲上帝終於顯靈，大家會把矛頭轉向印第安喬，洗清波特的嫌疑。然而接下來的發展讓他們失望透頂。

「啊，難怪！因爲波特離屍體不到一公尺遠。他就是兇手！」好幾個鎭民同聲附和。

從那天起，湯姆就守著這個恐怖的祕密，良心也備受煎熬，整個禮拜都睡不好。有天早上，席德邊吃早餐邊說：

「湯姆，你睡覺時老是翻來翻去，還一直說夢話，害我晚上有一半的時間都醒著。」

湯姆垂下眼神，臉色發白。

「那可不好，」波莉姨媽嚴肅地說。「湯姆，你是不是有什麼煩惱？」

「沒有，我什麼煩惱也沒有。」湯姆的手抖個不停，把咖啡濺得到處都是。

「你明明就有說夢話，」席德繼續說。「昨天晚上你說『血啊，血！全都是血！』說了好多遍，還說『別再折磨我了，我說！』說？說什麼？你到底要說什麼？」

湯姆一陣暈眩，覺得整棟房子都在旋轉，擔心深藏已久的祕密會被揭穿。幸好波莉姨媽臉上的擔憂不再，她立刻插話，無意間幫了湯姆一個大忙，讓他鬆了一口氣。

「哎，一定是那件恐怖的凶殺案！我幾乎每天晚上都會夢到那件事，有時還會夢到自己是凶手呢。」

瑪麗點頭附和，說她也做了很多惡夢，席德這才停止逼問，不再對哥哥窮追猛打。湯姆馬上找個藉口迅速離開現場，接下來整整一週，他不停抱怨牙痛，堅持每晚睡前一定要用繃帶把下巴纏起來。湯姆完全沒發現席德其實每天晚上都在觀察他，而且經常悄悄解開他的繃帶，倚著手肘聽他說好一陣子的夢話，再悄悄地把繃帶纏回去。隨著時光流逝，湯姆內心的痛苦和壓力逐漸消失，開始覺得每晚裝牙痛包下巴太麻煩，最後乾脆放棄。假如席德眞的從他斷斷續續的夢囈中聽出了什麼，他也沒說出去。

湯姆覺得班上的同學老是在玩「死貓驗屍」的遊戲，玩個沒完沒了，這個遊戲一直讓他想起心底的祕密，墓園凶殺案的畫面不斷浮現在眼前。席德注意到湯姆在驗屍遊戲中從來沒扮過驗屍官，不像以前總是搶著當老大，另外他也注意到湯姆從來沒演過證人——總之一切的一切都很奇怪。他還發現湯姆很討厭這類驗屍調查遊戲，能閃則閃，能不玩就不玩。席德非常訝異，但他什麼也沒說。最後這些遊戲終於退燒，湯姆總算暫時解脫，不必再承受娛樂

12

湯姆逐漸淡忘那個可怕的祕密，因爲他心頭有一件更大、更重要的事盤旋不去，讓他既好奇又擔心。貝琪一直沒來上學。自尊心強的湯姆掙扎了好幾天，強迫自己不去想她，讓一切隨風而逝，但最後仍以失敗收場。他夜復一夜地在貝琪家附近徘徊，心裡好難過。原來貝琪生病了。萬一她不幸過世怎麼辦？想到這裡，他都快要發瘋了；從前那些恢宏志向蕩然無存，什麼浴血戰爭、什麼海盜冒險他都興趣缺缺，一點也不在乎。湯姆覺得人生的美好澈底消逝，只剩下無盡的苦痛和折磨。他把鐵環和球拍收了起來，這些東西對他來說沒用了，再也不能帶給他純粹的快樂。湯姆的轉變讓波莉姨媽擔憂不已，開始尋找各種民間療法想治好他的心病。波莉姨媽是那種很愛亂試成藥和各類新奇配方的人，凡是宣稱可以強身補體或改善健康狀況的東西她都不放過，可說是重度成癮的醫療實驗家。只要市面上出現了新的資訊或新的產品，她就會一頭熱地栽下去，勇於嘗試未知的事物，不過不是用在自己身上（因爲她從不生病），而是拿身邊的人當白老鼠。她訂閱了所有健康雜誌，認同裡面所說的每一句話，堅信顱相學之類的僞科學，那些一本正經的胡說八道成爲她的生活圭臬，如氧氣般無所不在、不可或缺，像是維持居家通風的方法、怎麼睡覺、怎麼起床、該吃什麼喝什麼、要做多少運動、保持什麼樣的心情、穿哪些衣服等諸如此類的廢話，對她來說都是無可質疑的眞理；她從未發現這一期的雜誌總是推翻上一期的說法。波莉姨媽爲人老實、心思單純，所以很容易受騙上當。她蒐集雜誌上毫無根據的偏方，購買來路不明的假藥，自以爲是仁醫四處行善，實際上她比較像《聖經》啓示錄裡的灰馬騎士，帶著散播死亡的能力，「陰府也隨著她」。對那些病痛纏身的鄰居來說，她既不是療癒天使，也不是靈丹妙藥，但她本人卻從來不這麼覺得。

當時波莉姨媽新學到一種水療法，湯姆又身心狀況不佳，正好能試驗看看。每天清晨拂曉時分，波莉姨媽就把湯姆帶到院子，要他在柴房裡站好，接著從他頭上淋下一大盆冷水，再用毛巾像打磨抛光似的使勁擦洗他的身體（湯姆的皮膚因而變得閃閃發亮），然後用濕床單把他裹起來，蓋上厚毛毯，直到他汗流浹背、洗滌靈魂，用湯姆的話來說就是「黃黃的髒東西從毛細孔跑出來」爲止。

然而經過水療法的洗禮和淨化，湯姆依舊不見起色，反而越來越憂鬱，越來越落寞，越來越蒼白。波莉姨媽又加上熱浴法、坐浴法、淋浴法和全身浴法，但湯姆還是像靈車一樣死氣沉沉。於是她決定祭出別的偏方來輔助，讓湯姆在水療外同時進行燕麥食療法、塗抹水泡專用藥膏，精心計算湯姆的食量，每天都要他嘗試各種道聽塗說的江湖藥方。

此時的湯姆已經對這種幾近迫害的治療方式毫無反應，變得麻木不仁。波莉姨媽驚愕不已，決心要不惜一切代價治好湯姆的怪病。最近她聽說有種新的藥叫做「止痛藥」，立刻訂了一大堆，還親自試驗，沒想到這種藥水喝起來又嗆又辣，和液態的火焰沒兩樣。波莉姨媽滿懷感激地想，這下有救了，於是便立刻放棄水療法和其他亂七八糟的偏方，把希望寄託在止痛藥上。她倒了一匙藥水，盯著湯姆喝下去，焦急地等待結果。只見湯姆被藥水嗆得喉嚨灼熱，瞪大眼睛瘋狂亂跳；波莉姨媽的心情瞬間恢復平靜，煩惱一掃而空。湯姆總算「有反應」了。說真的，就算她把湯姆放到火堆上烤，效果恐怕也沒這麼好。

湯姆覺得是時候該面對現實，結束這場鬧劇了。雖然扮演無病呻吟的傷心人非常浪漫，但波莉姨媽沒完沒了的實驗嚴重破壞了這種傷感的情緒和氛圍。湯姆絞盡腦汁，終於想出一個解脫的辦法：假裝自己愛喝止痛藥。他整天嚷著要喝藥水，波莉姨媽被他吵得受不了，要他自己去倒，別再來煩她。假如今天換作是席德，波莉姨媽就會放一百二十個心，不帶任何疑慮，可是湯姆就不同了。因此她暗中觀察藥瓶裡的分量，確認湯姆真的有按時服藥。藥瓶裡的藥水的確有減少，但她萬萬沒想到湯姆其實把藥全都倒進起居室的地板縫隙，一口也沒喝。

有一天，湯姆又拿著湯匙餵地板喝藥。波莉姨媽養的黃貓彼得蹭了過來，發出撒嬌的呼嚕聲，用貪吃的眼神望著湯匙，拜託湯姆讓牠嚐嚐看。

「彼得，你真的想吃嗎？不想吃就別亂叫。」湯姆說。

彼得喵了一聲，表示牠真的想吃。

「你最好想清楚喔。」

彼得保證自己已經想得很清楚了。

「既然你這麼想吃，那就給你吃，我這個人從來不小氣。要是你吃了覺得不對勁，別怪我，是你自己要吃的喔。」

彼得點點頭。於是湯姆掰開彼得的嘴，咕嘟咕嘟地灌下止痛藥。彼得立刻跳到半空中放聲大叫，繞著起居室狂奔，跑了一圈又一圈，把家具撞得東倒西歪，還打翻了花盆，搞得亂七八糟；接著牠又直起後腿，仰著頭瘋狂地跳來跳去，不時喵喵歡呼，開心到停不下來；下一秒，牠又在屋子裡橫衝直撞，恣意破壞，製造一大堆混亂。波莉姨媽走進起居室時正好看見彼得翻了幾個筋斗，奮力一躍，從敞開的窗戶衝出去，身上還沾著不少花盆碎片。她嚇得睜大雙眼愣在原地，眼鏡從鼻梁滑下來，湯姆則躺在地板上哈哈大笑。

「湯姆，那隻貓是在發什麼瘋啊？」

「我不知道，姨媽。」湯姆笑到差點喘不過氣。

「怪了，我從來沒見過這種事。到底怎麼搞的？牠怎麼會變成那樣？」

「我眞的不知道，姨媽。貓咪只要一開心就會做些怪事。」

「是嗎？」

湯姆察覺姨媽的聲調有異，心裡一陣不安。

「對啊，姨媽。我是這麼想的啦。」

「你眞的這麼想？」

「是的，姨媽。」

湯姆緊張兮兮地看著波莉姨媽彎下腰。等到他明白姨媽動作背後的涵義時，一切都太遲了。床單下露出一截湯匙的握柄。波莉姨媽舉起湯匙，湯姆眉頭一皺，眼神往下飄，心虛地望著地板。波莉姨媽使出平常的絕招，一把揪住湯姆的耳朵往上拉，還用毛線棒針狠敲他的腦袋。

「你這傢伙，爲什麼要欺負那隻可憐的笨貓？」

「我是同情牠才餵牠吃藥的……因爲牠沒有姨媽啊。」

「沒有姨媽！你這笨蛋說什麼鬼話！這跟有沒有姨媽有什麼關係？」

「關係可大了！彼得沒有姨媽，所以沒有人餵牠喝嗆辣的藥水，不顧牠的感覺，把牠的肚子燒得灼熱，熱到快爆炸了！」

湯姆的話讓波莉姨媽恍然大悟，內心滿是懊悔。那個藥水讓貓痛苦到抓狂，小孩子當然也受不了。想到這裡，她的態度瞬間軟化，覺得萬分抱歉。

「湯姆，我都是爲了你好，而且那藥眞把你治好了。」波莉姨媽雙眼噙著淚水，摸摸湯姆的頭柔聲說。

湯姆抬起頭看著她，嚴肅的眼神中隱約閃過一絲調皮的光芒。

「姨媽，我知道妳是爲了我好，我也是爲了彼得好。那個藥眞的很有效，我從來沒見過牠那麼活潑……」

「哎呀好啦，湯姆，快去玩吧，別再氣我了。試著乖乖聽話一次，當個好孩子，一次就好，這樣你就不用再吃什麼藥了。」

湯姆提早來到學校。這陣子他變得很奇怪，每天都早到，也不太和朋友一起玩，只是在校園操場大門附近晃來晃去。他說自己病了，看起來也的確病懨懨的沒錯。湯姆裝出若無其事的樣子四處張望，其實目光緊盯著通往學校的那條路。傑夫的身影出現時，他的眼睛瞬間亮了起來，注視了好一陣子，接著傷心地轉過身去。等傑夫走到校門口，湯姆立刻上前和他打招呼，希望能有意無意地聊起貝琪，但呆頭呆腦的傑夫完全聽不出湯姆話中有話。湯姆在門口等啊等，每次看到身穿飄逸洋裝的女孩走來就燃起希望，隨即又露出厭惡的表情，因爲那些女生都不是他在找的人。路上漸漸空了，再也沒有女生走向學校；湯姆悶悶不樂地走進空蕩的教室，一個人坐在位子上難過。這時，他瞥見一個穿著洋裝的身影穿過校門。湯姆的心猛烈狂跳，立刻衝出教室，像印第安人一樣又笑又叫地加入其他男生，玩起你追我跑的遊戲，甚至冒著危險跳過圍牆、翻筋斗，頭下腳上地倒立。湯姆使出渾身解數，做出所有自以爲酷帥的行爲，還不時偷瞄貝琪，看看有沒有引起她的注意。可是貝琪似乎完全沒反應，看也不看他一眼。她是不是沒發現他？湯姆馬上跑到貝琪附近，發出誇張的戰吼，一把抓下別人的帽子用力甩到教室屋頂上，接著又從一群男孩中間飛奔而過，害他們跌跌撞撞地散開，就連他自己也在貝琪眼前摔個四腳朝天，差點把她絆倒。貝琪昂起頭，一臉不屑地轉過身去。

「哼！有些人就是自以爲聰明，愛現得要命！」貝琪的聲音刺進湯姆耳裡。

湯姆臉頰發燙，心裡好痛苦、好難受。他垂著頭沮喪地爬起來，悄悄離開。

13

湯姆的心一橫，默默做出決定。他墜入陰鬱又絕望的深淵，覺得自己被世界遺棄，沒有朋友，也沒人愛他；若世人明白他們把一個男孩推向何種境地，也許他們會心生愧疚，懊悔不已。他很努力地想說好話、做好事，成爲人見人愛的乖孩子，可是大家都不喜歡他，只想快點擺脫他；那就這樣吧，就讓他們將一切歸咎於他，反正他孤零零的一個人，又有什麼好抱怨的呢？沒錯，是他們把他逼到這步田地。他決心要當個罪犯，過著放逐的人生。他別無選擇。

這時，湯姆已經走到草原巷的另一頭，學校的上課鐘聲隱約在耳邊迴盪。一想到再也聽不到這熟悉的鐘聲，他不禁哽咽啜泣。殘酷的現實讓他迫不得已，只能認命踏上漂泊之路，前往冷漠的世界。雖然世人把他逼到這種地步，但他願意原諒大家，不會計較。想到這裡，湯姆的眼淚忍不住潰堤，撲簌簌地滾落臉頰。

就在這個時候，他遇見了知心的拜把兄弟喬。喬眼神空洞，一臉落寞，看來也是心情鬱悶，顯然兩個男孩同是天涯淪落人。湯姆用袖子擦擦眼睛，邊哭邊說自己打算逃離這座無情的小鎮，遠走高飛，永不回頭，希望喬別忘了他。

沒想到喬也正爲了同樣的原因與感受而到處尋找湯姆，想和他告別。剛才他媽媽以爲他偷吃了鮮奶油，毒打了他一頓，但是他根本沒吃，也不知道家裡有鮮奶油；顯然媽媽已經對他感到厭煩了，想把他趕出家門。如果這是她的心願，他又何必賴著不走，整天惹人嫌呢？喬心想，希望他的離開能讓媽媽快樂，希望她永遠不會後悔親手將可憐的寶貝兒子送進冰冷淡漠的世界，受盡折磨與煎熬，孤老至死。

湯姆和喬一邊傷心地往前走，一邊立下新的誓約，說好兄弟倆情同手足，患難與共，永不分離，直到死亡讓他們自痛苦中解脫。他們開始擬定流亡計畫。原本喬想住在荒郊野外的洞穴裡當隱士，以乾硬的麵包皮果腹，最後懷著悲傷於冷冽的寒風中凍死；不過湯姆的提議讓他改變了主意，亡命之徒的生活聽起來很刺激，於是他便答應和湯姆一起去當海盜。

密西西比河自聖彼得堡小鎮往下流約五公里處，有一座狹長且枝葉繁茂、名爲傑克森島的無人島，小島附近的河面寬約一點六公里，前方有一彎淺淺的帶狀沙洲，遠處河岸邊還有一片杳無人跡的濃蔭森林，很適合當海盜的大本營，於是兩人決定前往傑克森島。至於當海盜後要打劫誰、怎麼打劫，他們完全沒想過。

選定地點後，湯姆和喬就去找哈克貝利。他二話不說，馬上加入他們。對他而言，海盜和其他職業毫無分別，他根本不在乎做什麼。最後三人約好，午夜在離鎮上約三公里外的僻靜河岸會合，那裡有一艘小木筏，他們打算據爲己有，乘著木筏渡河；除此之外，每個人都要帶鐵鉤和繩索，這樣才能當神不知鬼不覺、逍遙法外的海盜神偷。整個下午，三人沉浸在美好燦爛的幻想裡，得意地用隱晦的暗示散播消息，說鎮上「很快就會有大事發生」，還不忘提醒大家「千萬別說出去，等著瞧」。

午夜時分，湯姆帶著熟火腿和一些零食來到河邊，爬上可以俯瞰集合地點的陡岸，躲在濃密的矮樹叢中默默等候。夜裡繁星點點，萬籟俱寂，寬闊的河面就像無風無浪的海洋般靜靜地躺臥在眼前。湯姆豎起耳朵仔細聆聽，四周悄無聲息。他壓低音量，俐落地吹了一聲口哨，陡岸下方立刻響起回應。湯姆又吹了兩次口哨，對方也同樣吹了兩次。

「來者何人？」一個警覺的聲音傳來。

「在下湯姆·索耶，西班牙海上的闇黑復仇者。爾等報上名來！」

「血手殺神哈克·芬恩和深海閻王喬·哈波在此。」

這些響亮的封號都是湯姆從他喜歡的故事書裡擷取靈感，創造出來的。

「很好。暗號呢？」

哈克和喬啞著嗓，用氣音對著朦朧的夜色同聲說出那個可怕的暗號：

「血染汪洋！」

湯姆把一大塊火腿丟下陡峭的河岸，然後縱身一跳；這一跳不但扯破了他的衣服，還擦傷了皮膚。其實陡岸下方有一條安全又方便的河濱步道，但湯姆覺得挑輕鬆的路走一點也不刺激，完全沒有海盜冒險犯難的精神。

深海閻王抱著一大塊沉甸甸的培根，一路走來累得他氣喘吁吁；血手殺神則帶著偷來的平底鍋、半烘乾的菸草和可以做成菸斗的玉米芯，不過除了他以外，其他兩位海盜都沒抽過菸，也沒嚼過菸草。西班牙海上的闇黑復仇者說「無火不成事」（這句話反映出湯姆的古怪機靈，畢竟當時鎮上幾乎沒有人知道火柴這種東西），於是他們展開大冒險，躡手躡腳地潛入幾百公尺外悶燃著火光的大木筏，偷了一些火種。他們緊握著不存在的匕首緩步前進，不時發出噓聲提醒彼此當心，還突然停下腳步把食指放在唇上，壓低聲音嚴肅地傳達命令：若是驚動了「敵人」，一律「殺無赦」，因爲「唯有死人不會說長道短」。其實他們很清楚負責撐筏的擺渡人都跑到小鎮商店裡補給存糧，或是忙著飲酒作樂，但他們仍然堅持要依「海盜」的方式行事，不能破壞傳統。就這樣，湯姆負責指揮方向、發號施令，哈克控制後槳，喬操縱前槳，三人一起划著木筏離岸。

「轉舵，迎風而行！」湯姆站在木筏中央，眉頭深鎖，雙手交叉環胸，嚴肅地低聲下令。

「遵命，船長！」

「小心點，穩住——穩住！」

「穩住了，船長！」

「稍微轉一下！」

「遵命，船長！」

三人平穩地操縱木筏，一路划到河中央。這些口令都是他們爲了要帥喊好玩的，根本沒什麼意義，也不代表實際的動作。

「我們升了什麼帆？」

「下桁大橫帆、上桅帆和三角帆，船長。」

「升起頂桅帆，升到桿頂。喂！你們六個快動手啊！用點力！快啊！」
「遵命，船長！」
「升起主上桅帆！拉起帆腳索，轉帆索！快點！」
「遵命，船長！」
「要起風了！準備！風一來就往左轉！左轉！就是現在！用力點，穩住！」
「穩住了，船長！」
他們奮力划過河中央，接著轉正木筏，規律地一槳接著一槳前進。河的水位不高，流速只有三到五公里。接下來的四十五分鐘，三人只顧著划槳，幾乎一句話也沒說。
此時，他們經過遠方的家鄉，幽暗的夜裡隱約可見兩三盞閃爍搖曳的光芒。座落在河流對岸的小鎮靜靜地沉睡，完全不知道映著星光的廣闊河面上發生了驚天動地的大事。
闇黑復仇者湯姆雙臂交叉，站在木筏上動也不動地凝望著那個充滿快樂的往日時光與近來各種痛苦的地方，希望「她」能看到此刻在驚濤駭浪上勇往直前的他，無畏地迎向危險與死亡，帶著淡漠的微笑從容步向毀滅。對湯姆來說，只要一點點想像力，就能把河邊的傑克森島變成孤立在遙遠大海中的島嶼；他帶著心碎的悲傷和夢想成眞的滿足感看了家鄉「最後一眼」，哈克和喬也朝小鎮投下最後一道目光，在心底默默告別。三人沉浸在幻想的哀戚裡看了好久好久，都忘了划槳，結果木筏順著河水不斷漂流，差點偏離了小島。幸好他們及時發現，迅速調整方向，最後在離小島兩公尺左右的沙洲上擱淺。這時已經凌晨兩點了。他們在水中來回跋涉好幾次才把所有東西搬上岸，接著在樹叢裡找了一個隱蔽的角落，把木筏上那張老舊的帆撐開當作小帳篷，堆放補給品，自己則睡在清朗的夜空下餐風露宿，展現海盜精神。

他們在森林深處的大樹幹旁生火，用平底鍋煎了幾片培根當晚餐，還把帶來的玉米麵包吃掉一大半。三人在杳無人煙、遠離世俗煩惱的原始荒野中縱情享受自由，打算就此告別文明世界，永不回頭。跳躍的火光把他們的臉映得通紅，照亮了搭建在樹幹上的森林聖殿，微光流淌至周圍如裝飾般的藤蔓與枝葉，閃爍著金亮的光芒。

他們吃完最後一片酥脆的培根，吞下最後一塊玉米麵包，心滿意足地躺在草地上伸伸懶腰，舒展四肢。他們明明可以找涼爽一點的地方休息，但躺在營火旁仰望天空實在是太浪漫了，他們捨不得離開這裡。

「好快樂喔，對不對？」喬說。

「快樂似神仙！」湯姆說。「不曉得其他人看到我們這樣會說什麼？」

「有什麼好說的？他們一定很想和我們一樣，想得要命！對吧，哈克？」

「對啊，我也這麼覺得。」哈克貝利說。「總而言之，這裡太適合我了，我想這樣過一輩子。以前我從來沒吃飽過，而且在這裡也沒人會來煩我、欺負我。」

「我也想過這種生活，」湯姆附和道。「早上不用急著起床，也不用上學，不用洗臉，不用做那些愚蠢的事。喬，你想想，海盜在岸上什麼也不用做，但隱士就得整天一個人孤零零地禱告，一點也不好玩。」

「眞的，你說的沒錯。」喬點點頭。「之前我沒想那麼多，現在當了海盜，我才明白海盜的生活好多了！」

「你看吧！」湯姆說。「現代人不像古代人，他們對隱士沒興趣，相反的，大家一直都很尊敬海盜。隱士睡覺時得睡在堅硬的地方，只能穿粗麻布，還要在頭上抹香灰，站在雨中淋雨，而且……」

「爲什麼隱士要穿粗麻布，還要在頭上抹香灰？」哈克貝利插嘴問道。

「我也不知道，反正一定要這樣就對了，這樣才叫隱士。如果要當隱士就得這麼做。」

「哼，我才不幹咧。」哈克貝利說。

「不然你會怎麼做？」

「我也不知道，反正我不幹隱士那一套。」

「不能這樣啊，哈克，如果要當隱士就得照做，逃不了的。」

「可是我就是受不了！我會逃走！」

「逃走！哈！你這樣就變成懶惰鬼隱士啦，很丟臉耶！」

血手殺神沒有回答，因爲他正在忙別的事。他把玉米芯鑿了個洞，插上一根草稈，堆上菸草，接著用火紅的炭塊點燃，一陣香氣裊裊升起。他深吸了一口，露出滿足的表情，陶醉在奢侈的娛樂裡。另外兩名海盜很羨慕他那副氣派又世故的姿態，暗自心想，一定要盡快學會抽菸才行。

「海盜要做什麼啊？」過沒多久，哈克貝利開口問道。

「喔，海盜只要到處耍狠就好，」湯姆回答。「把別人的船劫過來放火燒掉，把錢搶過來藏在島上那些陰森可怕的地方，讓鬼魂之類的東西替他們看管財物，接著把船上的人全都殺光，叫他們走跳板跳進海裡就行了。」

「不過他們會把女人帶到島上，」喬接著說。「海盜不殺女人。」

「沒錯！」湯姆同意。「海盜不殺女人，他們很高尚的。再說女人也很漂亮。」

「海盜穿的衣服也很酷喔！他們不只穿金戴銀，還用鑽石當裝飾呢！」喬興奮地說。

「誰會穿那種東西啊？」哈克貝利問。

「海盜都這麼穿啊！」

哈克貝利可憐兮兮地地看著自己身上的衣服。

「我想我穿得不像海盜，對吧？」他的聲音裡透著一絲傷心。「我只有這種破爛衣服可穿。」

湯姆和喬立刻安慰哈克，一旦他們展開冒險，搶到金銀財寶，很快就會有好看的新衣服了。他們向他解釋，只有出手闊綽的海盜才會一開始就穿得很講究，剛入行的海盜穿著破爛沒什麼大不了的。慢慢的，談話聲越來越小，瞌睡蟲悄悄爬上三個小流浪漢的眼皮，引領他們墜入夢鄉。血手殺神的菸斗從指間落下，無憂無慮地沉沉睡去。闇黑復仇者和深海閻王還躺在草地上睜大眼睛，雖然這時沒有人強迫他們跪著大聲唸出禱詞，但他們都在心中默默禱告。其實他們一點也不想禱告，但又怕上帝會突然降下天打雷劈，懲罰他們過著這種離經叛道的生活。好不容易，濃濃的睡意強勢來襲，可是偏偏又出現新的干擾，讓他們無法入睡。原來是永遠不眠的「良心」。他們開始懷疑自己是不是不應該蹺家，又想到自己偷了火腿和

14

第二天早上，湯姆醒來時還搞不清楚自己在哪裡。他坐起了起來，揉揉眼睛環顧四周，終於想起昨晚的航海大冒險。破曉的天空一片灰濛，空氣中夾雜著清冷的涼意，寂靜的樹林和一望無際的寧和景色令人心曠神怡。沒有半片葉子飄落，也沒有任何聲息驚擾大自然深沉的冥想。青翠的草葉上綴著露珠，火堆上覆蓋著白白的灰燼，一縷淡薄的青煙冉冉升起，隨風消散。喬和哈克還沒醒來。

終於，森林深處響起一聲鳥鳴，另一隻小鳥旋即回應。過沒多久，一隻啄木鳥開始辛勤工作，咚咚地敲著樹幹。朦朧的晨霧逐漸褪去，天地萬物緩緩甦醒，整個世界洋溢著生命的氣息。湯姆若有所思地地看著大自然施展魔法，甩開長夜的睡意，精力充沛地迎接忙碌的早晨。一隻綠色的毛毛蟲緩緩爬上沾滿露珠的枝葉，不時抬起上半身東聞西聞，然後繼續往前爬。湯姆猜牠一定是在測量距離。毛毛蟲慢慢爬向湯姆。他像石頭一樣動也不動地坐著，心裡七上八下。毛毛蟲一下子蠕動著身體爬過來，一下子又停下腳步，似乎想轉往別的方向；湯姆的心情隨之起落，不斷在希望與失望之間徘徊。毛毛蟲走走停停，翹起身體在半空中嗅聞，考慮了好久，最後終於下定決心爬到湯姆腿上，在他身上緩步遊走。湯姆好開心，因為這表示他很快就會有一套新衣服，想必一定是引人注目的華麗海盜裝。就在這個時候，不知道從哪裡冒出了一群螞蟻列隊而行，忙得團團轉，其中一隻還辛苦地扛著比自己大五倍的死蜘蛛，一路拖進樹幹深處。一隻咖啡色的圓點瓢蟲爬到又尖又長的草葉上，湯姆彎下腰靠近瓢蟲，輕聲說道：「小瓢蟲，小瓢蟲，快點飛回家，家裡失火啦，孩子找媽媽！」小瓢蟲立刻拍拍翅膀飛走了。湯姆完全不意外，因為他早就知道昆蟲只要聽見失火就會緊張兮兮，他經常用這招逗小蟲玩。接著他發現有隻金龜子努力搬著一團泥球，湯姆伸出手指輕輕碰牠一下，金龜子立刻嚇得縮起腳來裝死。森林裡的鳥兒嘰嘰喳喳地爭論不休；一隻善於模仿各種聲音的仿聲鳥正站在湯姆頭頂的樹枝上，得意洋洋地模仿鄰居的鳥囀；聒噪的松鴉自天上俯衝而下，宛如青藍色的火焰閃過天空，停在湯姆伸手可及的枝椏上，歪著頭好奇地打量眼前的陌生人。一隻灰色松鼠和類似狐狸的動物也匆匆跑出樹林，不時停下來坐在地上一邊觀察這些男孩，一邊聊天討論一番。這些野生動物先前可能沒看過人類，所以完全不知道自己該不該害怕、要不要逃跑。這一刻，大自然澈底甦醒，充滿活力，燦爛的金色朝陽透過濃密的樹葉，在遠遠近近的林蔭間灑下點點亮光，幾隻蝴蝶翩翩飛舞，優雅地穿梭其間。

湯姆叫醒另外兩名海盜。三人發出一聲歡呼，嘻嘻哈哈地跑開，才一兩分鐘就脫光全身衣物，一邊追逐一邊打鬧，跑到水流清澈的白色淺灘玩耍。他們一點也不想念遠在大河另一端尚在沉睡的小鎮。突然，一股湍流（也可能是單純的水位上漲）捲走了木筏，三個男孩不但不難過，反而有點慶幸，因為木筏被沖走彷彿燒毀了他們與文明世界之間的橋梁，斬斷了回到過去的念頭。

他們帶著滿滿的活力開心地回到營地，肚子餓得咕嚕咕嚕叫，於是便以最快的速度堆上木柴，燃起火苗。哈克貝利發現附近有冰涼清澈的泉水，他們就用橡木或山核桃木的葉子做成杯子舀水來喝；自然的湧泉喝起來清美甘甜，滿是迷人的森林香氣，堪稱最棒的咖啡替代品。喬正在切培根準備做早餐，但湯姆和哈克叫他等一下；他們來到河岸，滿懷希望地拋下釣線和魚餌，才一下子就釣到活跳跳的鮮魚。過沒幾分鐘，喬就看到湯姆和哈克拎著一條鱸魚、兩條太陽魚和一條小鯰魚走回營地，這些魚夠餵飽一整個家了！他們把鮮魚和培根放在一起煎，美味的程度令人大為驚奇，沒想到煎魚居然這麼好吃。他們不知道新鮮的魚只要趁快料理，怎麼煮都好吃，也不知道夜空下的一場好覺、充足的戶外活動和玩水都會讓他們食慾大增，更不明白飢者口中盡佳餚的道理。

吃完早餐後，他們坐在樹蔭下休息，哈克又拿出菸斗來抽。接著三人一起走進森林，踏上探險之旅。他們開心地邁著步伐，跨過腐爛的枯木，穿過交纏的矮樹叢，在雄偉高聳的巨木間穿梭；長長的葡萄藤蔓有如皇室加冕的印記，從樹冠上披垂而下；長滿繽紛花朵、柔軟舒適的隱密草地彷彿鑲著寶石的綠色地毯，點綴著這座小島。

他們找到了很多賞心悅目的美麗事物，卻沒有看見什麼特別令人驚豔的景象。他們發現這座島長約五公里、寬約四百公尺，最靠近河岸的地方只有一條狹長的渠道相隔，水面約一百八十公尺寬。他們幾乎每個小時都下水游泳，一直玩到快傍晚才回營地。每個人都餓到沒力氣去釣魚，只好把目標轉向奢侈的冷火腿，狼吞虎嚥地大吃一頓。吃飽後，三人坐在樹蔭下聊天，沒多久就失去了興趣。周遭的靜謐、森林的肅穆和寂寥的氣息逐漸浸透他們的心，撼動他們的情緒。三個人低著頭，好像在思考什麼。一種無以名狀的渴望在內心深處蠢動，以隱晦的形態慢慢浮現，他們終於明白這是什麼感覺。他們想家了。連血手殺神哈克貝利都想念起小鎮路邊的台階和空空的大木桶，那些都是他從前睡覺的地方。可是他們三個都覺得這種情緒很軟弱，沒有人有勇氣坦承，說出自己的心事。

遠處隱約傳來一陣奇怪的聲響，持續了好一段時間。剛開始沒人察覺，就像很多人不會注意到時鐘的滴答聲一樣。不過這個神祕的聲音越來越大，終於引起他們的注意。三人從思緒中驚醒，你看我，我看你，側耳仔細傾聽。漫長又深沉的寂靜重新籠罩大地。過沒多久，遠方再次響起低沉的隆隆聲。

「那是什麼聲音啊？」喬輕聲驚呼。

「我也不知道。」湯姆低聲回答。

「不是雷聲，」哈克貝利用敬畏的語氣說。「因爲雷聲……」

「噓，你們聽！」湯姆打斷他。「不要說話，仔細聽。」

他們靜靜地等，等了好久，好像有一整年那麼久。悶悶的隆隆聲再次劃破肅靜的夜。

「我們去看看吧。」

三人一躍而起，快步跑到面向小鎮的河岸。他們躲在岸邊的樹叢裡，透過枝葉往河面上窺探，只見一艘蒸氣渡輪在小鎮下游大約一點六公里處順流航行，船上似乎擠滿了人，還有好幾艘小艇在渡輪附近划動，漂來漂去。他們搞不清楚這些人到底在做什麼。突然間，渡輪側邊噴出陣陣白煙，如濃霧般緩緩瀰漫、四散開來，沉悶的隆隆聲再度竄進耳裡。

「我知道了！」湯姆大叫。「有人溺水啦！」

「沒錯！」哈克貝利說。「去年夏天比爾溺水時他們也是這樣，只要朝著水面放炮，溺水的人就會浮上來。喔，對了，他們還會在麵包裡灌水銀，好讓麵包浮在水面上，這樣麵包就會漂到溺水的人那裡。」

「對，聽說這種辦法很有效，」喬連聲附和。「我眞搞不懂麵包怎麼會那麼厲害。」

「拜託，不是麵包厲害，」湯姆回答。「我猜他們一定是在放麵包前唸了什麼咒語。」

「可是他們什麼也沒說啊，」哈克貝利反駁。「我看著他們把麵包放到水上，沒有人唸咒語。」

「那就奇怪了，」湯姆納悶道。「他們可能是在心裡默唸吧。對，一定是這樣，這樣就說得通了。」

喬和哈克覺得湯姆說得很有道理。要是沒有咒語的指引，一大塊又笨又無知的麵包是絕對不可能那麼聰明找到溺水者的。

「哎，好想去那艘船上看看喔。」喬喃喃自語。

「我也是，」哈克貝利說。「我想知道是誰溺水。」

三個男孩躲在樹叢裡豎起耳朵，睜大眼睛，觀察渡輪的一舉一動。過沒多久，湯姆突然靈光一現，失聲驚呼：

「嘿！我知道溺水的人是誰——就是我們啊！」

他們立刻覺得自己成了英雄。這場仗贏得太精采了，大獲全勝！大家都很想念他們，爲他們哀悼、爲他們心碎、爲他們流淚，想到以前對這些男孩多麼狠心嚴苛，他們忍不住深深自責，內心滿是懊悔。最棒的是，離家的三人頓時成爲全鎮的焦點，其他孩子一定很嫉妒他們響亮的名聲。太好了，這次蹺家蹺得很值得，當海盜棒透了。

暮色緩緩降臨，渡輪又恢復以往的班次照常載客，其他的小艇也都離開了。三名海盜興高采烈地回到營地，沉醉在勝利的榮耀裡，對自己引起的風波洋洋得意。他們抓了幾條魚，吃著鮮美的大餐，熱烈地討論鎮民的心情，不曉得大家會怎麼想、怎麼談論他們；光是想像自己的失蹤造成多少人的痛苦，他們就覺得心滿意足。當然，只有他們這麼想。夜幕逐漸低垂，三個男孩停止談話，默默看著跳躍的火光，顯然各有心事。先前的激動與亢奮不再，湯姆和喬忍不住想起家裡的人。家人絕不會像他們一樣因爲這場騷動這麼高興。恐懼與擔憂湧上心頭，兩人越來越不安，心情越來越沉重，不禁偷偷嘆了幾口氣。過沒多久，喬怯懦地探探口風，詢問大家對重回文明世界的意願——當然不是現在啦，只是……

湯姆立刻放聲嘲笑，潑他一大盆冷水。一向中立的哈克貝利這次也跟著附和。喬馬上表現出毫不留戀的樣子，強調自己絕不是想家的膽小鬼，心裡暗暗慶幸自己沒說實話。潛在的叛亂總算暫時平息下來。

夜越來越深，哈克的眼皮也越來越重，沒多久就開始打呼，喬也跟著加入鼾睡的行列。湯姆倚著手肘，一動也不動地凝視著兩人。最後他小心翼翼地起身，跪到地上，在草叢與閃爍的火光間不斷翻找，撿了幾塊薄薄的、色澤灰白的梧桐樹皮，微微捲翹的樹皮就像剖半的圓筒，湯姆東看西看，總算選了兩塊中意的樹皮。他跪在火邊，拿著那顆赭紅色的小石頭用

15

幾分鐘後，湯姆就跑過沙洲的淺灘，踉踉蹌蹌地涉水走向伊利諾州河岸。他走到河中央時，雖然水深還不到腰際，但水流非常湍急，無法步行，於是他開始游泳，很有把握自己一定能游到對岸。湯姆咬著牙努力往上游，但河流一直把他帶往下游，流速也比他想像的快很多。他好不容易游到岸邊，又順水漂了一段距離才找到一處低地，慢慢爬起來。他把手伸進外套口袋確認樹皮安然無恙，然後沿著河岸穿越樹林，身上的水滴滴答答，順著濕透的衣服不斷落下。將近晚上十點左右，他走出樹林，來到小鎮對面的空地，看著停靠在河堤樹蔭下的渡輪。世界在閃爍的星光下顯得格外寧靜。他壓低身體，沿著河堤小心翼翼地往前爬，同時觀察周遭環境，然後又滑進水裡游了一下，攀上掛在渡輪船尾的小艇，躺在坐板下方呼呼喘氣，等待開船。

過了不久，船上的破鐘輕輕響起，一個聲音下令開船。幾分鐘後，小艇的船頭就被渡輪激起的陣陣水花衝得高高直豎。渡輪緩緩航向湯姆的家。他很開心自己成功登上渡輪，這是今晚最後一班船了。漫長的十二或十五分鐘過去，船停了下來，湯姆在昏暗的夜色掩護下悄悄溜出小艇，游向岸邊。他刻意在離渡輪約四十五公尺的下游處上岸，以免被人發現他的蹤影。

湯姆飛也似的穿過冷清的巷弄，一下子就跑到波莉姨媽家的後院圍籬。他手腳俐落地翻過籬笆，走近側邊廂房，發現起居室的窗戶透出微微火光，於是便探頭往裡面看。屋子裡點著蠟燭，波莉姨媽、席德、瑪麗和喬的母親全都聚在床邊說話。床的另一邊就是門。湯姆走到門口，輕輕抬起門閂，再輕輕推開門板，露出一條細細的縫，湯姆繼續推，每推一次，門就咿呀作響，他膽戰心驚地將門開到自己勉強能鑽過的大小，把頭伸進去，戰戰兢兢地爬進屋裡。

「蠟燭怎麼晃成這樣？」

波莉姨媽的聲音傳來，湯姆急忙縮進床底。

「哎，我想應該是門開了。唉，還眞的開了。原來如此，沒什麼好大驚小怪的。席德，快去把門關上。」

及時躲進床底的湯姆躺平在地，上氣不接下氣。等呼吸平靜下來後，他慢慢移動身體，拉近距離，直到伸手就能碰到姨媽的腳爲止。

「不過就像我剛才說的，」波莉姨媽說。「他本性不壞，只是愛調皮搗蛋，做事情有點浮躁，冒冒失失，可是不會眞的做什麼壞事，小孩子嘛，也沒什麼壞心眼，老實說他心地眞的很善良……」波莉姨媽開始啜泣。

「我的喬也是這樣……總是那麼淘氣又愛惡作劇，但他完全沒有私心，是個體貼的好孩子。天哪！想到之前打他一頓我就難過……我完全忘了是因爲鮮奶油餿掉我才順手丟了，根本不是他偷吃……現在我再也見不到他了……再也……再也見不到了……我誤會他了！」哈波太太哽咽痛哭，彷彿心都碎了。

「我希望湯姆現在過得很快樂，」席德說。「雖然他有時還滿討厭的……」

「席德！」湯姆雖然看不見姨媽的表情，但她的聲音聽起來好像氣得雙眼都要噴火了。「不准說湯姆的壞話！現在他已經走了，上帝一定會好好照顧他，你管好你自己就好！唉，哈波太太，我不知道怎麼放下……我眞的好想他，雖然他常常讓我操心，但他也是最貼心的孩子……」

「上帝是一切恩典的源頭，祂有權賜予，也有權收回……可是這太殘酷了！啊！好難，眞的好難！上禮拜六我還因爲我的喬寶貝在我面前玩鞭炮，狠狠揍了他一頓。當時我根本沒想到……怎麼才一下子就……唉，如果一切可以重來，我一定會緊緊抱著他、安慰他。」

「唉，是啊，沒錯，我懂妳的心情，哈波太太，妳說的我完全理解。昨天中午，我的湯姆餵貓吃止痛藥，把牠嚇得東奔西跑，搞得家裡天翻地覆。神啊，請原諒我，我用毛線棒針打了湯姆的頭，那個死去的孩子，我那可憐、短命的孩子……現在他終於從煩惱中解脫了。我永遠忘不了他對我說的最後一句話，說我不該餵他止痛藥……」

回憶讓人難以承受，波莉姨媽的情緒澈底崩潰，再也說不下去。湯姆忍不住鼻酸，開始同情起自己的遭遇，覺得自己好可憐。他聽見瑪麗也在哭，還說了一兩句讚美他的話。他心裡湧起一股前所未有的感受，彷彿自己眞的是個高貴又偉大的人。姨媽的悲慟模樣讓他深受感動，他好想從床底下衝出去，給她一個大驚喜（他的個性就是這樣，喜歡做些誇張又戲劇化的事），但他強忍著這股衝動，安靜地躺在床下。

湯姆從他們斷斷續續的話語中拼湊出事情的經過。起初大家認為那三個孩子一定是跑去游泳，不小心溺水了；後來有人發現少了一艘小木筏，再加上有孩子說失蹤的三人曾經暗示過，鎮上很快就會發生什麼「大事」，於是一些腦筋動得比較快的鎮民拼拼湊湊，推測他們應該是划著木筏出去玩，很快就會在下游的鄰鎮現身；到了中午，有人在距離小鎮大約八、九公里的密蘇里州河岸上找到遺失的木筏，希望就此破滅，三個孩子一定是溺斃了，不然他們沒東西吃，一定會在天黑之前回家。許多人都認為打撈屍體只是浪費時間，因為那三個孩子都是游泳高手，假如真的出了意外，一定會游到岸邊求救，由此可知他們是在河道中央遇難的。今天是禮拜三，如果到了禮拜天還是找不到屍體，大家就會放棄搜救，直接在週日早晨舉行葬禮。湯姆一聽，忍不住全身發抖。

哈波太太啜泣著道別，準備轉身離開。兩個傷心欲絕的女人突然一陣激動，悲從中來，撲倒在彼此懷中緊緊相擁，彷彿撫慰對方靈魂似的哭了好一陣子才分開。波莉姨媽用比平常更溫柔的語氣跟席德和瑪麗說晚安。席德吸吸鼻子躺上床，瑪麗則放聲痛哭，慢慢走回房間。

波莉姨媽跪在地上為湯姆禱告。她的禱詞既真切又感人，一字一句都充滿了她對湯姆的愛。她啞著嗓子，蒼老的聲音微微顫抖；湯姆才聽到一半就視線模糊，熱淚盈眶。

波莉姨媽上床睡覺後，湯姆又在床底下躲了一陣子，因為她不時發出心碎的嘆息，翻來覆去，輾轉難眠。終於，她靜靜地睡去，不再翻身，只偶爾喃喃幾句細碎的低吟。湯姆輕手輕腳地挪動身體，慢慢從床下爬出來。他用手擋住燭光，凝望著姨媽熟睡的臉龐。他眞的很捨不得她。湯姆把梧桐樹皮拿出來放在燭台旁邊，這時，他腦中靈光一現，開始思索別的點子。想著想著，他臉上露出開心的表情。終於找到解決的辦法了！他把樹皮收回口袋，彎下腰，在姨媽蒼白的脣上親了一下，接著偷偷摸摸地溜到門口，出去時還不忘帶上門閂，把門關好。

湯姆走向渡輪碼頭，周遭沒有半個人影。他知道此時船上空無一人，而且看守碼頭的警衛老是待在屋裡像個死人一樣呼呼大睡，於是他大膽地走上船，卸下船尾的小艇，悄悄地爬進去。很快的，湯姆就乘著小艇往上游划去，距離小鎭約一點六公里遠時，他調轉船頭，使勁地划向對岸，最後終於順利越過河面，抵達傑克森島。他很想把小艇占爲己有，畢竟海盜偷船天經地義，非常合理，但他知道大家一定會搜索小艇，這樣一來很可能會暴露他們的行蹤。於是他只好放棄小艇，踏上河岸，走進幽暗的森林。

他坐下來休息了好長一段時間，努力克制濃重的睡意，睜大眼睛保持清醒，接著小心翼翼地往基地走去。此時長夜將盡，等他走上沙洲時，天色已經亮了。他又停下腳步歇息，直到太陽高掛天空，河面波光粼粼，他才縱身跳進水裡。過沒多久，他便濕淋淋地站在營地入口，剛好聽見喬說：

「不，哈克，湯姆重情重義，一定會回來的。他不會拋棄我們。他知道這對海盜來說是奇恥大辱。湯姆很愛面子，自尊心很強，絕對不會做這種事。他一定是有事出去了。我眞想不透，他到底跑哪去了？」

16

吃完午餐後，海盜幫全員出動，跑到沙洲上找烏龜蛋。他們拿著樹枝在地上戳來戳去，只要發現沙地特別鬆軟，就跪下來徒手挖掘。有時他們在一個洞裡就找到五、六十顆蛋。又白又圓的烏龜蛋比英國胡桃還小一點。他們煎了烏龜蛋當晚餐，禮拜五早上又吃了一次烏龜蛋早餐。

享用完早餐後，三個男孩便吵吵鬧鬧地跑到沙洲上追逐嬉鬧，玩熱了就脫下衣服丟在旁邊，直到大家都脫個精光，繼續轉移陣地到遠處的淺灘戲水。他們逆著水流站在河中，任由湍急的河水沖過雙腿，流速越強越好玩；除此之外，他們還彎下腰用手掌舀水，一面抓緊機會潑水進擊，一面別過臉閃躲攻勢；最後三人玩起水中摔角，直到最厲害的海盜把敵人按入水中，獲得勝利。他們一起潛入水中，雪白的手腳彼此交纏，恣意揮舞，濺起無數晶亮的水花。三人盡情地大叫大笑，一下子竄出水面用力吸氣，一下子又鑽進水裡玩捉迷藏。

等到玩得累壞了，他們就跑到岸上，懶洋洋地成大字形，躺在被陽光烘得又熱又乾的沙灘上，用沙子埋住彼此的身體，然後又跳進水裡，玩累了再上岸，就這樣重複一次又一次，怎麼玩都玩不膩。後來他們發現自己赤裸的皮膚很像小丑穿的膚色緊身衣，於是就在沙灘上畫了一個大圓，充當馬戲團舞台；由於沒有人想讓出這個難得的機會，因此三個小丑你推我擠，同時粉墨登場。

扮完小丑後，三人就開始玩彈珠遊戲。他們先在地上畫一條線，比賽誰彈出去的彈珠最靠近終點；接著又畫一個圓圈，用彈珠互鬥，誰的彈珠被撞到圈外就輸了，贏家則可以拿走輸家的彈珠。玩到失去興致後，喬和哈克又跑去游泳，可是湯姆這次不敢冒險，因爲他脫褲子時發現原本戴在腳踝上當護身符的響尾蛇鍊不見了。他覺得很奇怪，爲什麼失去腳鍊保護的他還能活蹦亂跳地東跑西跑，都不會抽筋？等他終於找到腳鍊，準備下水時，哈克和喬卻玩累了，打算好好休息。三個男孩各自解散，覺得興味索然，眼神忍不住飄向寬闊的河面，望著對岸那座沐浴在陽光下的慵懶小鎮。湯姆發現自己無意間用腳趾在沙灘上寫下「貝琪」二字，連忙匆匆抹掉，氣自己意志軟弱；他情不自禁地再寫一遍，寫完又抹得乾乾淨淨。湯姆決心停止這種愚蠢的行爲，於是便跑去找哈克和喬，想分散注意力。

然而喬一副無精打采的樣子，完全提不起勁。他想家想得要命，淚水在眼眶裡打轉，幾乎快要潰堤，似乎再也受不了這種痛苦。哈克也很憂鬱。湯姆雖然沮喪，卻努力壓抑情緒，裝出若無其事的樣子。他還不想說出心裡的祕密，但若氣氛越發低迷，他也只能亮出王牌來搶救這一切了。

「我敢說以前就有海盜來過這座島，島上一定埋了很多寶藏，我們再去找找看吧！說不定會找到一個老舊的木箱，裡面裝滿閃亮的金銀財寶喔！欸，很酷對不對！」湯姆故意提高音調，用興奮的語氣說。

意興闌珊的喬和哈克只隨便敷衍一下，隨即陷入沉默，好不容易燃起的一點熱情也跟著消失。湯姆又提了一兩個遊戲，依然引不起其他人的興趣。湯姆覺得好氣餒。喬一臉陰鬱地用樹枝戳著沙地。

「嘿，兄弟們，我們放棄吧。我想回家。這裡太寂寞了。」他終於開口。

「欸，喬，不要這樣啦，過一陣子就好了，」湯姆回答。「想想看，在這裡釣魚不是很好玩嗎？」

「我不喜歡釣魚。我想回家。」

「可是，喬，回家就沒有這麼棒的天然游泳池了！」

「游泳有什麼好的？我對游泳沒什麼興趣。如果沒有人不准我游泳，游泳根本沒什麼特別的。我要回家。」

「拜託！你眞是個愛哭鬼！你一定是想媽媽了！」

「沒錯！我就是想我媽。我敢打賭，如果你媽媽還在，你也會想她。你們自以爲比我厲害，才怪！你們也一樣想家！」喬吸吸鼻子哽咽地說。

「好啊，哈克，我們就讓愛哭鬼去找媽媽吧！這傢伙眞沒用，既然那麼想找媽媽，你就走啊。哈克，你喜歡這裡對不對？你和我，我們會一起待在這裡，對吧？」

「是……可……以……啦……」哈克有氣無力地說，聽起來一點都不眞心。

「我這輩子不會再跟你們說話了，」喬邊說邊站了起來。「再見！」他悶悶不樂地走到旁邊，開始穿衣服。

「隨便啦！」湯姆說。「反正我們也不想跟你說話。你就自己回去，當大家的笑柄吧！哈！你還眞是個偉大的海盜呢！哈克和我可不是什麼愛哭鬼，我們會待在這裡對吧，哈克？他想走就走啊，沒有他我們一樣過得很好！對吧？」

湯姆不安地看著喬繼續穿衣，心裡有點驚慌。他注意到哈克用渴望的眼神緊盯著準備離開的喬，三人之間籠罩著一股可怕的沉默。過沒幾分鐘，喬就涉水往伊利諾州的方向走，連句再見也沒說。湯姆的心開始下沉。他瞄了哈克一眼，哈克承受不了他的目光，只能低頭看著地面。

「我也想走，湯姆。這裡越來越無聊，再這樣下去只會更糟。湯姆，我們也回去吧。」

哈克終於鼓起勇氣開口。

「我才不走！你們要走就自己走！我要留在這裡！」

「好吧，湯姆，那我眞的要走囉。」

「去啊，又沒人逼你留下來。」

「湯姆，我希望你跟我一起走。你好好想想吧。我們會在岸邊等你。」哈克一邊說，一邊撿起散落在地上的破爛衣服。

「要等就等吧，你們等不到我的。」

哈克傷心地離開了。湯姆站在原地望著他的背影，他很想拋下自尊追上去，和他們一起回家。他好希望喬和哈克會停下來，但他們卻繼續在水中蹣跚前進。湯姆突然發現，這座島變得好孤獨、好安靜。他的自尊與渴望不斷纏鬥，內心天人交戰，最後他奔向兩位好友放聲大喊：

「等等！等一下！我有事情要跟你們說！」

喬和哈克停下來，轉頭看著他。湯姆踉踉蹌蹌地跑過去，揭開心底的祕密。他們聽著聽著，臉上鬱悶的表情逐漸消失，直到湯姆全盤托出他的計畫，兩人立刻爆出一陣掌聲，激賞地大叫：「太酷了！」還說要是湯姆早點把祕密講出來，他們絕不會這樣一走了之。湯姆編了一個看似合理的藉口來解釋自己爲什麼隱匿不報；然而眞正的原因其實是他擔心這個祕密無法留住他們太久，所以打算到最後一刻才使出絕招。

三個男孩興高采烈地回到島上嬉戲，不停聊著湯姆的計畫簡直無懈可擊，他們眞的很佩服他的聰明機智，說是天才也不爲過。吃完了有魚有蛋的精緻佳餚後，湯姆說他想學抽菸，喬立刻附和，表示自己也想試試看。於是哈克做了幾根菸斗，裝上菸草。湯姆和喬從來沒有抽過菸，只抽過葡萄藤做的雪茄，而且一抽就被嗆得舌頭發麻，一點男子氣概也沒有。

他們用手肘撐著身體側躺，伸展雙腳，小心翼翼地拿著菸斗開始吞雲吐霧，看起來沒什麼自信的樣子。菸草的味道不太好聞，有點嗆鼻，但湯姆還是裝模作樣地說：

「哎，抽菸很簡單嘛！要是知道抽菸那麼簡單，我早就學會了！」

「對啊，抽菸沒什麼大不了的。」喬附和。

「之前看到別人抽菸我都會想，要是我也會抽就好了，」湯姆繼續說。「沒想到我現在眞的會了！」

「我也是耶！對吧，哈克？你有聽我說過對不對，哈克？我眞的這樣說過，對不對？」

「對，說了好幾次。」哈克回答。

「我也是，」湯姆說。「大概說了上百次吧。有一次是在屠宰場裡說的，你記得吧，哈克？鮑伯、強尼和傑夫也在場啊。你記得我有這樣說過對吧，哈克？」

「記得，當然記得，」哈克說。「就是我弄丟白色彈珠的那一天。喔，不是，是前一天。」

「你看，我就說吧，哈克記得！」湯姆說。

「我可以抽一整天，」喬說。「一點也不覺得難受。」

「我也可以，」湯姆強硬回擊。「抽一整天都沒問題。我敢打賭，傑夫一定不敢抽。」

「傑夫！拜託，他當然不敢啦，他大概抽兩口就會暈倒吧。下次讓他試試看，他一定受不了！」

「百分之百受不了！對了，還有強尼，我眞的很想看強尼抽菸，一定很好笑！」

「哈哈哈，我也想看！」喬連聲附和。「我打賭強尼一口也不敢抽。只要吸一小口就會要他的命了。」

「對啊。哎，喬，眞希望其他人看到我們現在這種酷樣。」湯姆說。

「我也希望。」喬說。

「哎，先別說這個了，想想看，有一天大家一起玩的時候，我走過去跟你說，『喬，有菸嗎？我想抽兩口。』你就一副沒什麼大不了的樣子說，『有啊，我有我的老菸斗，還有另一根菸斗可以給你用，不過我的菸草不怎麼樣。』我就說，『哎，沒關係，夠嗆就好。』然後你就把菸斗拿出來，悠閒地點燃菸草，他們一定會嚇到下巴掉下來！」

「我的媽呀，湯姆，你這點子太妙了！眞想現在就抽給他們看！」

「我也是！等到我們炫耀當海盜的日子有多酷，他們一定會羨慕得要命！」

「那還用說！他們一定嫉妒死了！」

他們七嘴八舌地說個不停，但沒多久就得意不起來了，因爲他們口裡冒出一大堆痰，下顎就像淹水的地窖，必須不斷吐痰才不會被嗆到，導致談話變得零零落落，牛頭不對馬嘴，沉默的時間也越拉越長，無論怎麼努力清喉嚨，依然止不住想吐的感覺。湯姆和喬臉色蒼白，看起來非常不舒服，最後喬有氣無力地扔下菸斗，湯姆也跟著放下，兩人都用盡全身的力氣，拼命忍住不停湧出的噁心感。

「我的刀子掉了，我還是去找一下比較好。」喬虛弱地說。

「我幫你一起找，」湯姆雙脣顫抖，結結巴巴地說。「你去那邊，我去泉水附近找。哈克，你留在這裡就好，我們會把刀子找回來的。」

於是哈克又坐了下來，結果等了一個小時都等不到人。他覺得好無聊、好孤單，決定出發去找兩個同伴。湯姆和喬分開行動，各自跑到森林的一頭，臉色蒼白地睡著了。哈克在兩人附近發現嘔吐物的痕跡，看樣子他們現在應該沒事了。

那天晚上大家都不太說話，默默地吃晚餐。湯姆和喬一臉病容，自命不凡的氣勢澈底消失。吃飽飯後，哈克又準備抽菸斗。他想順便幫湯姆和喬裝菸草，但兩人都婉拒了，說是身體不太舒服，大概是中午吃壞了肚子。

午夜時分，喬突然從睡夢中驚醒，硬是把另外兩人叫起來。空氣中有種凝滯沉重的壓迫感，似乎預示著災難即將來臨。儘管悶熱的天氣令人窒息，他們仍圍坐在火堆旁相互依偎，緊緊靠在一起。三人聚精會神地坐著默默等待，四周依然一片寂靜，瀰漫著肅穆的氣息。除了跳動的火光外，一切都被漆黑的夜色吞噬殆盡。過了不久，遠方突然劃過一道亮光，轉瞬消失，天空中旋即閃過另一道更刺眼的光，接著又一道。森林的枝椏間傳來微弱的呻吟，一陣冷風飛快地拂過三人的臉頰，他們以爲是夜魅幽靈飄了過去，嚇得瑟瑟發抖。沉默再度籠罩大地。這時，一道強烈的閃電照亮四周，黑夜亮如白晝，腳下小草清晰可辨，三張驚懼慘白的臉也展露無遺。沉重的雷聲轟隆轟隆地席捲而來，漸去漸遠，消失在無盡的遠方。清冷的風吹得樹葉窸窣顫抖，營火周圍的煙灰如雪花般隨風飄散。又一道閃電映亮森林，響亮的雷聲緊隨在後，彷彿要把三個男孩頭頂上的樹梢劈成兩半。他們驚慌失措地緊抱在一起，濃厚的烏雲吞噬天際，豆大的雨珠落了下來，打得樹葉劈啪作響。

「兄弟們，快！快躲進帳篷裡！」湯姆大叫。

三人一躍而起，跌跌撞撞地衝進幽暗的樹林裡，不時被垂落的藤蔓和錯綜的枝幹絆倒。他們心慌意亂，害怕地四處亂竄，拼命往不同的方向逃。一陣狂風呼嘯而過，橫掃四周，整座森林沙沙作響；耀眼眩目的閃電一道又一道地劃過天空，震耳欲聾的雷鳴一聲又一聲地低沉怒吼，大雨傾盆而下，暴風吹著雨水，颳成一片片雨幕。男孩們呼喊彼此的名字，但耳邊迴盪的只有風吼雷鳴。他們好不容易終於找到帳篷的位置，緊挨著躲到船帆下，又冷又怕，被雨淋的身體不斷顫抖，蜷縮在一起。幸好在這恐怖的夜裡還有朋友能互相依靠。破舊的船帆被風吹得啪啦啪啦響，吵得什麼聲音也聽不見，完全無法交談。風越颳越猛，沒多久就把固定船帆的繩子吹斷，將帳篷咻地捲到空中。三個男孩緊抓著彼此的手往前飛奔，一路上踉踉蹌蹌，不停跌倒，撞得身上滿是瘀青，最後終於安全地跑到河堤的大橡樹下躲雨。

暴風雨無情地肆虐大地。一道又一道的閃電點燃夜空，萬物在強光下無所遁形；被風吹彎的樹木、浪花翻騰的河流、如雪片般隨風飛舞的白色泡沫及大河對岸的懸崖峭壁，一切模糊的輪廓都在飄移的亂雲和斜劃的雨簾中若隱若現。每隔一段時間，就有高聳的巨樹被閃電劈成兩半，頹倒在那些初生的草木上；響雷如潮水般來襲，爆出猛烈又刺耳的怒吼，威力之大驚心動魄，難以明狀，差點把他們都震聾了。暴風雨的強大無可匹敵，彷彿頃刻之間就要將小島撕成碎片，燃燒殆盡，淹沒滅頂，吹得無影無蹤，震聾天地所有生靈。對這三個無家可歸的男孩來說，這真是瘋狂又令人驚懼的一夜。

最後暴風雨終於減弱，閃電與雷聲也逐漸遠去，世界再次恢復平靜。湯姆、哈克和喬走回殘破不堪的營地，發現自己僥倖躲過一劫——那棵大梧桐樹慘遭雷殛，被閃電劈得面目全非。他們老是在樹蔭下睡覺休息，要不是及時逃跑，後果不堪設想。

營地裡的東西都濕透了，火堆也被澆熄。粗心的三人就跟其他年輕世代一樣，從來沒想過下雨時該怎麼辦，更別說事先做好防雨的準備。他們淋了一整晚的雨，又濕又累，失望地看著眼前的一切，忍不住嘰嘰喳喳地抱怨。幸好，有一根大樹幹剛好擋在原本營火延燒的盡頭（樹幹一端微微上翹，遠離地面，形成天然的遮雨棚），遮住了雨勢，所以樹幹底下還殘存一些乾的餘燼。於是三人到處蒐集沒被淋濕的枝葉和樹皮，好不容易把火生了起來。他們不斷堆起枯枝，添加柴火，看到火勢熊熊燃燒，才又恢復了好心情。他們狼吞虎嚥地吃著烤火腿補充體力，你一言我一語地討論昨夜的暴風雨和驚險刺激的經歷，一直聊到清晨都沒闔眼；因爲周圍沒有半塊乾地，根本沒地方可以躺下睡覺。

太陽悄悄升起，三個男孩睏倦難耐，於是便走出樹林，在開闊的沙洲上倒頭就睡，直到烈日晒得他們渾身滾燙，只好撐著濃重的睡意起來。他們四肢僵硬，全身痠痛，變得更想家了。湯姆察覺到喬和哈克的情緒，想盡辦法逗他們開心。可是他們不想玩彈珠，不想扮馬戲團，也不想游泳，總之什麼事也不想做。湯姆只好再度提起那個厲害的祕密，終於掃去兩人心中的陰霾。湯姆趕緊把握機會，提議玩新遊戲：暫時不當海盜，改扮印第安人。哈克和喬都很喜歡這個點子，於是三人又開始追逐嬉鬧，用汙泥在彼此的臉和身體上畫來畫去，直到大家都變得像斑馬爲止（當然啦，三個人都是印第安酋長）。他們一起跑進樹林攻擊那些英格蘭村莊，接著又各自率領一個部落，不時發出懾人的戰吼衝向對方，到處征戰廝殺，割頭皮，總共有數千人陣亡，眞是慘烈又痛快的一天！

晚餐時，三人回到營地，雖然餓得頭昏眼花，心裡卻很快樂、很滿足。不過麻煩來了，三位敵對的印第安酋長怎能在握手言和前就同桌吃飯呢？要達成和解，就要一起抽菸斗才行，別無他法。其中兩名酋長後悔不已，忍不住心想，早知道就繼續當海盜，不要玩印第安遊戲。事到如今也沒有別的辦法，他們只能硬著頭皮，裝出一副泰然自若的樣子，依照傳統儀式拿著菸斗輪流抽了一口。

說也奇怪，他們很慶幸自己跑來小島當野蠻人，因爲他們從中學到了很多經驗。現在他們已經能好好地抽幾口菸，不用急著跑進樹林裡找那把丟失的小刀。雖然還是有點不舒服，但至少不會嗆得想吐。他們對這樣的成績並不滿意，決心不放過任何進步的機會。吃完晚餐後，他們又小心地練習抽菸斗，結果非常順利，度過了一個開心的夜晚。他們對自己達成的新成就非常自豪，覺得好開心，學會抽菸斗比扮成酋長到處割頭皮、剝人皮還要了不起。

就讓他們抽菸閒聊，吹噓自己的表現吧！現在，我們來看看別的地方發生了什麼事。

17

寧靜的週六午後，海盜幫的家鄉絲毫感受不到假日的歡樂氣氛。哈波家和波莉姨媽家哀悼著逝去的孩子，每個人都淚流滿面，悲痛欲絕。本來就不怎麼熱鬧的小鎮此時格外冷清，靜得不尋常。鎮民都心不在焉，不太說話，只是不停嘆氣。快樂的禮拜六似乎成爲孩子們沉重的負擔，大家玩遊戲時總是提不起勁，最後乾脆不玩了。

貝琪獨自一人在空蕩的校園裡來回踱步，內心滿是惆悵，任何人事物都安慰不了她。她自言自語地說：「如果我還留著那個銅把手就好了！我連一個能紀念他的東西都沒有……」她哽咽地說不出話來。接著她停下腳步，再度開口：「就在這裡。唉，如果時間能重來，我就不會說那種話……絕對不會！可是現在他已經走了，我再也看不到他了。」

想到這裡，貝琪的淚水就像斷了線的珍珠，撲簌簌地滾落臉頰。她一邊哭，一邊漫步離開。一群常跟湯姆和喬一起玩的孩子經過學校，隔著圍牆望向校園，用肅敬的語調談論著上次看到湯姆時他做了什麼、喬又說了什麼等諸如此類的小事。（現在他們終於明白當初那些話語中充滿了可怕的預兆！）大家紛紛指著確切的地點，鉅細靡遺地描述從前見到那些失蹤男孩的場景：「那時我就站在這邊，就是我現在站的這裡，他就站在你站的地方，我們兩個靠得很近。他笑了起來，就像這樣——然後我突然感覺到什麼，像是⋯⋯一股強烈的悲傷，你們懂的——當時我不知道那是什麼意思，現在我終於明白了！」

大家不斷爭論誰才是最後一個看到湯姆和喬的人，好幾個人都提出證據，還拉著朋友作證，強調自己才是最終的目擊者。爭執了一段時間後，終於有人提出足夠的理由，證明自己看到他們最後一眼、和他們說最後一句話。這群幸運兒搖身一變，成了舉足輕重的大人物，其他人紛紛投以羨慕的眼光，目瞪口呆地看著他們。有一個可憐的男生想不出什麼厲害的故事，只能露出難忘的表情驕傲地說：「我被湯姆揍過一次。」

可惜這沒什麼大不了的。大部分的男生都跟湯姆打過架，根本沒什麼好拿出來說嘴。一群人繼續閒晃，語帶敬畏地細數回憶，追述這幾位英雄的生平事蹟。

隔天早上的主日學結束後，教堂敲起和平常鐘響截然不同的喪鐘。這是個死氣沉沉的禮拜日，哀戚的鐘聲在空中不斷迴盪，與寂寥的世界共感共鳴。鎮民慢慢走到教堂，聚集在門廳，低聲談論這起不幸的意外。教堂裡一片寧靜，只有女士走向座位時喪服裙襬發出的窸窣聲。這座小教堂從來沒有像現在這樣擠滿了人。騷動逐漸平息，會堂裡鴉雀無聲，大家安靜地在座位上等候；波莉姨媽慢慢踏入教堂，席德和瑪麗跟在她身後，接著是哈波一家，每個人都穿著深黑色的喪服。老牧師和鎮民全體肅立，等到喪家走到前排就坐後，大家才默默坐下。無聲的哀傷再次籠罩會堂，座位上不時傳來用手帕摀住的啜泣聲。牧師伸出雙手帶領大家禱告，唱出動人心弦的聖詩，接著引用經文說：「復活在我，生命也在我。」

牧師提起三個過世的孩子種種美德，讚美他們的聰明才智，哀嘆他們未能實現的大好前程。牧師的悼詞非常感人，鎮民都心有戚戚，紛紛自責，覺得自己從前太過盲目，只看到三個男孩的缺點，對優點視若無睹。牧師還描述了許多事蹟，說他們貼心善良，慷慨大方；大家現在終於明白他們品格端方，舉止高尚，後悔以前對他們太過嚴苛，總把他們當作欠管教的野孩子，動不動就狠揍他們一頓。牧師的演說越來越動人，群眾也越來越傷感，最後大家情緒潰堤，哀慟的啜泣聲此起彼落，連牧師都忍不住在講壇上掉下眼淚。

沒有人注意到旁邊的走廊傳來一陣窸窣窸窣的聲音。過沒多久，教堂的門嘎吱作響，緩緩敞開。熱淚盈眶的牧師從手帕裡抬起頭一看，瞬間愣在原地，說不出話來。鎮民察覺到牧師神色怪異，一個接一個轉頭望向大門，驚訝地站了起來，瞪大眼睛看著那三個「過世」的男孩大搖大擺地踏上走道：湯姆走在最前面，接著是喬，最後是衣著破爛、神情膽怯的哈克貝利。原來他們三個一直躲在無人的長廊上見證自己的葬禮，聽著牧師追悼他們的生平！

波莉姨媽、瑪麗和哈波全家立刻衝上前擁抱湯姆和喬，一邊瘋狂親吻他們，一邊感謝上帝。哈克被晾在一旁，侷促不安地站在原地，不知道該怎麼辦，也不知道該逃去哪裡才能躲開這些毫無善意、不歡迎他的眼神。他猶豫不決，打算偷偷摸摸地溜走，但湯姆一把拉住他說：

「波莉姨媽，這樣太不公平了。大家也要歡迎哈克才對。」

「當然，我很開心看到哈克平安回來。可憐的孩子，沒有媽媽照顧！」波莉姨媽親切的關愛反倒讓哈克更不自在了。

「讚美上帝！」牧師突然用盡全力地大喊。「感謝上帝保佑我們！來唱讚美詩吧！真心誠意地唱吧！」

大家滿懷喜悅，熱情地高聲歌唱，〈大衛詩篇〉第一百篇的旋律響徹整座教堂，連屋頂都快被掀開了。海盜湯姆環顧四周，看見其他男生和女生對他投以羨慕的眼神，不禁暗自心想，這大概是他這一生最值得驕傲的一刻。

那些「受騙」參加葬禮的人走出教堂時都很興奮，熱切地談論大家齊聲高唱讚美詩的場景，還說要是能再聽一次這種震撼人心的大合唱，就算被騙第二次也沒關係。

那天，湯姆從波莉姨媽那裡收到的耳光和親吻（完全取決於波莉姨媽當下的心情）比過去一整年加起來還要多，多到他完全搞不清楚究竟哪一個才是在表達對上帝的感謝及對他的疼愛。

18

這就是湯姆的祕密計畫：海盜幫三人一起回家，參加自己的葬禮。

禮拜六傍晚，他們用一根大樹幹充當小船，在昏黃的暮色中順流而下，漂到距離小鎮下游大約八、九公里的密蘇里州河岸，露宿在小鎮外緣的樹林裡；等到天快亮時，再躡手躡腳地穿過後街小巷，溜進教堂邊廊，在亂七八糟的廢棄長椅堆中呼呼大睡。

禮拜一的早餐時光，波莉姨媽和瑪麗對湯姆百般疼愛，照顧得無微不至。

「湯姆，這次你真的把大家耍得團團轉，」波莉姨媽說。「我們難過了一整個禮拜，你們倒是很逍遙，玩得很開心。不過話說回來，你怎麼這麼狠心，折磨我那麼久？你有辦法靠一根樹幹回來參加自己的葬禮，應該也有辦法捎來一點消息，讓我知道你沒有死，只是蹺家。可是你沒有。」

「對啊，湯姆，你應該回來暗示我們一下，」瑪麗附和道。「我相信你只要仔細想想，就知道該這麼做。」

「湯姆，你會嗎？」波莉姨媽一臉期待地問道。「如果你有想到，你會回來跟我說一聲嗎？」

「我……我不知道。先跟你們說的話就不好玩了。」

「湯姆，我希望你可以多替我著想，」波莉姨媽失望的語氣讓湯姆覺得好難受。「就算沒有眞的行動也沒關係，只要有這種想法就夠了。還是說你根本不在乎我，所以才沒有想到我……」

「不是這樣的，姨媽，別這麼想，」瑪麗連忙出聲安慰。「湯姆沒有那個意思，他只是愛玩，做事情比較草率，所以才沒想那麼多。」

「唉，這樣更糟。席德就不會這樣，他不只會掛念我，還會回來通知我們一聲。湯姆，有一天當你回顧自己的所作所爲，一定會後悔。你會後悔當初應該多關心我一點，這根本花不了你多少力氣啊。」

「姨媽，妳明知道我很關心妳。」湯姆說。

「如果你不要光說不做會更好。」

「眞希望我當時有想到這件事……」湯姆用懺悔的語氣說。「可是我有夢到妳，表示我眞的很在乎妳啊，不是嗎？」

「那又怎樣？貓也會夢到牠的主人啊。唉，算了，有總比沒有好。你夢到什麼了？」

「禮拜三晚上，我夢到妳坐在床邊，席德靠著木箱，瑪麗在他旁邊。」

「嗯，禮拜三晚上我們眞的是這樣坐，就跟平常一樣。看來你在夢裡也惦記著我們，我很高興。」

「我夢到喬的媽媽也在這裡。」

「真的嗎？她禮拜三晚上真的有來！你還夢到什麼？」

「喔，很多啊，但我現在記不太清楚了。」

「你仔細想一想，看能不能想起來。」

「我好像夢見有風……有風在吹……」

「用力想，湯姆！那天晚上確實有起風沒錯！加油，再想想看！」

湯姆用手指壓著額頭，裝出著急的表情努力回憶，然後說：

「想起來了！我想起來了！燭火被風吹得不停搖曳！」

「天哪！湯姆，快說，還有什麼？」

「我記得妳好像說……說門怎麼樣……」

「湯姆，快說啊！」

「等一下，讓我好好想一下……啊，對了，妳說妳想應該是門開了。」

「那天晚上我真的那樣說！對吧，瑪麗？妳也記得對不對！繼續說啊湯姆！」

「然後……然後……我不太確定……妳好像要席德……」

「什麼？要席德做什麼？湯姆，我要席德做什麼？」

「妳要席德……妳……喔，妳要席德把門關上。」

「天哪！我活了大半輩子從來沒聽過這種神蹟！不要跟我說什麼夢都是假的，沒什麼意思，我才不信！我得趕快跟哈波太太說這件事。她很瞧不起迷信之類的事，這次我倒要看她怎麼說。湯姆，你還夢到什麼了？」

「喔，現在我都想起來了。妳說我的本性不壞，只是愛調皮搗蛋，做事情有點浮躁，冒冒失失，可是不會眞的做什麼壞事，還有……好像還有什麼小孩子之類的。」

「沒錯，我就是這麼說的！我的天哪！湯姆，還有呢？」

「然後妳就開始哭。」

「對，就是這樣，你說的沒錯。我爲你哭了好幾次呢。然後……」

「然後哈波太太也哭了起來，她說喬也一樣，她不該懷疑喬把鮮奶油吃掉而揍他一頓，明明就是她自己倒掉的……」

「湯姆！你被聖靈附身了！你的夢就是預言！太神奇了！快說下去啊！」

「然後席德說……他說……」

「我什麼也沒說吧。」席德打斷湯姆。

「有，席德，你有說。」瑪麗插嘴。

「你們不要吵，讓湯姆說。湯姆，席德說了什麼？」

「他說……我記得他好像是說他希望我在另一個世界過得很快樂，雖然我有時還滿討厭的……」

「眞的！一字不差！席德眞的那樣講！」

「然後妳就叫席德別說了。」

「沒錯，我就叫他住口。原來世界上眞的有天使。一定是天使顯靈了！」

「後來哈波太太還說她被喬的鞭炮嚇到，妳就告訴她彼得和止痛藥的事……」

「對！千眞萬確！」

「接著你們就一直討論去河邊打撈我們的事，還提到禮拜天要舉行葬禮。最後妳和哈波太太抱在一起哭了好久，她才離開。」

「沒錯！你說的都是眞的！就跟我現在坐在這裡一樣眞！湯姆，就算你當時眞的在場，可能也沒辦法說得這麼精確、這麼眞實。然後呢？你還有夢到什麼嗎？」

「我想想看……妳好像爲我禱告。我看著妳，可以聽見妳說的每一句話。然後妳就去睡覺了。我眞的很愧疚，也很抱歉，所以就在一塊梧桐樹皮上寫『我們沒有死，我們只是跑去當海盜了』，接著就把樹皮放在蠟燭旁邊。妳躺在床上睡得很熟，看起來很安詳，我記得自己好像有彎下腰，親了妳一下。」

「眞的嗎？湯姆，你說的是眞的嗎？那我原諒你，完全原諒你了！」波莉姨媽緊緊抱住湯姆。她的擁抱讓湯姆覺得自己眞是個罪孽深重的大壞蛋。

「還滿感人的，就算只是……一個夢。」席德用別人聽得見的音量喃喃自語。

「席德，你給我閉嘴！人就是日有所思才會夜有所夢。湯姆，我幫你留了一顆大蘋果，想說要是你能平安活著回來，一定要讓你嚐嚐。好了，快去上學吧。感謝上帝，感謝慈愛的天父讓你回到我身邊。上帝總是顧念著祂的信徒，雖然我知道自己不配，但若祂只祝福那些值得祝福的人，幫助那些值得幫助的人，就不會有那麼多人在臨死前帶著微笑，進入天國安息主懷了。哎，席德、瑪麗、湯姆，快去上學吧，你們害我花太多時間囉嗦了。」

三個孩子一踏出家門，波莉姨媽就立刻跑去找哈波太太，用湯姆的神奇夢境來說服這個不信邪的現實主義者。席德這次學乖了，沒有把心裡的想法說出口。他想：「這個夢居然那麼長、那麼詳細，而且完全沒有誤差。拜託，未免太假了吧！」

現在湯姆成了小鎮上的風雲人物。他一改從前蹦蹦跳跳、橫衝直撞的走路方式，趾高氣揚地抬頭挺胸，邁開大步，變成眾人矚目的大海盜。大家都盯著他看，他則裝出一副若無其事的樣子往前走，好像沒注意到他人的眼神、聽到那些崇拜的話語；其實那些關注、仰慕與讚嘆根本就是他的生命泉源。身材比他矮小的男孩紛紛衝過來，把他團團圍住，只要站在大英雄身邊就讓他們覺得好驕傲，與有榮焉。湯姆完全不介意，寬宏大量地容忍眾人簇擁，彷彿自己是遊行隊伍中的前鋒鼓手或是領著野生動物群供眾人圍觀的大象。那些和湯姆體格差不多的男生假裝沒注意到他前陣子失蹤的事，其實他們心裡嫉妒得不得了，願意用一切來交換他那一身健康黝黑的膚色及輝煌燦爛的名聲；不過就算有人拿馬戲團來換，湯姆也會一口回絕。

學校裡，同學個個對湯姆和喬投以敬慕的眼神，兩位大英雄被捧上了天，越來越得意。他們向熱情的聽眾描述這段精采刺激的冒險生活，不斷加油添醋，把短短幾天的蹺家流浪記變成沒完沒了的長篇小說。當他們拿出菸斗，怡然自得地吞雲吐霧時，大家對他們的崇拜瞬間飆升，達到最高點。

這下子湯姆覺得自己不必再留戀貝琪了，沒有她也沒關係，只要有英雄光環與眾人仰慕的榮耀就夠了。不過他現在變成享譽盛名的大人物，或許貝琪會想跟他和好也說不定。哼，她想示好就隨便她吧，反正他一點也不在乎。貝琪走進學校時，湯姆假裝沒看到她，跑去和其他人聊天。他很快就瞥見貝琪紅著臉，目光閃爍，踩著輕快的步伐走來走去，看起來既開心又緊張；她假裝和同學追逐打鬧，玩鬼抓人的遊戲，每抓到一個人，她就笑著大叫。湯姆注意到貝琪似乎老是在他附近抓人，眼神不時往他的方向瞥，這讓他內在邪惡的虛榮心大爲滿足，不但沒有打算和好，反而還變得更加堅定，決心要不動聲色，繼續對她不理不睬。貝琪不再和同學玩了；她猶疑不決地四處遊蕩，邊走邊嘆氣，既期待又怕受傷害地瞄了湯姆一眼。她發現湯姆正在跟艾美聊天，聊得好熱烈。貝琪的心一陣刺痛，整個人煩躁不安，不曉得該怎麼辦。她想離開，雙腳卻不聽使喚，反而把她帶到離人群更近的地方。貝琪主動和湯姆旁邊的一個女生搭話。

「哎呀，瑪莉，妳眞壞！怎麼沒來上主日學？」她故作活潑地說。

「我有去呀！妳沒看到我嗎？」

「咦？我沒看到妳呀！妳坐哪裡？」

「我是彼得斯小姐那一班的。我有看到妳喔。」

「眞的嗎？奇怪，我怎麼沒看到妳。我本來想跟妳說野餐會的事。」

「野餐？好棒喔！是誰要辦野餐會呀？」

「我媽媽要幫我辦。」

「哇！好好喔！希望妳媽媽會邀請我參加。」

「當然囉！她一定會邀請妳。野餐會是爲我辦的，我想要誰來，誰就可以來。我希望妳來。」

「太好了！什麼時候？」

「很快，可能暑假就會辦了。」

「噢，一定會很好玩！妳會邀請所有的女生和男生嗎？」

「會呀！我會邀請所有的朋友和想要跟我做朋友的人，」貝琪似有若無地偷瞄了湯姆一眼，但他正忙著跟艾美描述那場肆虐全島的暴風雨，活靈活現地形容閃電如何把巨大的梧桐樹「劈成碎片」，而他「就站在離樹不到一公尺的地方」。

「嘿，我可以去嗎？」葛蕾絲問貝琪。

「可以呀！」

「那我呢？」莎莉問。

「當然囉！」

「我也可以嗎？」蘇西跟著問。「我可以帶喬去嗎？」

「好啊！」

大家都爭先恐後地詢問貝琪，得到野餐會邀請的人就開心地拍手慶祝，只有湯姆和艾美沒來跟貝琪說話。湯姆一直在和艾美聊天，接著冷漠地轉身就跟艾美一起離開了。貝琪的雙脣顫抖，淚水在眼眶裡不停打轉，但她仍強迫自己露出微笑，繼續和其他同學聊天。其實她根本一點也不在乎野餐會。之後她找地方躲起來，像女生說的「抱頭痛哭一場」，哭累了，她就抹抹眼淚，悶悶不樂地坐著，撫慰遍體鱗傷的自尊。上課鐘響時，她帶著堅定的表情站了起來，甩甩髮辮，眼裡燃著復仇的火光。

下課時間，湯姆還是一副自負不凡的樣子，和艾美形影不離，有說有笑，還故意在貝琪面前晃來晃去想激怒她，傷她的心。湯姆的眼神悄悄瞥向貝琪，卻發現貝琪坐在教室後方的長椅上看圖畫書，艾爾菲．坦伯就坐在她身邊，兩人的頭靠得好近好近，專注地翻著書頁，彷彿全世界只剩他們兩個人。湯姆的心猛然下沉，嫉妒讓他怒火中燒。他好恨自己居然白白放棄了跟貝琪和好的機會。他暗暗咒罵自己的愚蠢，凡是他想得到的詞都罵了一輪。走在湯姆身邊的艾美對這一切渾然不覺，依舊開心地笑著說話，但湯姆卻默默不語，自顧自地往前走，對艾美的話語左耳進右耳出，聽而不聞。艾美有時會停下腳步等他回應，他只能結結巴巴、語帶尷尬地亂回一通。湯姆一而再、再而三地走到教室後面閒晃，那兩人親密看書的可恨畫面讓他氣到眼球都快掉下來了；更讓他抓狂的是，貝琪完全沒把他放在眼裡，好像他根本不存在一樣（至少他自己是這麼想的）。其實湯姆的一舉一動貝琪都一清二楚，她知道自己贏了這回合。看到湯姆像她一樣痛苦不堪，她很高興，復仇成功的喜悅在心中慢慢滋長。

艾美快樂地嘰嘰喳喳，煩得湯姆再也受不了。他暗示自己有事要辦，而且時間不等人，必須馬上去做。可是艾美完全聽不懂，依然說個沒完。湯姆心想：「天啊，到底要怎麼甩掉她啊？」最後他堅持自己真的有事要先走了，艾美仍一派天真地說下課時她會在附近等他。湯姆連忙加快腳步，悻悻然地離開。

「她怎麼會看上他啊！」湯姆咬牙切齒地想。「要是其他人就算了，居然是那個從聖路易來又自以為聰明的傢伙！看他那身高檔的衣服，一副貴族公子樣……哼，有什麼了不起，你搬到鎮上的第一天不就被我揍了嗎？我一定要再痛扁你一頓！我一定要找機會跟你算帳！

我要……」湯姆對著空氣拳打腳踢，狠揍那個想像中的敵人。「喲，你自以為厲害是吧？你以為你很強是吧？我就給你一點顏色瞧瞧！」這場想像中的對戰最後以敵人落敗告終，湯姆的心情再度活躍起來。

午休時，湯姆以閃電般的速度直接跑回家。他招架不了艾美對他一往情深的愛，覺得有點良心不安，另外嫉妒的重量也讓他難以承受。貝琪和艾爾菲又靠在一起看圖畫書。時間一分一秒流逝，貝琪遲遲等不到湯姆現身，原先那種勝利的快感逐漸蒙上陰影，折磨湯姆的樂趣也慢慢消失。她開始心不在焉，陷入憂鬱的情緒裡。有好幾次，她興奮地豎起耳朵聆聽腳步聲，最後卻以失望收場。湯姆始終沒有出現。貝琪覺得好難過，怨自己玩得太過火。可憐的艾爾菲知道貝琪人在心卻不在，但又不知道該怎麼辦，只能不斷地讚嘆：「妳看，這張圖好美喔！妳看這邊！」貝琪終於失去耐性說：「哎呀，別煩我了！根本沒什麼好看的！」她突然放聲大哭，站起來走開了。

艾爾菲趕緊追上去想安慰她。

「走開！離我遠一點！」貝琪狠狠拒絕。「拜託你讓我靜一靜可以嗎！我討厭你！」

艾爾菲只好停下腳步，百思不解，想著自己到底做錯了什麼。明明是貝琪說中午要跟他一起看圖畫書的。艾爾菲回到空蕩的教室，覺得好丟臉、好生氣。但他很快就想通了，明白貝琪只是利用他來氣湯姆而已。艾爾菲本來就討厭湯姆，這下更對他恨之入骨。他想找一個能讓湯姆遭殃又不會惹禍上身的好方法。這時，他瞥見湯姆的拼字課本。報仇的機會來了。他立刻把書翻到下午要上的那一課，然後倒上墨水。

貝琪站在窗戶外看到艾爾菲的行爲，立刻甩頭就走。她走在回家的路上，心想如果她跟湯姆講艾爾菲做的壞事，湯姆一定會很感謝她，這樣兩人就會和好了。可是她才走到一半就改變了主意。因爲她想到湯姆早上對野餐會不理不睬的高傲神態，心裡一陣灼熱，覺得大受羞辱。她決定袖手旁觀，就讓湯姆因爲弄髒課本而挨打吧，反正他活該，她永遠都不會原諒他！

19

湯姆悶悶不樂地回到家。可是波莉姨媽看到他的第一句話，就讓他懷疑自己是不是做錯決定，因爲就算回家也無法減輕那些痛苦和悲傷。

「湯姆，我眞想剝了你的皮！」

「姨媽，我又怎麼了？」

「你這孩子，眞有你的！我被你感動得要命，跑去跟哈波太太說你的夢有多神奇，結果喬說你那天偷跑回來，還偷聽我們說話。湯姆，我眞不懂你怎麼會變成這樣？一想到你存心害我在哈波太太面前出糗，我就很難過。你怎麼沒阻止我，也沒跟我說實話呢？」

湯姆完全沒想到事情會變成這樣。原本他還對自己想出的新花招很得意，覺得很好笑，現在看來他的行爲既無恥又可惡。他垂著頭，不知道該說什麼。

「姨媽，我眞的很後悔……我眞的沒想到……」他終於開口。

「唉，湯姆，你做事情從不思考，什麼都不想，只想著自己。你有辦法半夜大老遠地從傑克森島跑回家幸災樂禍，還編出什麼夢把我騙得團團轉，但你從來不會設身處地爲我們著想。你知道我們當時有多傷心嗎？」

「姨媽，我知道我很壞，但我不是故意要惹妳傷心的。我眞的不想傷妳的心，姨媽。那天晚上我跑回家不是來看笑話的。」

「那你回來幹嘛？」

「我只是想告訴妳別擔心，我們沒有溺死。」

「湯姆啊湯姆，要是我能相信你說的話，相信你有這麼善良，懂得爲別人著想，那我就謝天謝地了。但你很清楚自己根本不是這麼想。我也知道。」

「眞的，我眞的這麼想，我眞的希望自己沒惹出那麼多麻煩。」

「唉，湯姆，別再說謊了。不要再騙我了。說謊只會把事情變得更糟。」

「我沒有說謊，姨媽，我說的是眞的。我不希望妳難過……我眞的是怕妳太傷心才跑回來的。」

「我眞的很想相信你說的話，湯姆，如果這是你的眞心話，之前你做的壞事我都可以原諒，甚至還很高興你這次蹺家胡鬧，學到了一課。可是這不合理啊，如果你眞的這麼想，怎麼都不跟我說呢？」

「因爲……因爲我一聽到你們談起葬禮的事就想到好多有趣的點子，想著要怎麼躲進教堂裡嚇大家一跳。我不想破壞這個祕密計畫，所以才又把樹皮放回口袋，什麼也沒說。」

「樹皮？什麼樹皮？」

「我在一塊樹皮上留言給妳，告訴妳我們只是去當海盜了。唉，眞希望我親妳的時候妳剛好醒過來……眞的，我眞的這麼希望。」

波莉姨媽臉上慍怒的表情柔和多了，雙眼也透出溫暖的光輝。

「你眞的有親我嗎，湯姆？」

「對啊，我有親。」

「你確定嗎，湯姆？」

「確定啊，我眞的有親，姨媽，我很確定。」

「那你爲什麼要親我？」

「因爲我很愛妳啊，看到妳翻來覆去地嘆氣，我覺得很難受。」

湯姆似乎是認眞的。

波莉姨媽難掩激動，語帶顫抖地說：

「再親我一下，湯姆。好了，你該回學校了。別再煩我了。」

湯姆一出門，波莉姨媽立刻打開衣櫃，拿出湯姆蹺家時穿的外套。那件外套已經變得破破爛爛，磨損了好幾處。她看著手中的外套，遲疑了一下。

「算了，我不在乎，」她自言自語地說。「傻孩子，我想他一定是在說謊……可是這個謊充滿善意，聽了覺得好幸福、好安慰。希望上帝——我知道上帝一定會原諒他的，因爲他心地善良才會說這種謊。但願他說的都是眞的，不是假的。唉，算了，我不想知道……」

波莉姨媽放下外套，站在原地想了幾分鐘。她二度伸出手想拿外套，卻又縮了回去。最後她下定決心再次伸手，默默對自己喊話：「沒錯，他一定是在說謊，是善意的謊言。沒什麼好難過的……」

20

波莉姨媽親吻湯姆時的溫柔神態掃去了湯姆的煩憂，現在他的心情好多了。他踩著輕快的腳步走向學校，轉進草原巷時正好看見貝琪。湯姆總是依照心情好壞來決定要做什麼。此刻開心的他毫不猶豫地跑向貝琪說：

「貝琪，對不起，我今天早上眞的很過分。我保證這輩子絕對不會再這樣欺負妳，永遠不會。我們和好吧，好不好？」

「湯瑪斯．索耶先生，」貝琪停下腳步，用鄙夷的眼神瞪著他。「請你管好自己的事。我再也不會跟你說話了。」

貝琪說完立刻甩頭轉身，繼續往前走。湯姆萬萬沒想到她會這麼生氣，一時之間忘了開口反擊。他原本想說：「隨便妳啦，自以為是的大小姐！」可是等他回過神來，貝琪已經走遠了，他只好默默把話吞回去。湯姆滿腔怒火，氣急敗壞地走進校園，心想要不是貝琪是女生，他一定狠狠揍她一頓。後來湯姆經過貝琪身邊，立刻開口譏諷她，貝琪也不甘示弱地回嘴，兩人澈底決裂。貝琪氣得漲紅了臉，等不及看湯姆因為拼字課本弄髒而挨打的模樣。她本來還有點猶豫，考慮要揭發艾爾菲，但湯姆剛才那句刺耳的話讓她完全打消了這個念頭。

可憐的貝琪，不知道自己就快大禍臨頭了。他們的班導達賓斯老師是個剛邁入中年、壯志未酬的男子，他畢生的遺憾就是沒有實現想當醫生的心願，因為他家境貧困，無法繼續深造，只能留在鎮上的學校當老師。每當學生自習、沒有課要講的時候，他就會從講桌抽屜裡拿出一本神祕的書專心研讀。平常他都把書小心地鎖在抽屜裡，那些老愛調皮搗蛋的孩子都很好奇，很想看看達賓斯老師藏的到底是什麼書，可惜一直沒有機會。至於那本書的內容，全校學生無論男女都自有一套理論，經常七嘴八舌地爭論不休，但從來沒有人找出答案。剛才貝琪走進教室，經過講台，意外發現鑰匙就插在抽屜的鎖孔上！難得的機會就在眼前！她轉頭張望，確定四下無人，立刻伸手轉動鑰匙，從抽屜裡拿出那本神祕的書。貝琪看見書的標題頁寫著「某某教授之解剖學」，但她不懂那是什麼意思，於是便繼續翻閱，一張描繪精緻、色彩鮮豔的人體鏤刻畫瞬間映入眼簾。就在這個時候，一道陰影落在書頁上，原來是湯姆走進教室，剛好瞄到那張圖。貝琪一陣驚慌，匆匆把書闔上，結果不小心把圖畫那一頁撕破了。她嚇得立刻把書丟進抽屜，一邊上鎖，一邊又羞又惱地哭了起來。

「湯姆．索耶，你真的很差勁！你幹嘛偷看別人在看什麼！」

「我哪知道妳在看什麼？」

「你真卑鄙，湯姆，我知道你一定會去告狀。天哪，怎麼辦？到底該怎麼辦啦！我一定會被老師打，我從來沒在學校挨打過！」她氣得跺腳。「算了，你要告狀就去告吧！反正你完蛋了。等著瞧，我一定會要你好看！可惡，可惡，太可惡了！」貝琪忍不住放聲大哭，衝出教室。

湯姆愣在原地，不懂貝琪為什麼會突然發飆，氣成這樣。

「女生眞奇怪，」他自言自語地說。「說什麼傻話！什麼沒在學校挨過打！哼！被打又怎樣！女生就是這樣，一群臉皮薄的膽小鬼。拜託，我才不會跟達賓斯老頭告狀，反正我有的是機會跟她算帳，何必當這種小人？不過那本到底是什麼書啊？達賓斯老頭一定會問是誰把書撕破了，沒人會承認，然後他就會像平常那樣質問每一個人，等他走到貝琪面前，什麼都不用說就發現了。女生就是沒膽量，藏不住祕密，光看她們的表情就知道啦。貝琪一定會挨揍的，這次她眞的逃不掉了。」湯姆想了一下，又補一句。「算了，隨便啦，她不是想看我出糗嗎？這下有她好看！」

湯姆走出教室和其他同學一起玩鬧。過沒多久，達賓斯老師就來了，大家紛紛回到座位上坐好。湯姆不是很想上課。每次他偷偷往女生那邊看，貝琪的表情都讓他心煩意亂。雖然他知道自己不需要同情貝琪，但除了同情外他什麼忙也幫不上，直到他發現自己的拼字課本被墨水弄髒，才暫時忘掉貝琪的事。等著看湯姆受罰的貝琪一時忘了自己處境堪慮。她想，就算湯姆否認自己弄髒了課本，老師還是會打他。她猜得沒錯，湯姆的否認讓達賓斯老師更生氣。貝琪以為她看到湯姆的報應會很高興，也努力說服自己高興，但她發現自己完全開心不起來。老師下手越來越重，貝琪眞的好想站起來揭發艾爾菲的惡行，但她拼命忍住，默默心想：「湯姆一定會跟老師說書是我撕的。我才不要幫他呢。」

慘遭痛打的湯姆回到座位上，心裡一點也不難過。他以為是自己在和同學打鬧時不小心打翻墨水，把課本弄髒了。剛才那些辯解只是例行公事，死不承認是他個人的原則。

一個小時過去了，學生嗡嗡的朗讀聲令人昏昏沉沉，坐在講桌前的老師也開始打瞌睡。過沒多久，達賓斯老師挺直腰桿，打了個呵欠，把抽屜打開，手伸進去，猶豫了幾分鐘，好像不太確定要不要把書拿出來。大多數同學都眼神渙散、無精打采地看著老師，湯姆和貝琪緊張地盯著老師的一舉一動。最後達賓斯老師用手摸索了一下，終於把書拿出來，調整好坐姿，開始看書了！湯姆飛快地瞄了貝琪一眼，她表情無助，彷彿一隻慘遭獵捕、無路可逃的小白兔，只能任由獵槍抵住她的頭。湯姆立刻把兩人的爭執拋諸腦後。快，得快點想個辦法幫助貝琪，不然就來不及了！他的腦筋轉啊轉，在這緊要關頭卻一片空白，什麼也想不到。就在這個時候，他想到了！他可以衝上講台搶走那本書，再跑出教室逃個無影無蹤！對，太好了，就這麼辦！

可惜他猶豫了一秒，機會稍縱即逝。老師已經把書打開了。要是時光能倒轉就好了！來不及了，現在誰也幫不了貝琪了。下一秒，達賓斯老師抬起頭，用銳利的眼神掃射全班。大家都垂著頭不敢看他，就連那些無辜、不知道發生什麼事的人也都怕得不得了。教室裡一片死寂，過了十秒鐘（達賓斯老師正在累積怒氣），他終於開口：「這本書是誰撕的？」

全班沒有人敢說話，安靜到連一根針掉下去也聽得見。沉默持續蔓延，達賓斯老師仔細打量每一張臉，尋找心虛的肇事者。

「班傑明．羅傑斯，是你撕的嗎？」

班立刻否認。教室再度陷入無聲。

「喬瑟夫．哈波，是你嗎？」

喬也否認。達賓斯老師慢條斯理地質問每一個男孩，湯姆也越來越緊張，整個人焦躁不安。老師想了一下，接著轉向女生。

「艾美．勞倫斯，是妳嗎？」

艾美搖搖頭。

「葛蕾絲．米勒？」

葛蕾絲也搖搖頭。

「蘇西．哈波，是妳撕的嗎？」

蘇西也搖頭。

下一個就是貝琪了。湯姆緊張到不知所措，全身顫抖，一陣絕望感湧上心頭。

「貝琪．柴契爾！」

湯姆看著貝琪嚇得發白的臉。

「是不是妳撕的？把頭抬起來看著我！」

貝琪抬起頭，露出哀求的神色。

「是不是妳撕的？」

湯姆突然靈光一閃，站起來大喊：「是我撕的！」

全班同學目瞪口呆，一臉困惑地看著突然自首的湯姆。湯姆站在位子上努力保持鎮定，接著走到講台前接受懲罰。他瞥見貝琪臉上滿是驚訝、愛慕與感激，心裡非常得意，就算要被打一百下他也心甘情願。湯姆沉醉在英雄救美的高尚情懷中難以自拔，即便達賓斯老師展現出前所未有的無情，把他打得皮開肉綻，他也沒唉一聲。他不在乎放學後得罰站兩個小時才能回家，因爲他知道，不管他受了多少責罰，吃了多少苦頭，一定會有人默默在校門口等他。

那天晚上，湯姆躺在床上想著要怎麼和艾爾菲算帳。貝琪滿懷羞愧地坦承自己的背叛，將一切全都告訴湯姆。不過湯姆很快就把報仇的渴望拋到九霄雲外，幸福與快樂甜滋滋地爬上心頭。他沉沉睡去，耳邊不斷縈繞著貝琪說的那句話：

「湯姆！你眞是太偉大了！」

21

暑假即將來臨，表示期末考快要到了。不苟言笑的達賓斯老師變得越來越嚴厲、越來越苛刻，整天揮舞棍子與教鞭，希望學生表現亮眼，考出好成績（只有年紀最長的男生和十八歲到二十歲之間的年輕女孩能免於體罰，其他低年級的學生可說是過著水深火熱的生活）。達賓斯老師打人時從來不會手下留情。別看他戴著假髮來掩飾禿頭，其實他才剛步入中年，手臂肌肉非常強健，完全沒有鬆弛的跡象。隨著期末考逐漸逼近，潛藏在達賓斯老師心中的暴虐性格也慢慢外顯，任何細微的小錯誤都會被他緊緊抓住，借題發揮。達賓斯老師似乎以懲罰學生為樂，導致那些年紀比較小的男生每天都心驚膽顫地上學，等到晚上回家再暗暗密謀復仇計，他們可不會放棄任何惡整達賓斯老師的機會。可惜道高一尺，魔高一丈，只要學生的詭計得逞，達賓斯老師就會祭出更嚴厲的懲罰，讓調皮的男生吃不完兜著走。節節敗退的孩子只得重新策劃，終於想出一個天衣無縫的妙計。

他們把希望寄託在招牌繪師家的男孩身上，將計畫澈底解釋一遍，拜託他出手幫忙；雙方一拍即合，因為達賓斯老師寄宿在他們家，男孩早就看他不順眼了。過幾天，師母要去鄉下拜訪親友，到時就能毫無阻礙、順利執行這項祕密計謀。他們發現達賓斯老師總是在重要場合喝得酩酊大醉，於是招牌繪師家的孩子就說，期末考當天，他會等達賓斯老師喝得差不多，醉倒在椅子上打瞌睡時，偷偷下手完成任務，然後再叫醒達賓斯老師，讓他趕到學校。

他們期盼已久的復仇時刻終於到了。當天晚上八點，學校燈火通明，四周掛滿了用花草編成的花環和彩帶。達賓斯老師背對著黑板，高高地坐在講台上的寶座裡，露出微醺的表情。他前方左右各放了三張長凳，中間則放了六張長凳，分別坐著學生家長和鎮上有頭有臉的大人物。達賓斯老師的左前方是鎮民座位區，後面臨時架了一座舞台，所有參加今晚考試的考生都抬頭挺胸、正經八百地坐在台上。前面幾排是梳洗得乾乾淨淨、穿得整整齊齊，讓人看了都有點不自在的小男孩，後方則坐著年紀較長、笨拙莽撞的大男孩，再後面是衣著素雅的女孩和少女，她們穿著上等細麻布或平紋細布做成的背心洋裝，戴著祖母或外婆的古董珠寶，頭髮上繫著粉紅與水藍色緞帶，還有漂亮的小花點綴其間。不用參加夜考的學生也都來了，教室裡擠滿了人。

考試正式開始。一個年紀非常小的男孩站了起來，怯生生地背誦：「各位應該想不到像我這麼年幼的孩子會登台演講……」他一邊說，一邊吃力地配合內容比手畫腳，動作雖然精準，卻非常僵硬，好像故障的機器一樣。最後他終於順利完成演講，機械似的彎腰敬禮，回到座位，台下立刻響起一陣熱情的掌聲。

接著輪到一位害羞的小女孩背誦童謠〈瑪麗有隻小綿羊〉。她行屈膝禮的可愛模樣融化了觀眾的心，紛紛熱烈鼓掌，她開心地紅著臉坐了下來。

湯姆自信滿滿地往前一站，高聲背誦動人心弦的〈不自由毋寧死〉，聲調慷慨激昂，鏗鏘有力，還不時以手勢加強戲劇效果；可是背著背著，他開始結結巴巴，怯場的恐懼緊攫住他，他雙腳不斷打顫，喉嚨像哽到似的一句話也說不出來。全場觀衆都投以同情的眼神，替他捏了一把冷汗，無聲的沉默讓湯姆難受得不得了。達賓斯老師皺起眉頭，結束這場難堪的慘劇。湯姆垂頭喪氣地回到座位上，台下響起一陣稀疏的掌聲。

考生輪流朗誦了許多令人動容的精采名作，例如希曼斯夫人的詩作〈卡薩比安卡〉（「那男孩站在燃燒的甲板上……」）、拜倫的詩作〈西拿基利的覆亡〉（「亞述人迎面走來……」）及其他情感豐沛的作品。

接下來是朗讀表演和拼字比賽。拉丁班的人數雖然寥寥無幾，朗讀時卻展現出驚人的光榮感，個個意氣風發。最後登場的是今晚的重頭戲，少女朗讀原創作品❷的時間到了。每一個站到講台前的女孩都清清喉嚨，拿起文稿（上面還綁著別致的緞帶），開始朗誦作文，特別強調聲音的情感表現與抑揚頓挫。作品的主題和她們媽媽以前寫過的文章差不多，或許跟外婆和外婆的外婆寫過的作文相差不遠，說不定跟十字軍東征時的女性寫的文章也很相似，比方說〈友情〉、〈往日時光〉、〈宗教的歷史地位〉、〈理想國度〉、〈文化的優點〉、〈政府體系之比較與對照〉、〈傷感〉、〈親情〉、〈心之所向〉……等等，都是常見的題材。

這些作品最大的特色就是無病呻吟；第二是堆砌華麗辭藻；第三是過多陳腔濫調，讓人聽久生厭；而最糟糕、最讓人難以忍受的是她們千篇一律地以訓誡說教的方式作結。無論主題爲何，她們都費盡心思地找出符合道德價值或宗教啓示的論點。雖然這些文章從衆媚俗，一點也不眞誠，但直到現今這個世代，學校依然維持同樣的考試制度，或許只要這個世界一直存在，這種風氣就會不斷延續下去。在這個國度，每個少女都以爲作文非得以講道式的口氣畫下句點不可，而且越愛玩、越不在乎信仰的女孩，就越是拼命歌功頌德。算了，忠言逆耳，就不多說了。

讓我們回到期末考現場。第一個少女朗讀了以〈難道，這就是人生？〉爲題的作品，我節錄一小段，請讀者忍耐一下：

「日常生活中，年輕的心總是滿懷喜悅地期待各種歡慶，飛舞馳騁的想像力忙著描繪玫瑰色的歡樂場景。時尚的忠誠信徒沉於紙醉金迷，幻想成爲眾人的焦點，自熙攘的人群中脫穎而出。她舉止優雅，一身雪白，快樂地舞著，迷人的倩影不停旋轉。她的雙眼閃爍如星，雙足輕盈如風。

歲月飛逝，如夢似幻，踏上極樂之土的時刻即將來臨。她幻想一切將會多麼光輝燦爛！萬事萬物都將令人陶醉，如童話般美妙精采，令人眼花撩亂。然而時光流逝，她發現樂園只是金玉其外，一切盡是虛華，曾迷惑心靈的逢迎讚美此刻化爲嚴厲的批判。舞會不再有趣，失去健康、內在空虛的她，決心告別無法慰藉靈魂渴求的世俗享樂。」

如此這般滔滔不絕地說個沒完。聽眾時不時點頭稱讚，低聲說些「眞美！」「用詞眞是

❷ 作者註：本章提及的「原創作品」取自《西部女性詩文集》，其詞句精準展現出女學生的口吻與寫作模式，比純粹的仿作更真實。

精準流暢！」「講得眞好！」等正面評價，等到女孩唸完令人雞皮疙瘩掉滿地的結尾，全場立刻爆出熱情的掌聲。

接著，一位纖細又多愁善感的女孩站到台前，準備吟誦一首「詩」。她的臉色白得很「有趣」，多半是因爲亂吃藥和消化不良的關係。以下摘錄兩段詩節：

「〈密蘇里少女致阿拉巴馬告別詩〉

阿拉巴馬！再會了！我用情至深！
無奈命運乖舛，只能告別。
我心黯然神傷，
刻骨的回憶使我眉頭深鎖。
我曾穿梭在花園小徑，
漫步於泰拉波西河畔，
聽過如萬馬奔騰的泰勒西水流，
看過庫薩之巔金黃燦爛的晨曦。
我憂傷滿懷，無怨無悔
我悵然回首，熱淚盈眶，
我將告別熟悉的故土，
我將揮別相知的故人，
我落腳於此，賓至如歸，

如今我將告別逐漸遠去的高山壑谷。
我心如槁木，面如死灰，
親愛的阿拉巴馬！
當回憶淡去，我也將撒手而歸。」

台下的聽眾不太確定「撒手而歸」的涵義，但這首詩柔美動人，大家非常滿意。

下一位是膚色黝黑、黑眼黑髮的少女。她嚴肅地站到台前，沉默幾秒，露出哀傷的神情，用仔細拿捏的莊重聲調朗讀〈一場幻影〉：

「夜色深沉，狂風肆虐，暴雨傾盆。天父安坐在巍然屹立的王座上，四周黯淡無星，只有沉鬱的雷聲不斷響起，來自天界的駭人閃電憤怒劈下，彷彿被大名鼎鼎、無所畏懼的科學家富蘭克林所激。疾風憑空而起，呼嘯咆哮，情勢更趨險惡。

此刻如此幽暗陰沉，我不禁心生憐憫，爲眾生低聲嘆息。儘管如此，『我最摯愛的至交知心，我的導師，我的安慰，我的指引，我悲傷中的喜悅，苦難中的祝福』來到我身邊。如同那些浪漫生命的想像，她是走在美麗伊甸園裡燦爛奪目的仙女，她是無飾而美、超凡脫俗的女王。她步履輕盈，悄無聲息，纖纖玉指帶來如夢似幻的悸動，有如其他內斂純粹的絕美之靈，總是來去無蹤。她指著窗外的陰鬱大地，悲傷籠罩著她的身影，彷彿十二月降下的凜冬寒冰。我不禁陷入沉思，探索其中涵義。」

這可怕的惡夢長達十頁，荒謬八股的結論可謂經典廢話的極致，勇奪最佳大獎。大家紛紛讚許地說這是今晚最棒的一篇文章。鎮長頒獎給作者時，還特別表揚這是他聽過最「扣人心弦、擲地有聲」的作品，就連政治家丹尼爾·韋伯斯特聽到也會佩服得五體投地。

順便說一下，今晚有很多作品都濫用了「華美」這個詞，而把人生經歷比喻成「人生的一頁」更是隨處可見。

這時，醉醺醺的達賓斯老師一改往日的疾言厲色，變得和藹可親。他推開椅子，轉身背對觀眾，在黑板上畫美國地圖，準備考地理班的學生。他有氣無力地畫出歪斜扭曲的線條，引起台下一陣竊笑。他抹掉筆跡決定重畫，沒想到手不聽使喚，畫得比之前還差，觀眾的訕笑聲也越來越大。他打起精神，全心全意地投入，絕不因他人嘲諷而放棄。達賓斯老師覺得教室裡所有人的目光都聚集在他身上，他幻想自己成功畫出一幅完美的地圖，可是笑聲並沒有停止，反倒更加激烈。好吧，算了，他們想笑就笑吧！

與此同時，達賓斯老師上方那扇連通教室閣樓的天窗打開了，一條繩索慢慢垂下來，繩子上還綁著一隻被碎布纏住頭和下巴、張不開嘴的小貓。貓咪縮著身子扭來扭去，不停伸出尖爪想抓住繩子，但總是撲空，只能在半空中揮舞貓掌，無力地擺盪。觀眾的笑聲越來越大，貓也越降越低，距離達賓斯老師的頭頂只有十五公分，然後再低，再低，小貓爪子猛然一伸，抓走了達賓斯老師的假髮，那一刻，繩索瞬間往上竄，貓咪就帶著假髮一起消失在閣樓裡了。剎那間，講台上金光閃閃、亮得刺眼，原來招牌繪師家的孩子把他的禿頭塗成金色啦！

期末考就此中斷，男孩的復仇計畫大成功。暑假來囉！

22

湯姆加入新成立的「少年自制訓練會」，因爲他們的綬帶既帥氣又顯眼。身爲會員，他必須保證不抽菸、不嚼菸草、不說髒話褻瀆神。然而湯姆體悟到一個新的眞理：只要有人不准你做某件事，你想做那件事的欲望就會更強烈。湯姆才加入自制會沒多久就飽受想喝酒和咒罵的欲望所苦，這股渴望越來越強，難以壓抑，他只能一直想像自己披上漂亮的紅肩帶、大搖大擺在路上遊行的樣子，才能勉強打消退會的念頭，努力堅持下去。

七月四日的獨立紀念日即將來臨，但他加入自制會不到四十八小時就放棄在國慶日招搖炫耀的願望。太難熬了。現在他把希望寄託在病入膏肓的治安官，老弗萊瑟先生身上，因爲重要人物過世後一定會舉辦盛大的葬禮。湯姆花了整整三天的時間，全心關注弗萊瑟先生的狀況，不放過任何一點消息。他眞的好想在葬禮上遊行，有時甚至會偷偷把綬帶拿出來照鏡子，陶醉在無邊無際的想像裡。然而事與願違，弗萊瑟先生的病情時好時壞，湯姆的心情就像坐雲霄飛車一樣起起落落。最後，弗萊瑟先生居然奇蹟似的好轉，恢復健康。湯姆又生氣又失望，覺得很受傷，旋即提出申請退出自制會。沒想到正式退會的那天晚上，弗萊瑟先生的病況急速惡化，驟然離世。消息立刻傳遍大街小巷。湯姆暗暗下定決心，絕對不再相信像他這種搖擺不定的人。

葬禮既隆重又莊嚴，少年自制會成員意氣昂揚、神采煥發地列隊遊行，讓那個前會員嫉妒不已。重獲自由的湯姆現在可以喝酒也可以大聲罵髒話，但他驚訝地發現自己對這些事興趣缺缺，一點也不想做。自由雖然很棒，可是一旦沒人禁止，欲望就煙消雲散，毫無魅力可言。

湯姆突然意識到自己夢寐以求的假期變得既沉悶又無趣。他想寫寫日記，但過去三天什麼事也沒發生，沒什麼好寫，於是又把日記丟在一邊，放棄這個念頭。

世界上第一個全黑人歌舞團來到鎮上，演出之精采前所未見，引起一陣轟動。於是湯姆和喬也帶頭組了一個樂團，但只開心地玩了兩天就無疾而終了。

國慶日當天下起傾盆大雨，湯姆期待已久的遊行被迫取消；更慘的是，他見到心目中最偉大的人物、一位眞正的美國參議員班頓先生，結果卻大失所望，沒想到這個所謂的「大人物」居然一點也不「大」，沒有高達七百公分的身材，長得跟平常人差不多而已。

馬戲團來了！一群男孩用破爛的舊地毯搭充當帳篷，扮起馬戲團，而且要看他們表演還得付錢，男生要付三根大頭針，女生要付兩根大頭針。只過了短短三天，馬戲團就歇業了。

一位骨相術士和一位催眠師來到鎮上，不久又走了。小鎮變得更加乏味難耐。

這段期間，鎮上辦了幾次給孩子參加的舞會，但這種充滿歡笑的快樂場合屈指可數，反而讓那些沒有舞會的日子變得更空虛、更痛苦。

除此之外，貝琪也回君士坦丁堡的家和爸媽一起過暑假了。湯姆的人生頓時一片黑暗，半點樂趣也沒有。

目擊墓園凶殺案的祕密一直埋藏在湯姆心底，成為揮之不去的夢魘，有如無藥可救的癌症般啃噬著他的心，帶來陣陣刺痛。

接著，鎮上開始流行痲疹。

湯姆像囚犯一樣躺在床上，整整兩週都不能出門。他病得很重，整天無精打采，對什麼都提不起勁。等到他終於有力氣下床，拖著虛弱的身體走到戶外時，發現一切都變了，整座小鎮瀰漫著一股濃厚的哀傷，人人表情凝重，彷彿經歷了一場「宗教復興」式的靈魂洗禮，無論男女老少，全都重新投入信仰的懷抱。湯姆四處閒晃，想在這種陰沉的氛圍中遇見那些老是愛惡作劇的玩伴，看看他們淘氣的笑臉，結果卻以失望收場。他找到喬的時候，發現喬居然在認眞地讀《舊約》，他只能落寞離去，避開這一幕令人沮喪的場景；他去找班，班正拿著一籃布道手冊要去拜訪窮人；他去找吉姆，吉姆認為痲疹是個警訊，決心改過向善。每遇見一個朋友，他內心的沉重就多一分。最後，他帶著幾近絕望的心情飛也似的跑去找哈克貝利，哈克卻引述《聖經》裡的名言來迎接他。湯姆垂頭喪氣地回家。他倒在床上，發現自己已成了鎮上唯一一隻永遠、永遠迷途的羔羊。

那天晚上，暴風雨強勢來襲。滂沱大雨挾帶著震耳欲聾的雷聲和刺眼眩目的閃電。湯姆用棉被蓋住頭瑟縮在床上，滿心恐懼地等待末日降臨。他想著自己過去做了一大堆壞事，現在報應終於來了，上帝終於對他失去耐性，決定要好好懲罰他。雖然他認為動用整座火藥庫來殺一隻小蟲似乎有點小題大作，未免太浪費了，但又覺得上帝選用狂暴的雷電來對付他這樣一個小男孩，一定有祂的道理。

慢慢的，暴風雨逐漸平息，湯姆幸運地逃過一劫。他的第一個反應就是感謝上帝，並打算改過自新。後來他轉念一想，還是再等等看好了，說不定從今以後再也沒有暴風雨了呢。

第二天，醫生來到波莉姨媽家，因爲湯姆的痲疹又發作了。這一次，他在床上足足躺了三個禮拜，對他來說卻好像躺了一輩子。等到他終於恢復健康，回想起這段孤獨、寂寞又無助的日子，不禁感嘆在暴風雨夜逃過一劫一點也不幸運！沒有朋友相伴的生活就像被世界拋棄一樣難熬。

湯姆漫無目的地在街上亂晃，看見吉姆扮成少年法院的法官，正在審理一件謀殺案，嫌犯是一隻野貓，受害者是一隻小鳥。接著他又看見喬和哈克躲在巷子裡，捧著一顆偷來的甜瓜大吃大嚼。唉，這些小傢伙和湯姆一樣，又故態復萌了！

23

夏天接近尾聲，昏昏沉沉的小鎮終於發生了一件大事：法院開始審理墓園凶殺案了。這件事立刻成為鎮民茶餘飯後的熱門話題，湯姆不管走到哪裡都會聽見有人高談闊論，良心不安的他忍不住全身發抖，整天疑神疑鬼，老是猜想別人是不是故意要探他口風。他覺得自己隱藏得很好，應該沒有人會發現他和凶殺案的關係，可是他一聽到相關的八卦就心神不寧，完全無法擺脫這場可怕的惡夢。湯姆把哈克找到一個偏僻的地方，想傾吐一下自己的煩惱，和共患難的他一同分擔內心的苦悶及壓力；更重要的是，他想確認哈克沒有洩漏他們的祕密。

「哈克，你有跟別人說過那件事嗎？」

「什麼事？」

「你知道的，就那件事。」

「喔。當然沒有。」

「一個字也沒說？」

「我發誓，一個字也沒說。你問這個幹嘛？」

「唉，因為我怕啊。」

「嗯？湯姆，有什麼好怕的？如果有人知道，我們根本活不過兩天。」

湯姆覺得安心多了。他停頓了一下，再度開口：

「哈克，就算他們逼你，你也不會說，對不對？」

「逼我？拜託，要是我眞的說出去，那個混血魔鬼一定會把我活活淹死。我才不會說咧。」

「嗯，你說得對，那就好。我想只要我們什麼都不說就沒事了。不過我們還是再立一次誓比較保險。」

「我贊成。」

他們再次鄭重發誓，永遠守口如瓶。

「哈克，大家都在聊什麼啊？我聽到一大堆有的沒的。」

「聊什麼？還不就是波特，每個人都在講波特，沒完沒了。一聽見他的名字我就冷汗直冒，恨不得挖個洞躲起來。」

「我也是。我看他眞的完蛋了。你會不會覺得他很可憐？」

「會啊，當然會。雖然波特不是什麼好人，但他也從沒傷害過別人，平常不過是釣釣魚，賺點錢買酒喝，到處閒晃罷了。天啊，他跟我們沒什麼不同啊！他就和大多數人一樣，牧師啊什麼的都一樣。而且他還滿善良的。有一次河裡的魚很少，他還分給我半條魚；我運氣不好的時候，他也幫過我好幾次。」

「對啊，哈克，他人眞的不壞，他還幫我修過風箏，把魚鉤縫在魚線上呢。唉，眞希望我們能把他救出來。」

「湯姆，你在說什麼啊！我們沒辦法把他救出來，就算我們成功了也沒用，他們還是會把他抓回去。」

「對，他們會再把他抓回去。可是我受不了大家一直說他是壞人，他明明就沒有……做那件事。」

「我也是，湯姆，我也很受不了。天啊！他們還說他是全國最冷血的頭號惡棍，還罵他怎麼還沒被絞死。」

「就是啊，他們老是講這種話，講個不停。還說就算他被放出來，也要偷偷用私刑處決他。」

「他們可不是講講而已，他們眞的會這麼做。」

湯姆和哈克聊了很久，心裡還是沉甸甸的。暮色逐漸降臨，他們不由自主地晃到遠離人煙的小監牢附近，暗暗希望天使顯靈來解決他們的苦惱，可是什麼也沒發生，天使和精靈都沒有出手幫助那位不幸的囚犯。

他們一如往常地走到無人看守的牢房小窗邊，遞一些菸草和火柴給波特。過去波特的感謝總會讓他們兩人的良心獲得一點安慰，但這次卻大大相反，波特的滿懷感激反而加深了他們的罪惡感。

「孩子，這段日子你們眞的對我太好了，」波特說。「你們比鎮上其他人都還要善良，我永遠不會忘記你們的大恩大德。我常常對自己說，我啊，以前總是幫每個男孩修理風箏和各種小玩意兒，告訴他們哪裡是釣魚的好地點，和他們交朋友，可是當我這個糟老頭惹上麻煩，他們就把我忘得一乾二淨。不過湯姆沒忘記我，哈克也沒忘記我。他們一直惦記著我，我也絕對不會忘了他們。孩子，我做了一件很可怕的事，當時我醉得東倒西歪、神智不清，我只能這麼解釋，如今我得付出代價，我也認了。我想這樣才是對的，也是最好的結果……至少我是這麼希望。好了，別提那些事了。我不想讓你們難過，但你們是我的朋友，我想告訴你們，千萬不要酗酒，這樣就不會像我一樣被關在這裡。你們往西邊靠一點，對，就是這樣，待在牢裡還能看到你們就是我最大的安慰了。除了你們，再也沒有別人來看我了。唉，多麼親切、多麼善良的臉啊。你們爬上彼此的背，讓我摸摸你們的臉吧。就是這樣。我們握握手吧，你們的手要伸過欄杆才行，我的手太大了伸不出去。唉，你們的手好小好軟，但你們給了老波特力量，很大、很大的力量。」

湯姆傷心地走回家，夜裡做了好多可怕的惡夢。接下來兩天，湯姆都在法院附近走來走去。他心裡有股衝動想衝進去旁聽，但又強迫自己待在外面。哈克也一樣在附近徘徊，掙扎不已。他們刻意避開對方。心虛的兩人一下子逃離法院，一下子又像著魔似的折返回去。群眾推開法院大門那一刻，湯姆立刻豎起耳朵，但只聽見令人哀痛的消息。可憐的波特處境堪憂，極有可能被判刑。

第二天法院審理結束時，大家都說印第安喬提出的證據確鑿，不難猜到陪審團的判決結果。當天晚上，湯姆一直在外遊蕩，直到夜深才從窗戶爬進房間。他心煩意亂，不停翻來覆去，難以入眠，直到快天亮才睡著。

隔天一早，所有鎮民成群結隊地走向法院，迎接宣判的大日子。聽眾席擠滿了人，男女各占一半。等了好一段時間，陪審團成員終於走進法庭。過沒多久，波特被帶了進來，臉色蒼白、神情憔悴的他戴著手銬和腳鐐，看起來既膽怯又無助。大家都好奇地盯著波特，而印第安喬出現時同樣引人注目，他的臉還是和先前一樣毫無表情。法官走進法庭後，警長就宣布開庭。場內律師團交頭接耳，民眾竊竊私語，再加上翻閱文件的沙沙聲，這些細微的聲響讓審判的氣氛充滿戲劇張力，令人著迷。

第一位證人站到證人席上。他說事發當天清晨，他看見波特在河邊洗澡，然後又鬼鬼祟祟地離開。檢察官問了幾個問題後說：「請詰問證人。」

波特抬起頭，隨即垂下眼睛。

「我沒有問題要問。」波特的辯護律師說。

下一個證人作證表示，在屍體附近找到了犯案用的刀子。

「請詰問證人。」檢察官又說。

「我沒有問題。」波特的律師回答。

第三個證人表示，他經常看見波特帶著那把刀子。

「請詰問證人。」

波特的律師依然拒絕質詢。旁觀的民眾開始不耐煩，覺得這個律師是不顧當事人的死活了嗎？

接下來幾位證人也都作出證詞，說明波特被帶到命案現場時行爲可疑，露出畏罪的神色。辯護律師完全沒有詰問證人，就讓他們離開了證人席。在場的人都覺得既困惑又不滿，開始竊竊私語，法官不得不敲響法槌，要大家保持肅靜。

「經由數位公民宣誓作證，言簡意賅，句句屬實，我們認定被告席上的犯人就是本件謀殺案的主使者。本案取證到此結束。」檢察官說。

可憐的波特發出一聲痛苦的呻吟，將臉埋在雙掌間，身體輕輕地前後擺動。場內一片死寂。不少人都很同情他的遭遇，有些婦女還掉下淚來。

這時，辯護律師站起來說：「庭上，本案審理之初，我們試圖證明被告是在酒醉的情況下做出不負責任、違背常理的瘋狂行爲。現在我們改變了想法，決定撤銷之前的抗辯。」接著他對書記官說：「傳證人湯瑪斯．索耶。」

大家全都露出訝異的表情，百思不得其解，就連波特也很意外。全場目光都聚焦在湯姆身上，好奇地望著他站起來走上證人席。湯姆的舉止看起來有點失控，因爲他心裡怕得要命。

他在庭前宣了誓。

「湯瑪斯．索耶，六月十七日午夜時分，你人在哪裡？」

湯姆瞄到印第安喬那張冷漠的臉，嚇得說不出話來。全場一片肅靜，大家屏住呼吸，等待湯姆回應，但他還是結結巴巴，什麼也說不出口。過了好一陣子，他才勉強鎮定下來，鼓起勇氣吐出短短幾個字：「我在墓園裡。」他的聲音小到只有一部分的人聽得見。

「請你大聲一點。別怕。你說你在……」
「我在墓園裡。」
印第安喬的臉上閃過一抹不屑的微笑。
「你當時在荷斯・威廉斯的墓地附近嗎？」
「是的，律師先生。」
「可以說大聲一點嗎？再大聲一點就好。當時你離墓地有多近？」
「差不多就是我和你現在這樣的距離。」
「你當時是躲起來嗎？」
「對，我躲起來了。」
「躲在哪裡？」
「我躲在墳墓旁邊的大榆樹後面。」
印第安喬微微瞪大眼睛，幾乎沒人察覺他神情有異。
「當時有其他人在場嗎？」
「有，先生，我和——」
「等等，先不用提你朋友的名字，我們晚一點再請他作證。你當時有帶什麼東西嗎？」
湯姆遲疑了一下，看起來有點困惑。
「說吧，好孩子，別擔心。只要你講的是實話，大家都會尊敬你。你帶了什麼去墓園？」

「一隻……一隻死貓。」

聽眾席傳出陣陣竊笑，法官立刻出聲喝止。

「我們會提出死貓的骷髏當作證據。現在，好孩子，告訴我當時發生了什麼事，用你自己的方式說出來就好，記住，別漏掉任何細節。你不用怕。」

湯姆開始支支吾吾地陳述，他專心回憶那晚的一切，接著說得越來越順，不再結巴。很快的，法庭裡鴉雀無聲，大家都目瞪口呆、屏氣凝神地聽著他的證詞，完全沒注意到時間一分一秒地流逝，只是津津有味地聽著駭人的情節。當氣氛越來越緊張，群衆的情緒即將來到高點時，湯姆說：

「……醫生舉起墓碑用力一揮，把波特打昏的時候，印第安喬就握著刀子衝向醫生，然後……」

砰！印第安喬以閃電般的速度飛快跑向窗戶，一把推開那些擋住他的人，撞破窗戶逃走了！

24

湯姆再次成爲人見人愛的大英雄。大人們都稱讚他，孩子們都嫉妒他。報紙刊載了他的英勇事蹟，他的名字將永存於世，在歷史上記下一筆。甚至還有人認爲湯姆有一天會當上總統呢！如果他大難不死的話啦。

這個反覆無常、毫無理性的世界一如既往地轉變了風向，重新接納波特。那些原本對波特不屑一顧的人紛紛熱情地歡迎他，給他溫暖的擁抱。不過這個社會就是這麼善變，我們也不必太吹毛求疵了。

白天，湯姆過得很開心，沉浸在衆人的讚美中洋洋得意，然而一到夜晚，他就被各種恐怖的夢魘纏身。印第安喬不斷出現在他的夢裡，而且總是目露凶光，一副非置他於死地不可的樣子。現在只要天色漸暗，湯姆就會直接回家，不敢也不想在外面逗留。可憐的哈克也和湯姆一樣深受恐懼侵擾，搞得身心俱疲。

審判前一天，湯姆受不了良心的折磨，跑去向波特的律師一五一十地說出當晚的事發經過，之後哈克就一直擔心別人會發現他和案子有牽連，知道他就是另一個匿名的目擊者。幸好印第安喬在緊要關頭跳窗逃跑，哈克不用公開出庭作證。雖然律師再三保證絕對不會洩漏哈克的身分，但又有什麼用？自從湯姆違背神聖的血誓，跑去向律師吐實後，哈克就對人類完全失去信任了。

白天，湯姆只要想到波特的感謝，就會覺得自己做了對的事；可是一到晚上，他就恨不得自己守口如瓶，什麼也沒說。

湯姆一方面擔心沒有人抓得到印第安喬，一方面又擔心他被人抓到。除非印第安喬死了，他也親眼看到屍體，否則他這輩子永無寧日。

懸賞公告正式發布，全國翻天覆地地尋找這個在逃的殺人凶手，搜遍了每一個角落，印第安喬仍舊無影無蹤。聖路易市派來許多厲害的專家，其中一位警探表現得特別亮眼。他搖頭晃腦地到處追查犯人，一副精明幹練的樣子，最後終於像同行一樣有了驚人的進展，也就是他「找到了線索」。但是就算有線索，沒證據也無法處決犯人啊。警探完成任務離開後，湯姆還是無法安心，整天提心吊膽。

日子一天一天慢慢過去了。每過一天，湯姆心裡的恐懼和重擔就減輕了一點。

25

每個男孩在某段時期，心裡會燃起一股強烈的欲求，渴望去挖掘深埋已久的寶藏。有一天，這股難以抵擋的欲望驟然降臨，落在湯姆心上。他立刻衝去找好兄弟喬，可是怎麼找就是找不到人。於是湯姆跑去找班，可惜他去釣魚了。然後湯姆巧遇血手殺神哈克貝利，兩人找了一處隱密的角落討論尋寶計畫，哈克一口答應。基本上，只要是好玩又不用花半毛錢的事，哈克都會毫不猶豫地參加。對他來說，人生最痛苦的莫過於時間太多，快樂太少。他從來不把錢財等物質享受放在心上。

「我們要去哪裡挖寶啊？」哈克問湯姆。

「嗯，每個地方都要挖挖看。」

「爲什麼？到處都有寶藏嗎？」

「不是啦，哈克，當然不是。我跟你說，寶藏都藏在最奇特、最意想不到的地方，有時藏在島上，有時藏在腐爛的木箱裡，有時埋在枯萎死掉的老樹根部，就是午夜時陰影落下的地方。不過大多時候是藏在鬼屋的地板下面。」

「是誰藏的？」

「喔，就是那些搶寶藏的盜賊啊，不然呢？難不成是主日學校校長嗎？」

「我不知道。換作是我才不會藏起來咧！我會一口氣花光，好好地爽一下！」

「我跟你一樣。反正那些強盜不會那樣就是了，他們老是把寶藏埋起來留在那裡。」

「他們不會回來拿走寶藏嗎？」

「不會。他們是想回來拿，但通常不是不記得當初留下來的記號，就是出意外死掉了。反正，寶藏就一直埋在那裡，過了很久很久箱子就漸漸生鏽，直到有人找到一張破舊泛黃的紙，那張紙會告訴你怎麼找到藏寶的記號，不過上面寫的都是符號或象形文字，多半要花上一個禮拜才能解得出來。」

「象什麼？」

「象形文字，就是用圖畫之類的，看起來就像鬼畫符。」

「那你有這種舊紙條嗎？」

「沒有。」

「那我們要怎麼找出藏寶的記號？」

「我才不想找什麼記號。反正他們老是把寶藏埋在鬼屋裡，不然就是荒島上，或是特別突出的枯樹樹根下面。嗯，我們在傑克森島找過一遍，也許我們可以找個時間再試一次。『死宅河岸』那邊有一棟老舊的鬼屋，而且那裡有很多枯樹，一整片全部都是喔！」

「那些枯樹底下都有寶藏嗎？」

「想得美咧！才沒有呢！」

「那你怎麼知道哪棵樹下埋了寶藏？」

「所以要一棵一棵挖呀！」

「什麼！湯姆，那不就要挖上一整個夏天嗎！」

「哼，那又怎樣？你想想，要是眞的找到一個髒髒灰灰的生鏽銅鍋，裡面裝了一百元，或是外表破爛、裡面裝滿鑽石的寶箱呢？這樣不是很酷嗎？」

哈克的眼睛亮了起來。

「很酷，酷斃了！湯姆，你只要給我一百元就好，鑽石全都給你！」

「好啊，一言爲定。話說回來，我才不會隨便放棄鑽石這種好東西。有些鑽石一顆就要二十塊耶。雖然有的沒那麼值錢，至少也要六角或一塊喔。」

「少來了！眞的嗎？」

「當然啊，大家都這麼說。哈克，你沒看過鑽石嗎？」

「我沒印象。」

「哎，國王都有大把大把的鑽石啊！」

「湯姆，我不認識什麼國王啊！」

「我想也是。如果你有機會去歐洲，就會看到一大堆國王到處跳來跳去。」

「國王會跳來跳去啊？」

「跳？跳你個頭啦！當然不會啊！」

「那你幹嘛說他們跳來跳去？」

「哎喲，我是說在歐洲要看到國王很簡單，因爲到處都有國王。你懂嗎？就是國王很多的意思啦。像是那裡住著駝背的老國王理查。」

「理查？他姓什麼？」

「他沒有姓。國王只有名，沒有姓。」

「怎麼會沒有姓？」

「反正他們就是沒有姓嘛。」

「好吧，他們喜歡就好，湯姆，你說了算。可是我不想當一個只有名沒有姓的國王，那跟黑鬼差不多。別管那麼多了，你想從哪裡開始挖？」

「嗯，我也不知道。不然我們先從死宅河岸對面山丘上的那棵老樹開始挖好了，怎麼樣？」

「好啊。」

於是他們帶著缺角的十字鍬和鐵鏟，踏上長達將近五公里的尋寶之旅。兩人爬上山丘時都汗流浹背，氣喘吁吁，決定先躺在榆樹下抽菸休息。

「我喜歡這樣。」湯姆說。

「我也是。」

「欸，哈克，如果我們眞的在這裡找到寶藏，你想怎麼花？」

「嗯……我要每天吃派、喝汽水，而且每次馬戲團來我都要去看。我一定會過得很開心。」

「什麼？你不打算存點錢嗎？」

「存錢？幹嘛存錢？」

「存了錢，以後才有錢用，才能慢慢花啊！」

「喔，那沒用啦。我告訴你，要是我不花光，我爸一定會回來找我要寶藏，而且他會花得比我還凶。那你呢，湯姆？你會怎麼花？」

「我要買一個新的鼓，一把貨眞價實的寶劍，還有紅色的領結和一隻小鬥牛犬。然後我還要結婚。」

「你想結婚？」

「沒錯。」

「湯姆，你……你怎麼了？腦筋是不是有問題啊？」

「哼，你等著看吧！」

「結婚是世界上最愚蠢的事。我爸和我媽老是吵個不停，他們眞的一天到晚都在吵架，我記得清清楚楚。」

「那又怎樣，我想娶的女生不會吵架。」

「湯姆，女生都一樣，她們都想把你打理得乾乾淨淨，要你做這個做那個。你最好多考慮一下，聽我的，眞的，你最好小心點。那女的叫什麼名字？」

「什麼女的！她是個好女孩。」

「都一樣啦，對我來說沒什麼差別。有人說女的，有人說女孩，還不都是女生的意思。

好啦，她叫什麼名字？」

「以後再跟你說，現在別問了。」

「好吧，以後再說就以後再說。如果你眞的結婚了，我就孤零零的一個人囉。」

「才不會呢，你會來跟我一起住。好啦，別說這個了，我們來挖寶吧！」

兩人拼命挖了半小時，累得滿身大汗，但什麼也沒挖到。他們又繼續努力了半小時，還是一無所獲。

「他們會把寶藏埋得這麼深嗎？」哈克問道。

「有時候會，不一定啦。一般來說不會埋這麼深，我看我們挖錯地方了。」

於是他們換了一個新的地點，再度開挖。兩人默默地挖了一陣子，雖然剛開始有點吃力，但還是挖出了一個小坑。

「挖完這裡，接下來要去哪挖？」最後哈克靠在鐵鍬上，用袖子抹去額頭上的汗水說。

「我想……也許我們可以試試卡地夫山那邊，寡婦家後面那棵老樹。」

「那個地方不錯，說不定眞的有什麼。但我想寡婦應該不會讓我們帶走寶藏，湯姆，畢竟那是她的地，對吧？」

「她敢把寶藏占爲己有！那就叫她自己挖挖看啊！誰挖到寶藏，寶藏就是誰的，跟那是誰家的地一點關係都沒有。」

哈克很認同湯姆的看法。兩人又繼續挖。過沒多久，哈克就說：

「眞衰，我看我們又挖錯地方了。你覺得呢？」

「這就奇怪了，哈克，我真的不懂。有時女巫會暗中作法搗亂。我猜我們就是中了女巫的圈套了。」

「亂講！大白天的，女巫的法術沒用啦！」

「喔，對耶，我剛才沒想到。啊，我知道了！我們兩個真是大笨蛋！我們得先找出午夜時樹幹的影子落在哪裡，那裡才是我們該挖的地方。」

「天哪！那剛才不都是做白工嗎！好啦，我們先別挖了，晚上再過來看看。不過路程這麼遠，你晚上能出來嗎？」

「我一定會想辦法過來。我們今天晚上就要把這件事搞定，不然別人發現那麼多洞，一定馬上就猜出來我們在找什麼，他們一定會把寶藏搶走。」

「好，那我晚上會去你家裝貓叫。」

「沒問題。我們把工具藏到樹叢裡吧。」

當天晚上，湯姆和哈克依約回到樹林，坐在樹下等著午夜到來。那個地方非常荒涼，又正值夜半時分，靈異傳說讓周圍更添陰森。幽靈在枝葉間窸窣細語，鬼魅埋伏在陰暗朦朧的角落，遠方隱約傳來獵犬深沉的吠叫，貓頭鷹用不祥的啼聲陰鬱地回應。詭譎的氣氛壓得兩人喘不過氣，不太敢講話。

過了幾分鐘，他們推測午夜到了，立刻標記樹影落下的地方，開始努力往下挖，滿心期待挖到大寶藏。他們越來越興奮，步調也越來越快，沒多久就挖出一個很深的大洞。每當鐵鍬發出敲到東西的聲響，他們的心就撲通撲通地狂跳，然而映入眼簾的只是令人失望的木塊或石頭。

「沒用的，哈克，我們又搞錯了。」湯姆終於開口。

「咦，怎麼會搞錯呢？樹影明明就落在這裡啊。」

「我知道，但還有另一種可能。」

「什麼？」

「我們不知道明確的時間，我們是用猜的。說不定當時不是午夜，也許早了幾秒鐘，或是晚了幾秒鐘。」

「嗯，你說得沒錯，」哈克放下鐵鏟說。「問題應該就出在這裡。算了，別挖了，我們根本沒辦法確定什麼時候才是午夜，而且半夜來這裡真的很恐怖，女巫和鬼魂到處亂飄，我老是覺得有人在我背後，一想到可能有鬼在等我，我就不敢轉身。我一到這裡就全身起雞皮疙瘩。」

「哎，哈克，我跟你一樣怕啊！而且強盜在埋寶藏的時候，通常都會丟一具死屍下去陪葬，好看管寶物。」

「天哪！」

「真的，他們都這麼做。我聽人家說過好幾次了。」

「湯姆，我不喜歡在死人附近亂挖，一定會惹上麻煩，一定會的。」

「我也不想打擾他們。想想看，萬一骷髏頭在我們面前說話怎麼辦？」

「湯姆，別再說了啦！很恐怖耶！」

「對啊，眞的很恐怖。哈克，我覺得不太舒服。」

「湯姆，我們放棄這裡吧，去別的地方試試。」

「你說得對，換個地方好了。」

「要去哪呢？」

湯姆想了好一陣子。

「去那個鬼屋吧，那裡準沒錯！」

「該死，湯姆，我不喜歡鬼屋。鬼屋看起來比死人還邪門。死人可能會說話，可怕得要命，但他們不會像鬼屋裡的惡鬼一樣蓋著布飄來飄去，趁你不注意的時候靠在你的肩膀上，突然齜牙咧嘴地嚇你。湯姆，這種我眞的受不了，沒人受得了。」

「是沒錯，哈克，但是鬼只在半夜出來，如果我們白天去，他們就不會煩我們啦。」

「嗯，也是。不過不管是白天還是晚上都沒有人會去鬼屋亂晃。」

「因爲沒有人想靠近發生過命案的地方，但你想想，大家只有晚上才在那裡看過鬼影，白天什麼事也沒有，從窗戶只會看到一些藍色的鬼火，沒有眞的鬼啦。」

「欸，湯姆，那叫『鬼火』是有原因的，閃爍的藍色鬼火的後面一定有鬼。除了鬼之外，沒有人會用鬼火。」

「對，你說得都對。可是……哎喲，反正鬼又不會在白天出沒，我們幹嘛怕成這樣？」

「唉，好吧，如果你這麼堅持，那我們就去鬼屋看看。只是我覺得風險太大了。」

他們開始走下山丘。那棟傳說中的鬼屋就沐浴在月光下，孤零零地座落在腳下的山谷裡，周圍的籬笆早就崩塌殆盡，門前的台階也被長長的草淹沒，煙囪頹傾，窗戶上的玻璃都不見了，屋頂一角也陷了下去。湯姆和哈克盯著鬼屋，有點期待能親眼看見藍色鬼火幽幽地從窗前飄過。午夜的詭異氣氛讓他們不由自主地壓低聲音交談，緊靠著右邊走，好離鬼屋遠一點。兩人就這樣穿過卡地夫山後面的樹林，慢慢地走回家。

26

隔天中午，湯姆和哈克來到枯樹旁藏工具的地方。湯姆迫不及待地往鬼屋的方向走，哈克卻顯得興致缺缺。

「等等，湯姆，你知道今天禮拜幾嗎？」哈克突然問道。

湯姆在心裡算一下日子，猛然抬頭看著哈克說：「哎呀，我全都忘了！」

「哎，我也忘了，但我突然想起來今天是禮拜五。」

「可惡！哈克，我應該要小心一點才對。禮拜五做這種事恐怕會倒大楣！」

「恐怕？是鐵定會倒大楣啊！人會走運，但禮拜五是註定走衰運。」

「這種事連傻瓜也知道，又不是只有你知道禮拜五很衰！」

「我又沒說只有我知道！壞兆頭還不只這一個。昨天晚上我做了惡夢，夢到老鼠喔。」

「不會吧！夢到老鼠眞是不吉利。牠們在打架嗎？」

「沒有。」

「那就好。夢到老鼠，但牠們沒有在打架，表示會有麻煩，但不算太慘。只要我們小心一點，不要惹禍上身就好。今天別去鬼屋挖寶了，哈克，我們來玩遊戲吧。你知道俠盜羅賓漢嗎？」

「不知道。羅賓漢是誰？」

「什麼？你不知道英格蘭有史以來最偉大的人就是羅賓漢嗎？他是超級厲害的正義俠盜喔。」

「哇！聽起來好強喔！眞希望我能早點認識他。他都偷誰的東西啊？」

「他劫富濟貧，專門搶警長、主教、有錢人和國王那種有權有勢的傢伙，再把搶來的東西分給窮人。他對窮人很好，從來不偷窮人的東西。」

「好一個大英雄。」

「對啊，他眞的是個大英雄。他是史上最高貴的紳士，我敢保證，世界上再也沒有人像他一樣行俠仗義。他只用一隻手就能打敗全英格蘭的人。他只要拿起那把紫杉長弓射一箭，就能射中二公里半以外的十分硬幣喔。」

「什麼是紫杉長弓？」

「我也不知道，總之是一種可以射箭的弓啦。如果他的箭沒有射中硬幣，就會坐下來痛哭，還會不停咒罵。我們來玩羅賓漢吧，很好玩喔，我教你。」

「好啊！」

於是他們整個下午都在玩羅賓漢的遊戲，還不時一臉嚮往地眺望遠方的鬼屋，討論明天的尋寶歷險會有多刺激，幻想他們會有什麼收穫。太陽逐漸西沉，湯姆和哈克在細長的樹影間穿梭，踏上回家的路。沒多久，兩人就消失在卡地夫山的森林，不見蹤影。

禮拜六中午剛過，湯姆和哈克就到枯樹旁會合。他們先在樹蔭下抽菸聊天，又在上次挖的洞那裡再挖一下。雖然他們不抱希望，但湯姆說，很多挖寶的人在離寶藏不到十五公分的地方就宣告放棄，所以下一個經過的人只要挖幾下就挖到了，等於白白把財寶拱手讓人。他們繼續奮力往下挖，但還是什麼也沒挖到。他們自認問心無愧，沒有敷衍了事，算是稱職的尋寶人，接著就把工具挑在肩上，安心地前往下一個目標。

兩人終於抵達鬼屋。周遭的死寂在熾熱的陽光下顯得詭異又可怕，孤立破敗的鬼屋看起來陰森森的，讓湯姆和哈克心底發毛，猶豫了好一陣子才輕手輕腳地走近門邊，鬼鬼祟祟窺探屋內。門後方是一間長滿雜草的房間，牆面沒有上漆，空蕩的屋裡只有一個老舊的火爐，缺了玻璃的窗框，還有一截坍毀的樓梯，到處都布滿蜘蛛網，顯然荒廢已久。兩個男孩看了一下，躡手躡腳地走進去。他們心跳加快，身體緊繃，只敢用氣音交談，還不時豎起耳朵仔細聆聽，一點風吹草動都不放過，打算一有什麼不對勁就立刻奪門而出。

過沒多久，他們逐漸習慣鬼屋的衰敗和陰沉，膽子也變大了，好奇地東翻西找。他們很驚訝於自己的勇氣，甚至有點得意。接著他們打算去樓上看看，往上走等於自斷後路，上了樓要逃跑就沒那麼容易了。不願意承認自己害怕的兩人只好互相打氣，彼此壯膽，把工具放在一樓角落就往二樓走。樓上和樓下一樣殘破不堪，角落放著一個衣櫥。他們幻想裡面藏著不為人知的祕密，但打開後什麼也沒有。此時他們早就忘了恐懼，一派自在。正當他們準備下樓開始動手挖寶時⋯⋯

「噓！」湯姆喝止。

「怎麼了？」哈克嚇得臉色發白，輕聲問道。

「噓……你聽，聽到了嗎？」

「聽到了！……天哪，快逃啊！」

「別動！不准動！他們往大門走過來了！」

湯姆和哈克立刻趴在地上，透過破洞往樓下看，滿心害怕地默默等待。

「他們停下來了……不對，走過來了……進到屋子裡了。噓，哈克，不要說話。天啊！我們不應該來的。」

兩個男人走進屋裡。湯姆和哈克暗自忖度：「是那個又聾又啞的西班牙老頭，最近在鎮上見過他一、兩次。至於另一個男人……是個完全不認識的陌生人。」

陌生男子長得凶神惡煞，蓬頭垢面，衣著破破爛爛；西班牙老頭則披著斗篷，留著灰白的鬍子，一頭長長的白髮從墨西哥帽底下竄出來，臉上還戴著一副綠眼罩。兩人走進屋裡時，陌生男子正在低聲說話。他們背對牆，面向門口，坐在地板上。陌生人繼續說個不停。過了一段時間，他似乎放下戒心，聲音也大了起來。湯姆和哈克聽見他說：

「不，我仔細想了一遍，這主意不好，太危險了。」

「危險！你膽子也太小了吧！」那個又聾又啞的西班牙老頭居然開口說話了。西班牙老頭的聲音把湯姆和哈克嚇得魂飛魄散。是印第安喬的聲音！樓下的兩個男人一陣沉默，接著印第安喬說：「我們在那裡幹的事更危險，但也沒出什麼問題啊。」

「那次不一樣。我們離小鎮很遠，又在河的上游，附近一棟房子也沒有，沒有人知道我們幹的勾當。反正我們也沒成功。」

「哼！大白天來這可比那次危險多了！如果有人看到我們，一定會起疑。」

「我知道，但自從上次幹了那件蠢事後就找不到比這裡更方便的地方了。我不想待在這間爛房子裡。我本來昨天就想走了，但那兩個該死的小鬼在山丘上玩，一眼就可以看見這裡的動靜，我可不想引人注意，鬧出什麼事情。」

「那兩個該死的小鬼」聽到這些話，嚇得全身發抖。幸好昨天是禮拜五，他們放棄鬼屋尋寶，不然後果不堪設想。其實他們也很希望自己今天沒來，要延期不如就延一年吧。

兩個男人掏出食物，吃了午餐。他們不發一語，沉思了好長一段時間。

「夥伴，這樣吧，」印第安喬終於打破沉默。「你先回家，回到上游那裡，等我通知後再行動。我再冒險去鎮上看看，探探風聲。等我覺得安全了，我們再幹那件『危險』的事。之後我們就一起離開這裡去德州吧！」

兩人都很滿意這個計畫。過沒多久，他們開始打呵欠。

「我想睡一覺。輪到你把風啦。」印第安喬說。

印第安喬在雜草上蜷起身子，很快就打起呼來。陌生男子搖了他一、兩次，他的鼾聲才輕了一點。沒多久，負責把風的男人也不停點頭，打起瞌睡。他的頭越垂越低，兩人的打呼聲此起彼落。他們終於熟睡了。

湯姆和哈克滿懷感激地深吸一口氣。

「機會來了，快起來。」湯姆說。

「我不要，萬一他們醒過來，我就死定了。」哈克拒絕。

湯姆不停催促哈克，但他還是寧願留在原地。於是湯姆自顧自地站了起來，輕輕地踏出腳步，腳下的地板立刻發出恐怖的嘎吱聲，嚇得他趕緊趴回地板，差點喘不過氣。他就此放棄，完全不想再試一次。兩個男孩就這樣動也不動地躺在地上，靜靜地默數，等待時間一分一秒地往前推進。他們覺得自己好像等了一輩子。夜幕漸漸低垂，兩人不禁感動地想，太好了，太陽總算要下山了。

就在這個時候，印第安喬坐了起來，四下張望，看到夥伴把頭靠在膝蓋上睡得很沉。他冷笑一聲，用腳把他踹醒說：「喂，你不是要負責把風嗎？算了，反正也沒什麼事。」

「天啊！我睡著了嗎？」

「我們該走了，兄弟。剩下的那些贓款該怎麼辦？」

「我不知道。我想就跟以前一樣，把東西留在這裡好了。反正去南方之前，我們也用不到那些錢。六百五十元的銀幣可不輕啊。」

「嗯，說得也是。之後再來拿也沒關係。」

「我想我們以後還是晚上來比較好。」

「沒錯。但我們可能得等上好一陣子才能幹那件事，說不定會出什麼意外。我們得把錢埋起來才行。要埋深一點。」

「好主意。」陌生男子一邊說，一邊走到房子另一端，接著跪在地上，挖起一塊爐邊石，拿出一個沉甸甸的袋子，裡面響起一陣金屬碰撞的叮噹聲。他從袋子裡拿出二、三十元，放進自己的口袋，再拿了相同數目的錢給印第安喬。

印第安喬拿出一把獵刀，蹲在牆角用力挖。陌生男子把袋子交給他。

躲在樓上的湯姆和哈克看到這一幕，立刻把眼前的危險和恐懼拋諸腦後，貪婪地盯著樓下的一舉一動。太幸運了！看看那袋錢幣，比他們幻想的寶藏還要豐厚！六百元耶！這筆錢能讓鎮上一半的男孩一夕致富。這眞是世界上最棒的尋寶之旅，根本不用費心解讀密碼，尋找什麼藏寶地！湯姆和哈克不時用手肘輕推彼此，此時他們心有靈犀，根本不用講話就知道對方的心意：「嘿嘿，我們好幸運喔！來鬼屋眞是太棒了！」

突然間，印第安喬的刀子撞到一個堅硬的東西。

「你來看！」他說。

「怎麼了？」陌生男子問道。

「這裡有一塊爛掉的木板——不，不對，是一個箱子。過來幫我一下，我們把它搬出來看看到底是什麼。喔，不用了，我戳了一個洞。」他把手伸進洞裡，抓了一把東西出來。

「天啊！錢耶！一大堆錢！」

兩個男人瞪著印第安喬手上的硬幣，審愼檢查，確認那是貨眞價實的金幣。樓上的兩個男孩一樣眼睛發亮，既興奮又開心。

「我們得快點，」陌生男子說。「我剛看到那邊角落的草叢裡有個生鏽的舊鐵鍬，就在火爐另一邊。」他一邊說，一邊跑去拿湯姆和哈克留下的鐵鍬和鐵鏟，仔細地檢視一下，搖搖頭，自言自語地咕噥幾句，開始動手挖，一下子就把箱子拖了出來。用鐵條固定的木箱不大，經過歲月的洗禮依然十分堅固。兩個男人沾沾自喜地望著寶箱。

「兄弟，裡面至少有好幾千元耶！」印第安喬說。

「聽說有一年夏天，莫瑞爾幫在這附近待了一陣子。」陌生男子若有所思地說。

「我也聽說過這件事，」印第安喬回答。「從這個箱子來看，傳聞應該不假。」

「這樣一來，你就不用去幹那筆危險的勾當啦！」

「你不了解我，」印第安喬皺起眉頭。「至少你不知道整件事的始末。我不是要搶劫，我是要報仇！」他的眼裡閃著邪惡的火焰。「你一定要幫我。等我解決這件事，我們就去德州。你先回家，回到妻兒身邊吧，等我通知你再行動。」

「好吧，既然你這麼說，那就這樣吧。我們該怎麼處理這個箱子？把它埋回去嗎？」

「沒錯。（樓上的兩個男孩心花怒放。）等等，不行！依偉大的酋長之名，萬萬不可。（兩個男孩立刻愁眉苦臉。）我差點忘了，那個鐵鍬沾著新土。（兩個男孩嚇了一跳。）怎麼會憑空冒出這兩把鐵鍬和鐵鏟？為什麼上面還沾著新土？是誰帶來的？人又跑哪去了？你有聽到什麼動靜，還是看到什麼可疑的傢伙嗎？不行，我們不能把箱子埋回去，他們一定會發現有人挖了地。我們得把箱子搬去我的藏身處才行。」

「對喔！我早該想到的。搬去一號那裡嗎？」

「不，去二號那邊，十字架下面。一號那裡人太多了，不保險。」

「好吧。天也黑了，我們可以出發了。」

印第安喬站了起來，謹慎地透過每扇窗戶往外窺探。

「誰會在這裡留下那些工具？他們會不會躲在樓上？」他問道。

湯姆和哈克嚇得連氣也不敢喘。印第安喬警覺地握緊刀子，一時之間拿不定主意，只是站在原地不動。接著他走向樓梯，湯姆和哈克想躲進衣櫥裡，但是全身發軟，跑也跑不了。樓梯上響起印第安喬的腳步聲，不知所措的兩人男孩鼓起勇氣，打算放手一搏，直接衝向衣櫥。就在千鈞一髮之際，樓梯突然嘩啦啦地塌了，腐朽的木板裂成碎片，掉了一地，印第安喬重重地摔到一樓。他一邊咒罵一邊站起身。

「如果有人躲在樓上，那就讓他們躲吧，他們能拿我們怎麼辦？」陌生男子說道。「如果他們現在想跳下來送死，沒人攔得了。天就快黑了，他們想跟蹤我們就請便，我樂意奉陪。我看啊，把工具留在這裡的人八成把我們當成幽靈還魔鬼什麼的，早就嚇得跑走啦。說不定現在還忙著逃命咧。」

印第安喬咕噥了幾句，最後同意夥伴的話，天色已晚，此刻最重要的是趕快離開，別再浪費時間了。兩個男人帶著裝滿金幣的珍貴木箱走出鬼屋，消失在幽暗的夜色裡。

全身虛脫的湯姆和哈克總算站了起來，大大地鬆了一口氣。他們從木梁間的破洞看著兩個男人的背影。跟蹤？算了吧，他們才不想跟呢，能從坍塌的樓梯大洞跳到一樓還沒把脖子摔斷，他們就謝天謝地了。

湯姆和哈克翻過山丘，往小鎮的方向走。一路上兩人都沒說什麼話，只是在心裡怨恨自己，都怪自己運氣不好，才會把鐵鍬和鐵鏟放在樓下，不然。印第安喬一定會毫無疑心地把金銀財寶幣全都埋在那裡。等到他完成復仇計畫，回來找他的寶藏時，那些錢都被搬光啦！

可惡！眞可惡！有夠衰的！早知道就別帶什麼鬼工具了！

湯姆和哈克決定下次在鎭上看到那個打算報仇的假西班牙老頭，一定要通風報信，還要偷偷跟蹤他，不管是什麼荒郊野外，一定要找出那個「二號」地點。

「報仇？」湯姆突然覺得不太對勁。「該不會是想找我們報仇吧，哈克！」

「天哪！不會吧？」哈克嚇得快暈倒了。

他們嘰嘰喳喳地不停討論。快到鎭上時，兩人一致同意，印第安喬應該不是要找他們報仇，就算是，也是找湯姆而已，因爲只有他公開作證。湯姆一想到自己一個人身陷危險，心情好沉重。他忍不住想，要是有人作伴就好了！

27

那天晚上，死裡逃生的大冒險讓湯姆輾轉難眠，一閉上眼睛就陷入無盡的惡夢。他夢見寶藏就在眼前，唾手可得，可是一伸手，閃閃發光的寶藏瞬間灰飛煙滅。一個晚上他就做了四次和寶藏擦身而過的夢，嚇得驚醒，又想起自己的不幸。

黎明時分，他躺在床上想著前一天的驚心動魄，覺得好遙遠又好模糊，彷彿是很久以前的事了。難道那場冒險只是一場夢？畢竟他在鬼屋看到的銀幣和金幣數量實在太過驚人，不像是眞的。他長這麼大還沒看過五十元硬幣。他和其他同年的男孩一樣，一直過著單純的生活，以爲所謂的「成千上萬」只是一種誇飾，不相信世界上眞的有那麼多錢。他也沒想過一個人眞的能擁有一百元。如果有人用心去了解湯姆口中的「寶藏」，就會發現他想要的其實只是一堆一手就能握住的一角硬幣，外加很多很多、數量驚人的一元硬幣罷了。

想著想著，湯姆又覺得昨天的大冒險既生動又鮮明，而且歷歷在目，應該不是夢。他受不了這種朦朧的不確定感，決定要查個水落石出。吃完早餐後，他就跑去找哈克貝利。

哈克悶悶不樂地坐在河邊一艘平底船的船舷上緣，雙腳垂在水裡，輕輕地盪來盪去。湯姆決定先試探一下，如果哈克沒提起鬼屋的事，那就是一場夢而已。

「早安，哈克！」

「早啊。」

接下來一分鐘，兩人都沒開口。

「湯姆，如果我們把工具留在枯樹那邊，現在那些錢就是我們的了！天哪！眞的好可惜喔！」

「所以那不是夢啊？我不是在做夢！其實我有點希望那是夢。哈克，誰說謊誰就倒大楣喔。」

「你說什麼不是夢？」

「就是昨天的事啊，我半信半疑，以爲在做夢。」

「夢！要不是樓梯剛好垮了，我看你還會不會以爲是在做夢。我也是一直夢個不停，夢到那個戴著眼罩的西班牙魔鬼來抓我，我整個晚上都在逃跑。哼，希望他不得好死！」

「別咒他死啦！我們得找到他，拿到寶藏才行。」

「湯姆，我們找不到他的。一個人一輩子只有一次機會能看到那麼多錢，我們已經錯過這個機會啦。總之，如果我眞的看到他，一定會嚇得全身發抖。」

「我也是，但我還是想看到他，跟蹤他，找出『二號』在哪裡。」

「『二號』，對，我也一直在想那個地方，可是想了半天還是想不出來到底是在哪裡。你覺得呢？」

「我也不知道，線索太少了……咦，二號會不會是指門牌號碼？」

「對耶！……不對，不是門牌號碼，就算是，也不在我們鎮上。小鎮又不用門牌號碼。」

「說得也是。我再想想看……說不定是房間號碼，像旅館一樣，對不對？」

「有可能喔。鎮上只有兩家旅館，馬上就能查出來了。」

「哈克，你在這裡等我。」湯姆立刻跑走，他不希望別人看到他在大庭廣衆下和哈克混在一起。半小時後，湯姆發現比較體面的那家旅館的二號房，長期住著一位年輕的律師，現在也還住在那裡。另一間設備比較差的旅館二號房住著奇怪的客人，旅館主人的年輕兒子說二號房的門永遠鎖著，客人只在夜間進出，但他從來沒親眼看過那個客人。他很好奇爲什麼房間老是上鎖，還幻想二號房有鬼出沒，覺得很有趣。不過他注意到前一天晚上，二號房的燈亮著。

「哈克，這就是我蒐集到的情報。我覺得那間二號房就是我們要找的地方。」

「我也這麼覺得。湯姆，你打算怎麼辦？」

「讓我想一想……」湯姆思考了一下。「我解釋給你聽。旅館和舊磚材店之間有一條小巷子可以通到二號房的後門。你去蒐集所有的門鎖鑰匙，我也會去偷我姨媽的鑰匙，天一黑我們就去巷子裡試，看哪一把鑰匙能開門。你要注意印第安喬，他說過要回鎮上打探風聲，找機會報仇。你看到他的話就暗中跟蹤他，如果他沒去那間二號房，就表示我們猜錯了。」

「拜託！我才不想一個人去跟蹤他。」

「別緊張，他天黑了才敢出來。說不定他根本就不知道你是誰。就算他看到你，應該也不會懷疑。」

「好吧，如果天很黑，我就跟蹤他。我會試試看，但我可不敢保證喔。」

「哈克，要是天黑，你就一定要跟蹤他。說不定他會發現自己沒機會報仇，改變心意，帶著錢逃走啦！」

「湯姆，你說得沒錯。我會跟蹤他。天哪！我得看緊他才行。」

「這樣才對。哈克，千萬別放棄。我們一起加油，找出寶藏吧。」

28

當天晚上，湯姆和哈克準備再次冒險。他們在旅館附近遊蕩，一個人遠遠地注意小巷，另一個人則負責盯住大門，觀察動靜；一直等到九點多都沒有人經過小巷，也沒有像西班牙老頭的人進出旅館大門。湯姆得先回家了。兩人約好，等夜色再暗一點，哈克就到湯姆家學貓叫，湯姆會帶著偷到的鑰匙跑出來，他們再一起去試試看。可惜那晚的月色皎潔明亮，他們期待的漆黑暗夜沒有實現。哈克在午夜時停止監視，找了一個用來裝糖的空木桶躲進去睡覺。

禮拜二，他們的運氣一樣背，禮拜三也是。禮拜四晚上終於出現轉機。湯姆用大毛巾把姨媽的錫燈籠包起來，偷偷溜出家門。他把燈籠藏在哈克睡覺的大木桶裡，兩人就定位開始監視。距離午夜還有一個小時，旅館關上大門，門口那盞燈也熄了。這盞燈是附近唯一一盞路燈。他們沒看見西班牙老頭的身影，也沒有人進出小巷。機會來了！夜色籠罩小鎮，四周一片寂靜，只有遠方偶爾傳來一兩聲悶雷。

湯姆在木桶裡點亮油燈，小心翼翼地用毛巾蓋住燈光，兩名冒險犯難的小偵探在朦朧的暗夜中走向旅館。哈克負責把風，湯姆則轉身走進小巷。焦急等待的哈克覺得心裡好像被一座大山壓著，他好希望能看到燈籠的火光，雖然燈光會嚇到他，但至少能確定湯姆還活著。他忐忑不安地左等右等，覺得湯姆已經消失了好幾個小時。他會不會昏倒了？還是出事了？或許恐懼和緊張讓他的心臟跳得太快爆掉了？惴惴不安的哈克慢慢靠近小巷，一邊害怕看見什麼恐怖的場景，一邊希望突然發生什麼災難，讓他一死了之算了。他覺得自己喘不過氣，快要窒息，因爲他只敢小小口地呼吸，他的心跳得好快，好像隨時要休克了。突然，眼前燈光一閃，湯姆飛也似的衝過他身邊說：「跑，快跑！用力跑！」

湯姆根本不需要說第二次，哈克已經拔腿狂奔。在湯姆說第二次之前，哈克已經飆到五、六十公里的時速啦！兩個男孩一直跑到小鎮下面那棟荒廢的老屠宰場。他們一衝進去，天空就響起一陣雷鳴，大雨嘩啦啦地落下。

「哈克，太可怕了！」湯姆好不容易調整好呼吸，連忙開口。「我試了兩把鑰匙，努力不弄出聲音，可是鑰匙吵得要命，我嚇得不敢呼吸，緊張死了。但兩把鑰匙都跟門鎖不合。我握住把手，無意間轉動了一下，沒想到門就這樣開了！我跑進去，掀開蓋住燈籠的毛巾，天啊！嚇死我了！」

「你看到什麼了？」

「我差點就踩到印第安喬的手啦！」

「不會吧！」

「眞的！他躺在地上睡得很熟，臉上戴著眼罩，雙手伸得直直的。」

「天啊！怎麼辦？他有醒過來嗎？」

「沒有，他一動也不動。我猜他喝醉了。我抓了毛巾就跑出來了！」
「要是我一定會把毛巾給忘了！」
「我不會，如果我把毛巾弄丟，姨媽一定會揍我一頓。」
「湯姆，你有看到那個寶箱嗎？」
「我根本沒時間看啊。我沒看到寶箱，也沒看到十字架，什麼也沒看到，只看到印第安喬旁邊的地上有杯子和酒瓶。喔，對了，還有別的東西，房間裡有兩個大木桶和很多瓶子。現在你懂了嗎？你知道那個鬧鬼的房間是怎麼回事嗎？」
「怎麼了？」
「你不懂嗎？那裡鬧的鬼是酒鬼啦！說不定每間號稱禁酒的旅館裡都有一個住了酒鬼的房間。對吧，哈克？」
「對耶，說不定真的是這樣。誰想得到會有這種事？湯姆，你想想看，既然印第安喬喝醉了，現在不就是偷寶箱的好機會嗎？」
「你還眞敢！你自己去偷啊！」
哈克忍不住打了個哆嗦。
「唉，算了，還是不要好了。」
「我覺得現在時機不對。他身邊只有一個空酒瓶，這還不夠，要是他喝了三瓶威士忌，一定醉得不省人事，那我就敢偷。」
湯姆沉思了好一陣子，接著再度開口：「只要我們無法確定印第安喬在不在房裡，就不能動手。不然太危險了。從現在起，我們每天晚上都來監視二號房。他總會出門吧？我們確定他出門後，再火速偷走寶箱。」

「好，就這麼辦。我會整晚監視，每晚都盯著那扇門，其他的就交給你了。」

「一言爲定，我會完成我的任務。你只要跑到胡柏街那邊學貓叫就好，如果我睡著了，你就用石頭丟窗戶把我叫醒，我再溜出來跟你會合。」

「同意，這樣就沒問題了！」

「再過兩小時就要天亮了，等風雨停了，我就要回家。哈克，你回旅館再監視一下，好嗎？」

「我說我會監視他，我就會盯著他不放。湯姆，我每天晚上都會守在旅館旁邊，要我守上一年也行。我白天睡覺，晚上就起來監視。」

「很好。不過大白天的你要睡在哪裡啊？」

「去班他們家的乾草棚。他和他爸爸的黑鬼幫手傑克叔叔都說我可以去那邊睡覺。我會幫傑克叔叔挑水。他吃東西時總會留幾口給我。傑克叔叔是個超級善良的好黑鬼，他很喜歡我，因爲我不會擺架子，也不會自以爲比他厲害、地位比他高。有時我會坐下來和他一起吃東西。你不要跟別人說喔。一個人餓的時候，什麼事都願意做，只要有得吃就好。」

「別擔心，白天不需要你幫忙的時候，我不會吵你，會讓你盡量補眠。晚上只要一發現有什麼動靜，你就到我家附近學貓叫。說好囉。」

29

禮拜五早上，傳來令湯姆振奮的好消息：柴契爾法官一家人已在前一晚回到鎮上。印第安喬和尋寶計畫立刻在他心中落到第二順位，貝琪重回寶座，成爲湯姆最關心的對象。湯姆不但和貝琪重逢，還開心地和同學玩捉迷藏、互捉俘虜等遊戲。這天還有一件令人興奮的大事：貝琪向媽媽撒嬌，希望隔天就舉辦大家期待已久卻一再延期的野餐會，柴契爾太太同意了。大家高興得不得了，湯姆更是樂不可支。邀請函在傍晚前送出，鎮上的孩子立刻熱切地準備，興奮地期待明天。

湯姆激動得睡不著，等著哈克過來裝貓叫，他就可以出門奪取寶藏，隔天讓貝琪和野餐會的賓客大吃一驚。可惜他失算了，當天晚上什麼信號也沒有。

太陽終於升起。才十點或十一點多，一群孩子便興高采烈地聚集在柴契爾法官家準備出發。通常鎮上的大人不會參與野餐，只會派幾個十八歲左右的少女和幾位二十三歲左右的年輕男子，陪同看顧孩子的安危。爲了配合這個特殊的活動，他們還預約了傳統蒸氣渡船來載這群開心的小客人。孩子快樂地提著野餐籃，整座小鎮熱鬧非凡。瑪麗留在家裡照顧生病的席德，所以兩人都沒參加野餐。

「你們回來時，天一定黑了，」貝琪出門前，柴契爾太太對她說。「好孩子，或許妳可以和其他女孩一起留宿在港口附近的人家。」

「媽媽，我會去蘇西家。」

「那就好。記得當一個乖孩子，別惹麻煩。」

前往野餐的路上，湯姆和貝琪走在一起。

「嘿，我有一個計畫，」湯姆說。「妳不要去哈波家，我們一起去爬山丘，到道格拉斯寡婦家。她家有冰淇淋喔。她家幾乎每天都有冰淇淋，好多好多的冰淇淋耶！她一定會歡迎我們的。」

「哇！聽起來好棒喔！」貝琪想了一下又說。「可是不曉得媽媽會怎麼說……」

「妳媽媽哪會知道？」

貝琪想了一下，這個主意真的很誘人。

「這樣做好像不太好，可是……」她還是不太放心，猶豫不決地說。

「可是什麼？只要不讓妳媽媽知道，就不會有麻煩啦。她只是希望妳平安，如果她知道，應該也會叫妳放心去吧。沒關係啦，她一定會這麼說的。」

道格拉斯寡婦的冰淇淋與熱情款待聽起來令人難以抗拒，再加上湯姆的三寸不爛之舌，貝琪終於心動了。兩人約好，絕對不能洩漏這個祕密計畫。這時，湯姆突然想到，萬一今天晚上哈克跑到他家附近學貓叫怎麼辦？一想到自己可能會錯失奪寶良機，湯姆就開始煩惱，但他還是無法抵抗想去道格拉斯寡婦家玩的念頭。他想，何必為了不確定的事放棄眼下的歡樂呢？昨天晚上他等不到信號，難道今天晚上就會等到？左思右想，不確定的寶藏比不上觸手可及的快樂時光，於是貪玩的湯姆決定先把寶藏拋到一旁，盡情享受難得的美好。

渡輪停靠在離小鎮約五公里的河口處。那裡有一片草木叢生的谷地。大家爭先恐後地跑到岸上，山野中一下子就充滿了孩子的呼喚與歡笑。他們開心地玩各種遊戲，在豔陽下奔跑嬉鬧，一直玩到肚子餓了，就三三兩兩回到營地，痛快地大吃一頓。用完餐後，一群人就躺在橡木林的樹蔭下乘涼聊天。

「誰想去洞穴探險？」有人出聲喊道。

大家立刻附和。他們準備了好幾根蠟燭，浩浩蕩蕩地走上山丘。像字母A的三角形洞穴入口就位在山腰上，被一扇沒上鎖的沉重橡木門擋著；門後是像冰屋一樣涼爽的小房間，牆面是堅硬的天然石灰岩，上面還掛著沁涼的露珠。洞穴又深又暗，只要從洞口望出去，就能俯瞰沐浴在陽光下的翠綠山谷，既神祕又浪漫。但這群孩子很快就對眼前的大自然奧妙失去興趣，不再驚嘆，忙著玩鬧起來。只要點亮蠟燭，大家就一窩蜂地湧向握蠟燭的人，他得努力握著蠟燭才能抵抗孩子的推擠，可是他們一下子就把蠟燭吹熄甚至是打翻了，大家又笑成一團，互相追來追去。

惡作劇終於結束，大家成群結隊地走進低斜的主要隧道，搖曳的燭光照亮了巍峨高聳的石壁，看起來比他們高上一百八十公分。隧道大約只有二、三公尺寬，每走幾步，旁邊就會出現又高又窄的石室。這座麥克杜格洞穴就像巨大的迷宮，裡面布滿蜿蜒崎嶇、錯綜複雜的小徑，不知通往何處。據說那些交纏的石室與祕徑，幾天幾夜也走不完。即便有人敢深入地底探索，最後也只會在一座接一座的迷宮裡晃來晃去，找不到出口。沒有人眞的了解洞穴的構造，想摸清楚這座洞穴根本就是不可能的任務。很多青少年只熟悉部分的洞穴，大多數人都不敢貿然踏進不熟悉的隧道。就連湯姆也對洞穴其他地方一無所知。

孩子們沿著走道走了一公里多，接著三兩成群地鑽進不同的岔路和石縫，在陰暗的通道間穿梭來去，不時躲在小徑交會處嚇其他人一跳。他們在通道間東奔西跑，逛了半個小時，都還沒有走出衆人熟悉的範圍。

孩子們一群接著一群回到洞口，每個人都笑得喘不過氣，從頭到腳沾滿了燭油和灰塵，玩得心滿意足。他們很訝異時間居然過得這麼快，才一下子，夜色就籠罩大地，船上的鐘已經敲了半小時，呼喚他們回家。大家都覺得今天的洞穴冒險很好玩。渡船載著吵吵鬧鬧的孩子踏上歸途，沒有人後悔在洞穴裡玩得忘了時間，只有船長懊惱著自己太晚開船。

燈火通明的渡船駛過碼頭時，哈克已經在旅館前監視半個小時了。船上並沒有傳來嘻笑聲，因爲他們玩了一整天，全都累得說不出話。哈克好奇地想，那艘船上載了什麼人，怎麼沒停在碼頭呢？但他很快就把疑問拋在一旁，專心執行任務。

夜色漸濃，這是一個多雲的暗夜。晚上十點，馬車聲漸漸停歇，燈火也一一熄滅，路人都散了，小鎭悄悄入睡，只有年輕又孤獨的守夜人與寂靜的夜色和鬼魂相伴。晚上十一點，旅館的燈也熄了，四周一片漆黑。哈克等了好一陣子，什麼事也沒發生。他的意志力開始動搖，懷疑守夜眞的有用嗎？要不要就此放棄呢？

就在這個時候，小巷裡傳來輕輕關門的聲音。他立刻飛奔到舊磚材店的角落，聚精會神地豎起耳朵。下一秒，兩個男人幾乎和他擦身而過，其中一人好像在腋下揣了一包東西。一定是那個寶箱！顯然他們打算把寶藏帶走。要現在去叫湯姆嗎？不行，現在去叫他也沒用，他們已經帶著寶箱準備逃跑了。這可不行，他得見機行事，偷偷跟蹤他們。他相信幽暗的夜會幫助他，掩護他的行蹤。哈克內心天人交戰，最後決定像貓一樣赤著腳走路，遠遠地跟在那兩個男人後面，小心地保持距離，絕對不能跟丟，也不能讓對方發現。

他們走到河街，又過了三個街區，在一個十字路口左轉，接著直直往前走，踏上通往卡地夫山的小徑。他們經過威爾斯老頭的房子，走到半山腰，毫不猶豫地往上爬。哈克心想，太好了，他們一定是要把寶藏埋在舊礦石場。可是他們並沒有在礦石場停留，反而頭也不回地繼續前進，直上山頂。接著他們走進一條隱身在漆樹叢中的小徑，身影瞬間消失在林間。哈克急急忙忙地追上，發現前方有樹林擋住，完全看不見他們了。

哈克加快腳步，擔心自己走得太急，又放慢速度往前走了一小段，停下來側耳傾聽；周遭一片寂靜，除了他自己急促的心跳聲外，什麼也聽不見。山丘上傳來貓頭鷹的啼叫。眞不吉利！但是他沒聽見腳步聲。天哪！他跟丟了嗎？正當他打算拔腿飛奔時，一陣咳嗽聲傳來，離他不到兩公尺的地方有個男人正在清喉嚨。哈克的心差點跳了出來，他立刻強迫自己保持鎭定，一動也不敢動，站在原地不停發抖。他好像突然生了重病一樣全身無力，隨時都會暈倒。他知道再往前不到五步，就是通往道格拉斯寡婦院子的階梯。哈克心想，就讓他們把寶藏埋在這裡吧，這裡並不難找。

這時，有人壓低了嗓子開口說話。

「真該死，她家好像有客人，」是印第安喬的聲音。「那麼晚了，你看燈還亮著。」

「我什麼也看不到。」是鬼屋裡那個陌生男子的聲音。

哈克冷汗直流，原來他們要復仇的對象是道格拉斯寡婦。他腦中思緒翻騰，想起道格拉斯寡婦對他那麼慷慨大方，而這兩個男人似乎打算殺了她。他好希望自己能鼓起勇氣去警告她，但他知道自己不敢——他們可能會來抓他。他內心不斷掙扎，不曉得該怎麼辦才好。

「樹叢擋住你的視線啦。過來一點，現在看到了吧？」印第安喬說。

「看到了。嗯，屋裡確實確有別人在。還是放棄吧。」

「放棄？我打算要永遠離開這裡，再也不回來了！要是現在放棄，我可能就沒有機會報仇了。我再跟你說一次，就像我之前說的，我對她的錢沒興趣，你要的話就全拿去吧。但她那個死去的丈夫對我很壞，欺負我好幾次，仗著自己是治安官就把我當流氓。這些還不過是雞毛蒜皮，最過分的是他判我鞭刑！讓我像黑鬼一樣在監獄前面挨打，在所有鎮民面前受辱！你懂嗎！那傢伙把我害慘後就死了。沒關係，我就找他老婆算帳！」

「哎，不要啦，別殺她！」

「殺她？我哪有說要殺她？如果她老公還活著，我會殺了他，但我不會殺他老婆。要報復女人，不是殺掉她，而是毀了她的容貌，讓她痛苦。刺穿她的鼻子，切掉她的耳朵，把她弄得像頭豬！」

「天哪！這也太……」

「你最好給我閉嘴！我不想聽你囉嗦！我會把她綁在床上，如果她失血過多而死，那可不關我的事！反正她死了我也不痛不癢。兄弟，就當是爲了我，幫我這一次。我帶你來就是要拜託你，我沒辦法一個人下手。如果你敢反悔，我就殺了你。聽清楚了嗎？如果要殺你，我也會殺掉她，這樣就沒有人知道是我幹的。」

「好吧，如果你非這麼做不可，那就做吧，越快越好。我都開始發抖了。」

「現在？你瘋啦？她家有別人在耶。你聽好，我開始懷疑你了，你給我小心點。至於現在，現在我們就等，等燈火熄了再下手。別急。」

哈克屏住呼吸，躡手躡腳地後退，每一步都踏得又輕又穩。他提起一隻腳往後踩，小心翼翼地保持平衡，雖然他的身體搖搖晃晃，快要跌倒了，但他抓緊時機，輕輕地把腳放下，踏穩後再抬起另一隻腳。他戰戰兢兢、滿懷恐懼地退了好幾步，突然劈啪一聲，他不小心踩斷了一根小樹枝！他立刻停止呼吸，凝神細聽，四周一片死寂。身在漆樹叢間的他想像自己是一艘笨重的大船，慢吞吞地轉向，接著緊張地快步離開，一直到走回礦石場後，他才放心地往前飛奔，一路快跑到威爾斯老頭的家。他咚咚咚地敲響木門，過沒多久，窗口就冒出老頭和他兩個健壯兒子的臉。

「什麼事啊？誰在敲門？你要幹嘛？」

「讓我進去！快讓我進去！我會解釋的！」

「怎麼了？你是誰啊？」

「我是哈克貝利。快讓我進去！」

「哈克貝利啊！沒有人會在晚上開門歡迎你吧。不過，兒子，讓他進來吧，咱們聽聽他又惹了什麼麻煩。」

「千萬別說是我告訴你的，」哈克一進門就立刻哀求。「求求你，千萬別說出去，我會被殺死的。唉，寡婦對我很好，有時就像好朋友一樣招待我，我眞的很想警告她……只要你發誓不會跟別人說是我說的，我就告訴你。」

「以聖喬治之名！瞧瞧他這副樣子，好像眞的有話要說，」老人說。「孩子，這裡沒有人會出賣你，你說吧。」

三分鐘後，老人和他的兒子就全副武裝地走上山丘，手中緊握著武器，輕輕踏上漆樹叢間的小徑。哈克只陪他們走到那裡，就躲到一塊大岩石後面，張大了耳朵仔細聽。一陣扭打拉扯的聲音傳來，駭人的死寂隨即降臨。突然間，一聲槍響伴隨著尖叫聲劃破黑夜。哈克不敢再等下去，他立刻跳了起來，用盡吃奶的力氣全速衝下山。

30

禮拜天早上第一道曙光乍現，哈克就迫不及待地跑上山，急切地敲響威爾斯老頭的家門。屋裡的三人還在睡覺，昨夜的驚心動魄讓他們警覺地豎起耳朵，留意任何風吹草動。

「是誰？」窗戶內有人應聲。

「我是哈克！拜託讓我進去。」哈克緊張地低聲回答。

「好傢伙！無論白天黑夜，我們家隨時歡迎你。快進來吧！」

居無定所的哈克從來沒聽過這麼溫暖的話，這是第一次有人眞心歡迎他。就算他想破腦袋，也不記得自己曾聽過類似的話語。屋裡的人立刻放下門鎖，打開門讓他進來，請他坐在椅子上。老先生和他兩個高壯的兒子趕緊換好衣服出來迎接他。

「好孩子，希望你一切平安。餓著肚子最好，因爲太陽一升起，早餐就準備好了，和我們一起吃頓熱騰騰的早餐吧！你放輕鬆，當自己家！昨晚我和我兒子一直希望你會回來。」

「我嚇壞了，」哈克說。「所以就跑走了。我一聽到槍響就沒命地跑，至少跑了快五公里才停下來。我想知道發生了什麼事。而且，你知道，我根本不想看到那些壞蛋，就算他們死了也一樣，所以一直等到天亮才過來。」

「哎，可憐的孩子，你看起來確實很累，想必整夜都提心吊膽吧。別擔心，這裡有張空床，你吃完早餐就在我們家好好睡一覺吧。可惜啊，那些壞蛋沒死。我們根據你的描述找到他們的位置，準備逮住那兩個傢伙。我們踮著腳尖，小心翼翼地走到離他們不到十五公尺的地方，結果——哎，那條漆樹小徑暗得跟酒窖一樣。我拿著手槍走在前面，忽然鼻子癢得不得了，差一點就要打噴嚏了！眞糟糕！有夠倒楣！我努力忍住，可是眞的忍不住，不小心打了噴嚏，那些傢伙立刻衝出來。我大叫，『兒子！快開槍！』然後我就往樹葉沙沙響的地方開槍。我兒子也立刻開槍。但那些壞蛋逃得好快，一轉眼就跑進樹林裡，我們趕緊追過去。他們一邊逃跑，一邊朝我們開了一槍，咻的一聲，子彈從旁邊飛過去，幸好沒傷到我們。後來我們連他們的腳步聲都聽不見了，只好放棄追趕，跑到鎮上叫醒警長。警長帶了一群人去河岸邊守衛。天一亮，他們就會去搜索樹林。我兩個兒子都會過去幫忙。哎，眞希望知道這兩個壞蛋長什麼樣子，這樣就好辦多了。不過，孩子，當時一片漆黑，你應該也認不得他們的樣子吧？」

「我認得，我在鎭上就看到他們了，我是一路跟蹤他們上山的。」

「太好了！你快形容一下，快說！」

「一個是那個來過鎭上一、兩次，又聾又啞的西班牙人，另一個長得很邪惡，衣服破破爛爛的……」

「小夥子，這樣就夠啦！我們看過那兩個傢伙。有一天，我撞見他們在寡婦家的後窗附近晃來晃去，鬼鬼祟祟地跑走了。兒子啊，你們快去通知警長，早餐明天再吃吧！」

威爾斯老頭的兩個兒子立刻起身。正當他們要出門時，哈克跳起來大叫：「求求你們，千萬別說是我告的密，拜託！」

「哈克，如果你這麼堅持，我們就不說。但是你勇氣可嘉，應該讓大家知道才對。」

「不行不行，千萬別說出去！」

兩個兒子離開後，威爾斯老頭說：「他們不會說出去的，我也不會。但你爲什麼不希望別人知道呢？」

哈克不曉得該怎麼解釋，只說他認得其中一人，看過對方做了很多壞事，所以不敢讓那個人知道自己的身分，不然他就死定啦。

老先生再三保證，一定會保守祕密。

「小夥子，你爲什麼跟蹤那兩個傢伙？他們看起來不安好心嗎？」

哈克謹愼地編著聽起來正當的理由。

「我是個沒救的壞孩子，至少別人都這麼說我，」他說。「我也知道自己滿差勁的。有時我睡不著就想找點事做來打發時間。昨天晚上也是一樣。昨晚我睡不著，就在路上閒晃，到處亂走，一直走到禁酒旅館旁邊那家破的磚材行。我靠在牆上想事情。這時，那兩個傢伙走過我身邊，腋下抱著一個東西，我猜他們一定是去哪裡偷來的。其中一個抽著菸，另一個想借火，於是他們在我面前停了下來，火光照亮他們的臉。一個身材高壯、留著白鬍子、罩著眼罩，我認出來是又聾又啞的西班牙人，另一個是衣衫襤褸、長得很凶惡的壞蛋。」

「你光憑抽菸的火光就能看見他穿什麼衣服啊？」老先生的疑問讓哈克一時語塞，說不出話來。

「呃，我不知道，有時候好像看得到。」他胡亂敷衍過去。

「接下來他們繼續走，而你……」

「我跟在他們後面，就是這樣。我想知道他們這樣偷偷摸摸到底要幹嘛。我跟著他們，一路走到寡婦家，在黑暗中聽見那個衣衫襤褸的傢伙替寡婦求情，而那個西班牙人發誓一定要把寡婦毀容，就像我昨天晚上跟你們說的……」

「什麼？那個又聾又啞的西班牙人居然說話了？」

哈克發現自己鑄下大錯。他想盡辦法，就是不想讓老先生猜到西班牙人的眞實身分，但是他控制不了自己的嘴巴，老是說蠢話惹麻煩。他努力自圓其說，老先生只是一直盯著他，然後說：「我的好孩子，別怕，我絕對不會傷害你半根寒毛。我不會害你的，我會保護你。那個西班牙人既不聾也不啞，雖然你不想說，可是你要知道，現在掩飾也於事無補。你知道那個西班牙人做了許多壞事，只是不想說出來。相信我，把你知道的全都告訴我。相信我，我絕對不會背叛你。」

哈克凝視著老先生眞誠的雙眼，於是便彎下腰湊近他耳邊說：

「那個西班牙人……就是印第安喬！」

威爾斯老頭差點從椅子上跳起來。

「現在眞相大白了。你說他要割寡婦的耳朵、切她的鼻子時，我還以爲是你捏造的，因爲白人不會這樣報仇。但他是印第安人，那就說得通了。」

吃早餐時，老先生說他和兩個兒子昨晚睡前還提著燈籠到寡婦家附近巡邏，找找看有沒有血跡。最後他們沒找到血跡，只找到一包……

「一包什麼？」哈克嘴脣發白，以閃電般的速度飛快問道。他睜大雙眼，屏住呼吸，等著老先生的答案。

威爾斯老頭靜靜地盯著他，哈克也盯著威爾斯老頭。三秒鐘、五秒鐘、十秒鐘，老先生才終於開口：「一包小偷用的工具。怎麼了？你怎麼啦？」

哈克先淺淺地喘氣，接著深呼吸，一副謝天謝地的樣子。老先生好奇地看著他，留意他的一舉一動。「只是一包偷東西的工具。你看起來好像鬆了一口氣。你緊張什麼？你以為我們會找到什麼？」

老先生犀利的目光緊抓著他不放。哈克的情況危急，此時此刻，他願意犧牲一切換一個聽起來正大光明的答案，但是他什麼也想不到。老先生銳利的眼神讓他無處遁逃，沒時間考慮的他只好隨便找個答案搪塞過去。

「我想說不定是主日學的課本。」他心虛地說。

老先生一聽，忍不住哈哈大笑。心神不寧的哈克完全笑不出來。

「可憐的孩子，」老先生說。「你一臉蒼白，雙眼無神，一定累壞了，難怪你頭腦不清楚，講話顛三倒四。放心吧，過陣子就會好了。好好休息，睡個好覺，就會精神飽滿啦。」

哈克一想到自己衝動提問還露出可疑的表情，心裡好生氣，氣自己就像笨鵝一樣蠢。其實他聽到印第安喬和陌生男子對話的那個當下，就知道包裹裡絕對不是他朝思暮想的寶藏，也早就把尋寶的事拋在一旁。但這只是他的推測，並沒有親眼確認，因此當老先生提起那個包裹時，他還是忍不住心驚膽跳。幸好老先生說包裹只是小偷用的工具，現在他終於確定寶藏不在他們身上。這下子他安心多了。事實上，一切似乎進行得很順利，寶箱一定還藏在二號房，那兩個惡棍應該今天就會被逮捕，晚上他和湯姆就能神不知鬼不覺地潛入二號房奪得寶藏。

吃完早餐後，有人敲敲威爾斯老頭家的大門。哈克趕緊找地方躲起來，他完全不想和這些亂七八糟的事扯上關係。老先生開了門，有好幾位先生和女士走進屋內，道格拉斯寡婦也來了。不僅如此，許多鎮民紛紛爬上山丘，打算好好搜索寡婦家附近。顯然昨夜的事已經傳遍了大街小巷。老先生向訪客敘述事發經過，寡婦的感激之情溢於言表。

「別謝我，夫人。妳要謝的不是我和我兒子，而是另外一個人。只可惜他不希望我說出他是誰。要不是他，我們也不會知道有壞人躲在那裡。」

這些話引起一陣騷動。大家忘了主要的目的，好奇地詢問這個人是誰。但老先生再三解釋，他絕不會洩漏這位神祕人物的身分，也請大家把這個消息傳遞給其他鎮民。

「昨晚我躺在床上看書，看著看著就睡著了，」寡婦說。「完全不知道外面發生了這麼大的事。你怎麼沒來敲門叫醒我？」

「我們認爲驚動妳也於事無補。那些傢伙今天晚上應該不敢再來，而且他們的工具也掉了，何必大半夜把妳吵醒，讓妳嚇得半死？我手下的三個黑鬼在妳家守了整晚的夜，他們才剛回來呢。」

後來又來了更多訪客。接下來幾個小時，老先生一直重複敘述昨晚發生的事。學校放假時，主日學校也停課休息。但今天許多人一大早就聚在教堂，談論昨晚發生的駭人事件，而且那兩個壞蛋目前行蹤成謎，還沒抓到。

牧師講道結束後，人們湧入走道，排隊步出教堂。柴契爾太太走到哈波太太身邊問道：「我們家貝琪是打算在妳家睡一整天嗎？我猜她應該累壞了。」

「你們家的貝琪？」

「對呀！」哈波太太的回話讓柴契爾太太大爲驚慌。「昨晚她不是住在妳家嗎？」

「沒有呀。」

柴契爾太太臉色發白，跌坐在旁邊的長椅上。這時波莉姨媽和朋友一邊聊天，一邊走到她面前。「早安，柴契爾太太。早安，哈波太太。我剛剛才發現我家孩子走丟啦。我看我們家湯姆昨天待在妳們其中一人的家裡過夜了吧？這下子他一定怕到不敢來教堂，我非好好教訓他一頓不可。」

柴契爾太太有氣無力地搖搖頭，臉色更加慘白。

「湯姆也沒在我家過夜。」哈波太太露出擔心的神色。

波莉姨媽聽了也緊張起來。「喬，你今天早上有看到我們家湯姆嗎？」

「沒有。」

「你最後看到他是什麼時候？」

喬努力回想，但是不太確定。本來往教堂外面走的人都停下腳步，議論紛紛，大家一臉不安，擔心是不是出了什麼意外。大人紛紛詢問自家的孩子和昨天負責照看的年輕老師，但他們都不太確定湯姆和貝琪有沒有和大家一起搭上渡船。當時天色已經暗了，沒有人注意到少了誰。最後一位年輕人擔心地說，他們會不會還待在洞穴裡？柴契爾太太一聽差點昏倒。波莉姨媽扭著手，焦慮地哭了起來。

消息一傳十，十傳百，一下子就傳遍了整座小鎮。才過了短短五分鐘，鎮上的警鈴立刻大響，全鎮緊急動員。卡地夫山的一夜驚魂此刻變得無足輕重，大家暫時忘記那兩個惡棍，忙著上好馬鞍，分派小艇，準備渡船；不到半個小時，兩百位鎮民有的搭船、有的騎馬，紛紛往洞穴出發。

漫長的午後，小鎮像空城一樣死寂。許多婦女都前去安慰波莉姨媽和柴契爾太太。她們彼此相伴，比話語更加撫慰人心。夜色籠罩大地，鎮民都心驚膽跳地等候消息。然而當早晨天空破曉，太陽升起，搜索隊只傳回需要補給蠟燭和食物的消息，兩個孩子始終毫無音訊。柴契爾太太和波莉姨媽幾乎陷入瘋狂。雖然在洞穴搜索的柴契爾法官捎了充滿希望和鼓勵的口信，還是沒有人開心得起來。

那天早上，威爾斯老先生拖著疲憊的身體回家，身上滿是凝固的燭油和泥巴。他發現哈克仍在他的床上熟睡，而且發了高燒，神智不清。醫生們都還在洞穴幫忙搜索湯姆和貝琪，因此老先生只好請道格拉斯寡婦來照顧他。寡婦表示會盡力看顧，但他的病會好轉、惡化，或者持續不變，只能交給上帝決定。上帝無所不知。

威爾斯老先生說，哈克是個好孩子。

「你說得沒錯，」寡婦說。「你看，他身上帶著上帝留下的印記。上帝絕對不會忘記祂留下的印記，永遠不會。凡是祂創造的生命都帶著祂的印記。」

上午，筋疲力盡的鎮民三三兩兩地回到鎮上，其他身強體壯的人仍留在洞穴中持續搜索。他們以地毯式的方式找遍洞穴，連從來沒人去過、最深最遠的地方也找了，不放過任何一個隧道和石室。在那座如迷宮般錯綜複雜的洞穴裡，這裡、那裡、遠遠近近全是搖曳的燭光，人們的呼喚與槍響不斷在陰暗的通道中迴盪。他們在一處鮮少有人探索的石洞中發現岩壁上有用蠟燭燻出的「貝琪與湯姆」等字樣，不遠處的地上還發現一條沾了燭油的緞帶。柴契爾太太認出那是貝琪的髮帶，立刻痛哭失聲，悲傷地說著那是她寶貝女兒的遺物，是她女兒去世前留下的東西，是世界上最珍貴的物品。有人說，他們在洞穴裡搜索時，不時看到遠方閃過一抹淡淡的微光，於是有人放聲呼喊，大家急忙穿過滿是回音的通道，趕去光源所在的地方，最後卻是以失望收場。兩個孩子並不在那裡，那只是別組搜索人員的燈火罷了。

漫長又令人心急如焚的三天三夜悄悄過去，整座小鎮死氣沉沉，陷入愁雲慘霧。還是沒有人聽見湯姆和貝琪的消息。就在這個時候，傳來一個意外資訊，有人發現宣稱禁酒的旅館裡居然藏了很多酒。照理說這應該是令人震驚的大事件，但鎮民卻連眉頭也不皺一下，興味索然。

重病的哈克時而昏睡，時而清醒，有氣無力地問起旅館的事，想知道自從他生病後，有沒有人在旅館裡發現什麼不尋常的東西。他問出口時，心裡已經做了最壞的打算。

「有啊。」寡婦回答。

「發現什麼？找到什麼？」哈克立刻坐起身，睜大眼睛追問。

「發現一大堆酒。旅館被勒令歇業了。好孩子，你快躺好，眞是的，嚇了我一大跳。」

「再回答我一個問題，一個就好，拜託！是湯姆發現的嗎？」

「別說了，孩子！」寡婦突然放聲大哭。「別再說了！你病得太重了！」

看樣子他們只找到一堆酒，要是他們找到金幣，一定會引發軒然大波。想必那箱寶藏已經消失，再也找不到了！可是寡婦爲什麼哭得這麼傷心呢？她在哭什麼呢？哈克的心中盤旋著許多問號，但虛弱的他無力思考，只能沉沉墜入夢鄉。

「好了，可憐的孩子，」寡婦自言自語地說。「總算睡著了。湯姆找到酒！要是有人找得到湯姆就好了！唉，現在還抱著希望、還有力氣去搜索的人也越來越少了。」

31

現在我們回到野餐現場，看看湯姆和貝琪做了什麼吧。

他們和其他孩子一起在陰暗的洞穴隧道裡東逛西晃，在熟悉的石室間來回穿梭，為它們加上華麗的名稱，例如「會客室」、「大教堂」、「阿拉丁皇宮」等等。後來大家開始玩起捉迷藏，湯姆和貝琪玩累了就離開其他人，高舉著蠟燭走進一條蜿蜒的小徑，讀著前人在岩壁上用煙燻出的字跡，有人名、日期、郵政地址和座右銘，像教堂的壁畫般密密麻麻地留下印記。兩人一邊散步，一邊聊天，完全沒注意到自己已經走進沒有煙燻文字的通道裡。他們在一塊突出的岩石下方，用燭火燻下自己的名字，接著繼續往前走。過了不久，他們走到一個地方，發現有一股夾雜著石灰質的水流，沿著岩壁上突出的岩棚潺潺流下，似乎經過了許多年，形成如浪花般圖樣繁複的結晶體，看起來就像凝固的尼加拉瓜瀑布一樣，在黑暗中閃爍著淡淡的微光。湯姆用燭光照亮結晶體，好讓貝琪仔細欣賞大自然美妙的傑作。

湯姆發現兩道窄牆間藏了一座自然形成的陡峭階梯，於是便自顧自地踏上去，想當勇於冒險的探險家。貝琪跟隨著他的呼喚走過去，兩人用煙在牆上燻了一個記號認路，然後沿著階梯走下去。曲折的階梯不斷往前延伸，通往洞穴深處，兩人又做了一個記號，接著走進岔路探險，打算回到出口後再和其他人大肆炫耀一番。他們發現了一個寬敞的大洞穴，裡面有許多從上方垂下的鐘乳石，閃著奇異的光澤，大小大概有成年男子的腿那麼長。他們繞著洞穴走來走去，沉醉在美麗的鐘乳石林裡。他們從大洞穴的多條隧道中挑了一條走了進去，隧道盡頭是一座迷人的噴泉，上面鑲滿如水晶般透亮的霜花；洞穴中央也有好多美麗的鐘乳石柱，水珠不斷滴落，經過數百年的積累才把鐘乳石和石筍連接在一起。洞穴頂端住著數千隻蝙蝠，牠們被湯姆和貝琪的燭光嚇到，立刻幾百隻、幾百隻地飛下來，憤怒地撲向蠟燭，發出尖銳的叫聲。湯姆知道蝙蝠的習性，知道他們不能再待下去，不然就危險了。他抓住貝琪的手，衝入最近的隧道。

他們跑離蝙蝠洞時，貝琪的蠟燭熄滅了。蝙蝠在兩人身後追了好一陣子，但湯姆和貝琪每遇到新的隧道就立刻彎進去，好不容易才甩掉那些煩人的追兵。不久，湯姆發現一座地下湖泊，湖面蜿蜒曲折，通往陰影深處，他想去湖的另一邊看看，但轉念一想，還是先坐下來休息一下比較好。這時，他們第一次覺得洞穴深不見底，安靜得可怕，彷彿有一隻潮濕又噁心的手，緩緩朝他們伸過來。

「欸，我剛才沒發現，但我們好像已經很久沒聽到別人的聲音耶。」貝琪說。

「我想我們應該在他們下面，比他們更深的地方。不知道我們在他們的北邊？南邊？還是東邊？還是哪裡？完全聽不見他們的聲音。」

「不知道我們在這裡待了多久，」貝琪擔心起來。「湯姆，也許我們該回去了。」

「沒錯，還是回去找他們比較好。我們走吧。」

「你知道怎麼回去嗎？這裡好複雜，我都快記不清楚了。」

「我原本有在記路，但是後來遇到蝙蝠，害我也搞混了。我們不能再讓蝙蝠把蠟燭弄熄，不然就麻煩了。我們得想辦法繞過蝙蝠洞。」

「哎，我可不想迷路。在這裡迷路太可怕了！」一想到他們可能迷路，貝琪就全身發抖。

他們走進一條石道，安靜地走著。每次遇到岔路，他們就仔細認路，努力回憶是否曾經過這裡，但每個地方都很陌生。每次湯姆檢視洞穴，貝琪就盯著他的臉，期待他會露出興奮的神色，但他老是故作開朗地說：「沒關係，這裡不是我們走過的路，但我們一定找得到。」

隨著一次又一次的失望，湯姆也慢慢失去信心。最後他決定放手一搏，隨機走進岔路，希望剛好遇到回去的路。他嘴上依舊說著「沒關係」，但恐懼的重量壓得他喘不過氣，那些言不由衷的話聽起來比較像「完蛋了」。

貝琪害怕地依偎在湯姆身邊，努力忍住眼淚，最後還是哭了。

「唉，湯姆，別管那些蝙蝠，我們還是走原來的路回去吧！我們好像越走越遠了。」她說。

「妳聽！」湯姆說。沉重的死寂壓迫四周，讓他們的呼吸顯得格外刺耳。湯姆大叫一聲，他的吶喊在空蕩的隧道裡不斷迴盪，慢慢消失在遠方，聽起來就像一陣陣嘲弄的笑聲。

「哎呀！湯姆，不要這樣叫啦，好恐怖喔！」貝琪說。

「是很恐怖，但我還是要叫啊，貝琪。說不定他們會聽見我們。」湯姆又大吼一聲。湯姆話裡的「說不定」比那嘲諷般的回音更令人毛骨悚然，表示他們希望不大。

他們倆停在隧道中間仔細聽，可是沒有回應。湯姆立刻轉身，急急忙忙地走回頭路，而且越走越快；接著他停下腳步，猶豫不決。貝琪突然明白一個令人不寒而慄的事實：湯姆記不得回去的路。

「天哪，湯姆，你沒做記號！」

「貝琪，我眞笨！笨死了！我根本沒想到我們會走不回去。完了，我不知道怎麼走回去。我搞混了。」

「我們迷路了！完全迷路了！再也走不出這恐怖的地方了！哎呀！我們爲什麼要跟別人走散啊！」

貝琪跌坐在地上痛哭失聲。湯姆嚇得不知所措，擔心她會因爲哭得太用力而變得神智不清，甚至是死掉。他在貝琪身邊坐了下來，伸出手抱住她；她把臉埋在湯姆胸前，緊緊靠著他，把心中的恐懼毫無保留地哭出來，宣洩所有尚未實現的遺憾。她的哭聲在石穴裡激起陣陣回音，變成一連串嘲笑。湯姆拜託她打起精神，可是她做不到。於是湯姆不斷自責，怒罵自己，怪自己太大意，怎麼會讓貝琪陷入這種危險。沒想到這一招立刻奏效，貝琪說，只要湯姆別再罵自己，她就會鼓起勇氣振作起來，跟著他往前走。她說自己和湯姆一樣有錯。

他們像無頭蒼蠅一樣到處亂走，隨機找條路就拐彎。他們想不出別的辦法，只能一直走下去。有那麼一刻，找不到出路的他們還抱著一線希望，因爲他們年紀還小，沒嘗過太多失敗的滋味，所以很容易就滿懷希望。

一段時間後，湯姆把貝琪的蠟燭吹熄。這個節約的舉動意義重大，他們不需要開口也明白情況危急。貝琪能明白湯姆的用意，雖然湯姆有一根全新的蠟燭，口袋裡還有三、四根殘燭，但他不想浪費。她的希望又被澆熄了。

他們又走了好一陣子，疲倦逐漸籠罩著他們小小的身軀。可是坐下來休息，任憑寶貴的時光流逝太可怕了，他們只能勉強自己繼續走下去，不管往哪邊走，走向何方，只要不斷前進就有走出去的可能，但一停下來只能坐以待斃，迎接死神降臨。

貝琪越來越虛弱，連邁出一步的力氣也沒了，只能跌坐在地上。湯姆靠在她身旁休息。兩人聊起家裡的一切、鎮上的朋友、舒服的睡床，最重要的是那盞溫暖的燈光。貝琪哭了起來，湯姆想盡辦法安慰她，但此刻鼓勵的話聽起來反而像挖苦一樣令人沮喪。貝琪累壞了，慢慢地打起瞌睡。湯姆看著貝琪熟睡的臉變得柔和，露出平常可愛的表情，一抹微笑停在臉上。她那溫暖安寧的表情撫慰了湯姆的心。他的思緒也飄離困頓的現實，回到美好的往日時光和如夢似幻的回憶裡。正當他沉浸在過往片刻時，貝琪突然醒來，先前如微風般的笑意立刻在脣間凝結。

「哎喲，我怎麼睡著了！」她悶哼一聲。「眞希望我永遠不要醒來！我不要醒來！……啊，湯姆，我不是那個意思……我不會再這樣說了。」

「我很高興妳有睡一下，貝琪。現在休息夠了，我們再想辦法走出去吧。」

「我們可以試試看，湯姆。但是我在夢中看到一個好美的地方，我想我們會一起去那裡。」

「現在還不是時候，貝琪，還不是時候。打起精神吧，加油，我們再試試看。」

他們站了起來，手牽著手，無助地在隧道間漫遊。他們不知道自己在洞穴裡待了多久，對他們來說好像已經過了好幾天、甚至好幾個禮拜，但心裡又明白不可能過了那麼久，因爲蠟燭還沒燒完。後來又過了好一陣子（他們完全不知道過了多久），湯姆說他們得仔細聽水流的聲音，一定得找到泉水才行。

找到泉水時，兩人都筋疲力盡。湯姆說休息一下，但貝琪說她還可以再走幾步。出乎意料地，湯姆拒絕了，貝琪猜不透個中原因。他們倆坐了下來，湯姆用灰泥把蠟燭立好。兩人都沒有說話，各自想著心事。

「湯姆，我好餓喔。」貝琪先開口。

「妳記得這個嗎？」湯姆從口袋裡掏出一個東西問道。

貝琪輕輕地笑了。「那是我們的結婚蛋糕。」

「沒錯，眞希望它像酒桶一樣大，可惜只有這一小塊。」

「野餐時我把它留下來，想像大人那樣切著吃。這會是我們的……」貝琪沒有繼續說下去。

湯姆把蛋糕分成兩份，貝琪立刻吃得精光，但湯姆只吃了一小口，吃完後又喝了一些泉水。貝琪提議繼續往前走，但湯姆沉默了一下子才說：「貝琪，妳能冷靜聽我說一件事嗎？」

貝琪臉色發白地應允。

「唉，好吧，貝琪，我們得留在這裡，這裡有水可以喝。我們只剩最後一根蠟燭了。」

貝琪傷心地放聲大哭。湯姆想方設法地安撫她，可是完全沒用。

「湯姆！」貝琪終於開口。

「怎麼了？貝琪？」

「他們一定會發現我們不見了，然後來這裡找我們。」

「對耶！他們一定會來找我們，一定會！」

「或許他們已經在找了也說不定。」

「嗯，有可能喔。我希望他們已經在找我們了。」

「他們什麼時候會發現我們不見呢？」

「我猜他們回到船上時就會發現了。」

「到時已經天黑了，他們會發現嗎？」

「我不知道。反正大家回家的時候，妳媽媽就會發現妳不見了。」

貝琪露出驚慌的神色，湯姆立刻發現自己說錯話了。貝琪當天晚上不用回家！兩人無言以對，陷入沉思，心裡想著同一件事：說不定要等到禮拜天早上，柴契爾太太才會發現貝琪沒去哈波太太家。湯姆和貝琪盯著眼前越燒越短的蠟燭，看著它慢慢燃燒、熔化，直到蠟燭只剩下一公分長，微弱的火光突然亮起又瞬滅，一陣黑煙裊裊升起，接著火光一竄，惡夢成眞。可怕又無盡的黑暗籠罩了他們。

不知道過了多久，貝琪才發覺自己一直靠在湯姆的懷裡哭泣。他們覺得好像已經睡了好久，醒了就回到悲慘的現實。湯姆說，現在可能是禮拜天了，或是禮拜一也說不定。他逗著貝琪說話，但貝琪絕望得什麼也說不出口。湯姆說大家一定早就發現他們不見了，現在一定急著找他們。他們出聲大叫，說不定會有人聽到。於是他放聲大叫，但是在伸手不見五指的黑暗中，那繚繞不去的回音更令人膽戰心驚。他再也不敢叫了。

時間一分一秒地流逝，飢餓又來折磨兩個飽受煎熬的小囚徒。湯姆沒有把那半塊蛋糕吃完，還留下一小塊，兩人各分一半吃掉了。然而那一點點食物並沒有止住他們的飢餓，反而讓他們更想吃東西。

過了一陣子，湯姆說：「噓！妳有聽見嗎？」

兩人屏住呼吸，豎起耳朵仔細聽。他們聽見一聲非常模糊、非常遙遠的呼聲。湯姆立刻大叫回應，牽著貝琪的手摸索岩壁，走進隧道，朝著聲音的來源走去。過沒多久，他又停下腳步側耳聆聽，又聽見了呼喊聲，顯然離他們更近了一點。

「是他們！」湯姆說。「他們來了！走吧，貝琪，我們得救了！」

兩名受困的孩子喜出望外。他們走得很慢，小心翼翼地避開地上的坑洞。這時他們又遇到一個坑洞，非得停下來不可。那個坑洞可能有將近一公尺深，也可能有三十公尺深，要在伸手不見五指的黑暗中跨過去實在太危險了。湯姆趴在地上，把手伸進地洞裡，無論他的身體貼著地面多緊、他的手多努力往前伸，就是觸不到底。他們必須在這裡等搜救人員來才行。他們再度凝神細聽，呼喊聲似乎變遠了。再等久一點，他們就會離開了！他們好失望、好失望。湯姆不斷大喊，直到嗓子都喊啞了，也沒有人過來。他不斷鼓勵貝琪，兩人焦慮地等了好一陣子，再也聽不見任何聲音。

他們摸索著回到泉水旁。時間慢慢流逝。他們睡了一陣子，又在飢餓與痛苦中醒來。這一次，湯姆相信應該已經禮拜二了。

突然，他靈光一閃，與其坐在這邊枯等，不如去附近的隧道探索看看。他從口袋裡找出一條風箏線，把線頭的一端綁在突起的岩石上，他和貝琪則帶著線圈往前爬。大約走了二十步後，他們發現隧道盡頭有一個不太深的坑可以跳下去。湯姆跳下去後，手腳並用地往前摸索，他的手摸到了一個轉角，接著再往右前方伸一點，就在此時，前方不到二十公尺處的石頭後方出現了一根點亮的蠟燭，也照亮了握著蠟燭的那隻手。湯姆站起來大叫一聲，下一秒，他就看見那隻手的主人——是印第安喬！湯姆嚇得四肢癱軟，動彈不得。幸好那個「西班牙人」一聽到聲音拔腿就跑，一下子就消失在湯姆的視線裡。湯姆猜想，一定是山洞的回音讓印第安喬認不出他的聲音，不然印第安喬一定會殺掉出庭作證的湯姆。湯姆嚇得全身無力，只想爬回泉水旁，一點也不想再去別的洞穴冒險，他可不想再撞見印第安喬。他沒有和貝琪說看見印第安喬的事，只說想碰碰運氣而呼救。

隨著時間過去，飢餓與絕望比恐懼更讓人難以承受。兩人回到泉水邊，永無止境地等著，不知不覺又睡了好久。他們決定要做些改變。當他們再次飢腸轆轆地醒來，湯姆推算應該是禮拜三或禮拜四了，說不定已經到禮拜五、甚至禮拜六，鎮民的搜索應該結束了。他提議再去探索另一條隧道。此時的他寧願遇到印第安喬也不想再坐著乾等，再這樣下去說不定

32

夜色再次降臨，禮拜二就要過去了。聖彼得堡小鎮仍舊瀰漫著哀傷的氣氛，兩名走失的孩童依然音訊全無。鎮民辦了一場祈福大會，還有許多人全心全意地私下祈禱。可是洞穴那邊還是沒有好消息。大部分的搜救人員都放棄了，回到日常工作崗位，沮喪地說找不到孩子了。

柴契爾太太生了重病，不時神智不清地高聲呼喊貝琪的名字，抬起頭痴痴地等著寶貝女兒回應，過沒多久又痛苦地躺下，讓人看了於心不忍。

波莉姨媽同樣傷心欲絕，灰髮都變成了白髮。

全鎮哀慟無助地度過週二夜晚。

午夜過後，鎮上的鐘突然急切地「噹噹噹」響個沒完，鎮民一下子全都跑到街上，有人大喊：「找到啦！找到他們啦！」有人敲響錫桶、吹起號角，四處奔相走告，大家都跑到河邊迎接歷劫歸來的湯姆和貝琪。有人一邊大叫，一邊駕了一輛敞篷馬車來接他們，人群圍繞著馬車，浩浩蕩蕩地一起送他們回家。這場歡聲雷動的大遊行走過大街小巷，人人開心地歡呼：「萬歲！太棒啦！」

鎮上燈火通明，沒有人想回家睡覺。這可是有史以來最熱鬧的一夜。遊行前半個小時，鎮民把柴契爾法官家擠得水洩不通，大家紛紛抱著兩個孩子猛親，又緊緊握住柴契爾太太的手。許多人都喜極而泣，感動得說不出話來。

波莉姨媽滿心喜悅，柴契爾太太則仍掛念著在洞穴徹夜搜索的丈夫，等他聽到消息、回到鎮上，她就心滿意足了。

湯姆躺在沙發上，四周圍滿了好奇的群眾如飢似渴地聽他講述那場驚險萬分的洞穴歷險。湯姆加油添醋地說，他把貝琪留在泉水邊，自己帶著風箏線去探索兩條隧道，可是他用盡了線，什麼也沒發現。然後他摸索著爬向第三條隧道；線用完後，他打算轉身回去找貝琪，卻發現前方似乎閃著天光。於是他留下線頭，往前爬到隧道的盡頭，發現岩壁上有個小洞，他努力把頭和肩膀擠洞外，眼前就是遼闊的密西西比河！假如當時是晚上，就不會有光照進洞裡，他也不會走完那條隧道。眞是驚險啊！

他興奮地爬回貝琪身邊，告訴她這個天大的好消息。但是貝琪不相信，要他別再開玩笑逗她，她知道自己將不久於人世，很想趕快一死了之。湯姆繪聲繪影地描述自己是如何想盡辦法說服貝琪爬到洞口，她看見外面的藍天時又有多開心。他先爬出洞口，再協助貝琪爬出來，接著兩人坐在河邊，流下快樂的淚水。

後來有一艘小船經過，湯姆對著他們大叫，向他們解釋兩人的遭遇，說他們餓得頭昏眼花。船上的人一開始不相信他們說的話。

「因爲，」他們說。「那個洞穴入口是在上游，離這裡足足有八公里遠耶。」他們讓湯姆和貝琪上了船，帶他們到一棟屋子裡休息，還招待他們吃了一頓豐盛的晚餐。入夜後又讓他們休息了一陣子才送他們回家。

與此同時，柴契爾法官和一小群搜救隊員身上都綁了認路用的麻繩，在山洞裡四處搜索。鎮民趕在日出前火速報信，向他們傳達了這個好消息。

湯姆和貝琪很快就發現，受困三天的心神折磨與飢餓在他們身上留下難以抹滅的影響。整個禮拜三和禮拜四，他們都躺在床上動彈不得，覺得身體越來越累，怎麼睡也睡不飽。禮拜四，湯姆勉強下床走動了一下；禮拜五，他終於有力氣走到外面；到了禮拜六，他總算覺得自己恢復了元氣恢復，但貝琪還是臥病在床，直到禮拜天才踏出房門。

湯姆聽說哈克生病了。禮拜五，他去探望哈克，但大人不讓湯姆進去房間。禮拜六、禮拜天，他又跑去看哈克，還是沒見到他。終於，湯姆在禮拜一見到了哈克，但大人叮囑他千萬不要聊他的冒險經歷，最好不要提到什麼太興奮的話題。道格拉斯寡婦一直守在哈克身邊，確保湯姆遵守規定。

回到家後，湯姆聽說了那夜卡地夫山上的驚險事件，也聽說在靠近港口的河岸邊已經找到那個「衣衫襤褸的傢伙」的屍體。說不定他是在逃跑時淹死了。

湯姆從洞穴回來後兩週，哈克貝利終於完全恢復健康，可以盡情聊天了。湯姆又去探望哈克，想和他分享自己的故事。湯姆經過柴契爾法官家時，順道進去看看貝琪。

法官和一些朋友邀請湯姆坐下聊天。有人開玩笑地問他，現在他還敢進去那個洞穴嗎？湯姆說他一點也不怕。

「湯姆，我相信一定有人曾經像你一樣在洞穴裡迷路，」法官說。「不過你放心吧，我們都處理好了，以後不會再有人困在洞穴裡了。」

「怎麼說？」

「我已經用燒熱的鐵把洞口的大門封死，還上了三道鎖，鑰匙就在我這裡。」

湯姆的臉色瞬間慘白。

「孩子，你怎麼了？快叫人來！快，快拿杯水來！」

有人拿來一杯水，往湯姆臉上一潑。

「你醒過來啦。怎麼了，湯姆？」

「哎，法官先生！印第安喬還躲在洞穴裡啊！」

33

不到幾分鐘，這個驚天動地的大消息就傳遍街頭巷尾。鎮上的成年男子出動十幾艘小艇划向麥克杜格洞穴，渡船也載滿了人緊跟在後。湯姆和柴契爾法官則共乘一艘小艇。

大家打開牢牢封住的洞穴大門，陰暗的山洞裡出現一幅慘不忍睹的景象：斷氣多時的印第安喬躺在地上，伸長四肢，臉緊貼著門縫，彷彿直到最後一刻，他仍依依不捨地望著外面快樂燦爛的自由世界。湯姆對他的處境感同身受，畢竟不久前他差點就像印第安喬一樣死在這裡。雖然湯姆很同情印第安喬，但能親眼確認他一命嗚呼，讓他深深地鬆了一口氣。自從湯姆在法庭上作出不利於這個冷血凶手的證詞以來，他無時無刻飽受恐懼威脅，整天提心吊膽，直到現在他才明白自己之前承受了多大的壓力。

印第安喬的鮑伊牌匕首就落在不遠處，已經裂成了兩半。厚實的門檻基座上滿是削劈的刀痕，顯然他在死前用盡全力想砍出一條生路。可惜他再怎麼拼命也沒用，因爲實木基座外是天然岩石形成的門階，就算他砍得斷木頭也砍不斷堅硬的石頭，反而把匕首劈壞了。其實即使外面沒有岩石阻擋，他就算把木頭砍斷也逃不出去，因爲毀掉基座只能露出一道非常狹窄的縫隙，他人高馬大，不可能鑽得出去，這一點他自己也清楚。所以他拿著匕首亂劈亂砍只是不想坐以待斃，寧願做些徒勞無功的努力來耗盡自己的精力，也不想枯等死神降臨。之前的遊客在洞窟入口處的岩壁縫隙裡留下大約半打的蠟燭，現在全不見了，因爲可憐的印第安喬不但把蠟燭全找出來，還吃得一乾二淨。除此之外，他還吃了幾隻蝙蝠，只留下殘缺的腳爪。最後這不幸的傢伙還是餓死了。

離門口不遠的地方長了一根石筍，是洞穴上方經年累月、不斷滴水形成的。印第安喬把石筍打斷，在上面放了一個有凹槽的石頭，想接住那每隔三分鐘才落下一滴的珍貴水珠。他聽著像秒針一樣令人心煩的滴答聲，足足要等上一天一夜才能接住一小茶匙的水。這座洞穴中的水從埃及人建金字塔時就在滴，特洛伊淪陷、羅馬建城、耶穌被釘上十字架、征服者建立大英帝國、哥倫布航向大海和萊辛頓大屠殺時，這些水都無動於衷地慢慢滴，此時此刻，它仍滴個不停，當這個午後所發生的一切全都被歷史的洪流沖刷殆盡，當朝陽亙古不變地緩緩升起，當一切都被遺忘的夜晚吞噬，它還是會不停地滴下去。萬事萬物眞有其存在的意義和目的嗎？這水珠滴了五千年，難道是爲了滿足一個人渣的需求嗎？抑或它是在等待一萬年後出現的某個關鍵人物？不，一切都不重要了。在這個倒楣的傢伙用石頭接水珠後又過了許多、許多年，他的石杯和那緩慢的水滴如今成了遊客必訪的名勝古蹟，每個來到麥克杜格洞穴的人都要來參觀一下，就連「阿拉丁神宮」也沒那麼受歡迎呢。

印第安喬後來葬在洞口附近，吸引了方圓十公里內大城小鎭的居民攜家帶眷、包船包車地前來參加葬禮，還不忘帶著各種食物，簡直像場慶功宴。他們承認，參加印第安喬的葬禮就像參加他的絞刑一樣令人心滿意足。

之前有人向地方首長請願，希望特赦印第安喬。葬禮讓這件事被擱在一旁。許多人都在請願書上簽了名，還有許多人淚眼婆娑地參加各種集會，滔滔不絕地為印第安喬說話。有群愚婦還組成了委員會，老是跟在市長身邊，一哭二鬧三上吊地哀求市長當個寬宏大量的傻子，拋下職務和責任，對印第安喬網開一面。縱使印第安喬奪走鎮上至少五條人命，那又怎樣？就算他是作惡多端的魔鬼，還是會有數不清的笨蛋為他簽名請願，他們濫情又軟弱的水庫隨時都會為惡人潰堤。

葬禮隔天早上，湯姆和哈克找了一個隱密的地方討論兩人心懸已久的話題。哈克已經從威爾斯老先生和道格拉斯寡婦那邊得知湯姆的洞穴歷險記。但是湯姆說他們應該故意漏了一件事沒跟哈克講。他現在就打算跟哈克談這件事。

「我知道啦，」哈克一臉哀怨地說。「你去了二號房，但什麼也沒找到，只有威士忌。沒人跟我說你闖進二號房，但我知道一定是你。我一聽見他們說威士忌，就知道你沒拿到那筆錢，不然就算你對別人謹守祕密，你也一定會想辦法跟我說。湯姆，我一直有個不好的預感，我們永遠也找不到那份寶藏了。」

「你在說什麼啊，哈克？我根本沒去舉報旅館啊。禮拜六我去野餐的時候，那間旅館還一切正常，不是嗎？你不記得那天晚上去看守旅館的事嗎？」

「對耶！你說得沒錯。天啊！感覺好像是好久以前的事了。就是那個晚上，我跟蹤印第安喬，一路跟到寡婦家。」

「你跟蹤印第安喬？」

「對啊，但是你不能說出去喔。我猜印第安喬還有些朋友，我可不希望他們跑來找我麻煩。要不是我，他們現在已經去德州逍遙啦！」

哈克跟湯姆一五一十地述說那場午夜驚魂。湯姆之前只聽過威爾斯老先生的版本，並不曉得事情的全貌。「所以呢，」哈克講完後，回到兩人最關心的主題。「不管是誰發現二號房的威士忌，一定偷走了藏在那裡的金幣。我們沒希望了！」

「哈克，寶藏不在二號房裡！」

「什麼？」哈克盯著湯姆的臉，不敢置信地說。「湯姆，你有什麼線索？你知道錢藏在哪裡嗎？」

「錢在洞穴裡。」

「湯姆，再說一次。」哈克的眼睛亮了起來。

「錢一定在洞穴裡。」

「湯姆，別說謊喔，說謊的人下地獄要被割舌頭喔！」

「我是說真的，哈克，我這輩子沒這麼認真過。你想不想和我一起去洞穴找寶藏？」

「當然想！但是我們一定要帶很多蠟燭，不能再迷路了！」

「哈克，別擔心，我絕對不會再犯那麼愚蠢的錯誤。」

「太好了！對了，你怎麼知道錢在……」

「哈克，等我們到那邊你就明白了。如果我們找不到那筆錢，我就把我的鼓和所有的家當都給你。我發誓。一言既出，駟馬難追。」

「就這麼說定，成交。那我們什麼時候出發？」

「你沒事的話，我們現在就去。你的身體還好嗎？」

「錢藏在很深的地方嗎？我的腿還不太行，恐怕還得再等個三、四天才會完全康復。現在我連一公里也走不了，湯姆，我覺得我還不太能走。」

「從大家知道的洞穴入口進去，大概要走八公里，但是我們不走那條路，哈克，我知道一條神祕捷徑，沒有別人知道，只有我知道。我划船帶你過去，然後把船停在那裡。回來時我也可以自己划，你不用幫我，不會消耗你的體力。」

「好耶，那我們快出發吧！」

「好！我們得帶一些麵包和醃肉，還有菸斗，一、兩個袋子，兩到三綑風箏線，還有那個他們叫做『安全火柴』的新玩意兒。我跟你說，我被困在洞穴的時候有好幾次都希望自己帶了這種火柴。」

中午剛過，湯姆和哈克逕自「借」了一艘主人不在的小船，立刻出發前往尋寶。當他們來到通往岩洞入口的河谷下游八公里處時，湯姆說：「你看到那面峭壁了嗎？看起來一路通到岩洞那邊的河谷，對吧？那裡沒有房子，沒有木材場，也沒有灌木叢。你再往上看，有沒有看到上面有個好像山崩過的地方？那個就是我做的記號之一。現在我們上岸吧。」

他們停好船走上岸。

「哈克，你只要拿起釣魚竿，就可以從我們現在站的地方搆到我逃出來的洞口。你試試看找不找得到。」

哈克連忙四處尋找，可是什麼也沒找到。湯姆洋洋得意走進一片濃密的漆樹叢說：「就在這裡！哈克，你看，這大概是全國最隱密的洞口吧！你千萬別說出去喔。我一直很想當亡命之徒，我知道自己得先找一個安全的藏身處，但從來沒找到適合的地點。現在我們有自己的大本營啦！不過我們要守住祕密，只能讓喬和班知道。既然要當歹徒就得組個幫派才行，不然不夠帥。『湯姆．索耶幫』聽起來很酷吧，哈克，你說對不對？」

「很酷啊，可是我們要搶誰呀？」

「喔，我們想搶誰就搶誰啊。通常是埋伏起來搶路人啦。」

「然後殺掉他們嗎？」

「沒有，不一定喔。我們可以把他們藏在山洞裡，等他們拿贖金來。」

「什麼是贖金？」

「就是錢啊。你把他們關一年，逼他們的親朋好友籌錢，萬一錢沒籌到，就把他們殺掉。歹徒都這樣做。不過你不殺女人，只要逼女人閉嘴，但留她們活口。女人都漂亮又有錢，多半會嚇得半死。你拿走她們的手表和財物，記得要脫帽致意，和她們說話時要有禮貌。沒人像強盜那麼有禮貌，所有的故事書裡都這麼說。而且，那些女人還會愛上你，她們在洞穴裡待上一、兩個禮拜後就會停止哭泣，變得根本不想逃跑。如果你趕她們走，她們還會回頭來糾纏你呢。書上都是這麼說的。」

「哇，湯姆，強盜聽起來真的很帥，但我還是比較想當海盜。」

「也是，海盜的生活有很多優點，但是當強盜就不用離家太遠，還可以常常去看馬戲團。」

湯姆和哈克一邊聊天，一邊把工具準備好。湯姆率先鑽進洞裡，哈克緊跟在後。他們沿著蜿蜒的隧道走進深處，把一綑綑風箏線串成一條長長的線，接著一面放線一面往前走。過沒多久，他們來到泉水處，湯姆全身打起冷顫。他指著灰土堆上蠟燭燒盡的痕跡，思緒飄向回憶，對哈克描述當時他和貝琪是怎麼看著跳動的火焰掙扎，最終熄滅。

這時，被死寂與幽暗包圍的兩人不再高聲說話，只敢輕聲細語，氣氛異常凝重。他們繼續往前走，湯姆帶著哈克走進另一條隧道，接著來到那個「可以跳下去的坑」。湯姆就著燭光，終於看清楚那個坑的周圍不是斷崖，而是長達六到九公尺的陡直斜坡。

「哈克，我給你看樣東西，」湯姆舉起蠟燭輕聲說。「遠遠的角落那邊，你看——看到了嗎？就在那裡，就在那顆大石頭上面，有人用蠟燭在岩壁上燻了一個記號——」

「湯姆，那是個十字！」

「現在你明白二號房在哪了嗎？『十字架下面』，他們是這麼說的對不對？就在那裡！哈克，我看到印第安喬舉著蠟燭出現在那裡！」

哈克盯著他們尋找已久的十字架，想了好一陣子，接著語帶顫抖說：「湯姆，我們走吧。」

「什麼？你不想拿寶藏嗎？」

「不想，就把寶藏留在那裡吧。印第安喬的鬼魂一定在這附近徘徊。」

「才沒有呢，哈克，印第安喬的鬼魂會在他死掉的地方徘徊，就是洞穴大門那裡，離這裡有八公里遠耶。」

「不對，湯姆，不是這樣。他會在寶藏附近流連。我知道鬼魂的習性，你也很清楚。」

湯姆開始動搖，說不定哈克是對的，他有點害怕。過沒多久，他突然想到一件事：

「你看，哈克，我們怎麼那麼笨！這裡畫了一個十字架耶！印第安喬的鬼魂才不敢在這裡遊蕩呢。」

湯姆說得很有道理，哈克心服口服。「湯姆，我沒想那麼多，不過你說得對。我們太幸運了，幸好有那個十字架！我們從這裡爬下去找那個寶箱吧！」

湯姆先爬進去，在泥土陡坡上留下深深的腳印。哈克貝利也跟在後面。這座有大石頭的小洞穴裡分別有四條隧道往不同的方向延伸。他們勘查了其中三條，一無所獲。最後一條隧道深處有間小石室，地上鋪了幾塊草蓆，裡面掛著一個掛籃，籃子裡只剩下幾片培根皮和兩三隻家禽的骨頭，沒有寶箱的蹤影。他們到處翻找，找了一遍又一遍，還是沒看到寶箱。

「他說在『十字架下面』……」湯姆說。「哎，這裡是最靠近十字下方的石室了。不會在那顆大石頭下面吧？那顆石頭牢牢地立在地上，我們根本搬不開。」

他們又翻找了好一陣子，最後垂頭喪氣地坐在地上。哈克想不透，也說不出話來。

「哈克，你看，」湯姆率先開口。「石頭這邊的泥地上有腳印和燭油，但另一邊什麼也沒有。怎麼會這樣？我看哪，那些錢一定就藏在石頭下面。我要把這些泥土挖開！」

「好主意！」哈克興高采烈地附議。

湯姆立刻掏出那把「貨眞價實」的巴洛刀開始挖，挖不到十公分就看見泥地裡露出一塊木頭。

「嘿！哈克！你看到了嗎？」

哈克也開始徒手挖掘，很快就挖出幾塊木板，石頭下方露出一個天然形成的坑洞。湯姆彎著腰，將蠟燭伸進洞裡，可是無論他怎麼往前伸，燭光依然照不到盡頭。他提議直接下去看看，說著就彎下腰爬了進去，細長的坑道微微往下傾斜。他順著曲折的隧道爬，先往右彎，再往左拐，哈克緊跟在後。過沒多久，湯姆轉了一個彎放聲大叫：「天哪！哈克！你看那裡！」

兩人朝思暮想的藏寶箱靜靜地躺在一個小洞穴裡，旁邊還有一個空的火藥箱、兩把套著皮套的手槍、兩三雙老舊的軟皮靴、一條皮帶，還有一些雜七雜八的東西，全都被山洞的水氣浸濕了。

「終於找到了！」哈克捧起一大把沾了泥土的錢幣大叫。「天啊！湯姆，我們發大財啦！」

「哈克，我一直相信我們會找到寶藏。太棒了！好像做夢一樣！但是我們眞的找到寶藏啦！太好了！欸，我們別在這裡待太久，趕快出去吧。我看看能不能把寶箱抬起來。」

那個寶箱大約有二十公斤重。湯姆試了好幾次才勉強抬起來，可是一抬箱子，他的身體就東倒西歪。

「果然沒錯，那天在鬼屋裡我就注意到他們花了不少力氣才抬動箱子。幸好我準備了袋子來裝。」

兩個男孩七手八腳地把錢幣裝進袋子裡，爬回十字架下的大石頭旁。

「現在我們去拿那些槍和其他東西吧。」哈克說。

「不要拿了，就留在那裡吧。如果我們打算去搶劫才會用到那些東西。反正我們知道它們藏在哪裡，以後還可以回來玩樂痛飲。這裡最適合辦那種狂歡派對了！」

「什麼是狂歡派對？」

「我也不知道，但強盜老是舉行狂歡派對，所以我們當然也要辦啊。走吧，我們在這裡待太久了。天快黑了，我肚子也餓了，我們快回小船吃東西抽菸吧！」

沒多久，他們就從濃密的漆樹叢裡爬了出來，兩個人都累壞了。他們確認周圍沒人後，立刻跑回小船大吃一頓，再抽了幾口菸。夕陽慢慢往地平線落下，湯姆和哈克把小船推進河裡，划向小鎮。湯姆在朦朧的暮色中一邊使勁划船，一邊開心地和哈克聊天；夜才剛落，他們就回到了小鎮的港口。

「哈克，現在我們把錢藏到寡婦柴房的閣樓上，」湯姆說。「明天早上我會過去找你，我們一起數錢平分，然後在樹林裡找個安全的地方把錢藏起來。你別說話，安靜在這裡顧好。我去拉班尼．泰勒的小推車過來。給我一分鐘。」

過沒多久，湯姆就拉著推車過來，把兩個小袋子放進去，又在上面丟了幾條破布，然後拖著推車上路。兩人在威爾斯老先生家旁邊喘口氣，休息了一下。正當他們再次動身時，威爾斯老先生走了出來。

「哈囉？誰在那裡呀？」

「我們是哈克和湯姆。」

「太好了！孩子，快跟我來。大家都在等你們呢！走吧，快點，快跟上！我來幫你們拉車吧。哎喲，怎麼那麼重？裡面放了什麼啊？磚頭嗎？還是什麼舊金屬啊？」

「是一大堆舊金屬。」湯姆回答。

「我想也是。這個鎮上的小夥子寧可費力去挖幾塊舊金屬，抬到鑄造廠換幾角錢，就是不願意做那些輕鬆的工作，明明能賺到一倍以上的錢呀！不過人性就是那麼怪！好啦，快點，走吧！」

湯姆和哈克問他們要趕去哪裡。

「別擔心，等我們到了道格拉斯寡婦家，你們就明白啦！」

「瓊斯先生，我們沒闖禍吧？」常揹黑鍋的哈克忍不住擔心起來。

「哎呀，這我可不敢說，」威爾斯老先生開懷大笑地說。「哈克，我的好孩子。我不知道你們有沒有闖禍，不過你和道格拉斯寡婦不是好朋友嗎？」

「嗯，她的確常把我當朋友一樣招待。」

「那就好啦，怕什麼呢？」

老先生並沒有正面回答哈克的問題。率直的哈克還沒來得及想透老先生話中的涵義，就發現自己已經和湯姆一起被人推進道格拉斯寡婦家的客廳裡。威爾斯老先生把小推車停在門口，跟著進屋。

道格拉斯寡婦家燈火通明，鎮上有頭有臉的大人物都來了。柴契爾家、哈波家、羅傑斯家全員到齊，波莉姨媽、席德和瑪麗也來了，還有牧師、報紙總編輯和許多重要人士，大家都打扮得光鮮亮麗。寡婦熱情地歡迎他們，但湯姆和哈克灰頭土臉，全身上下沾滿燭油，邋遢得要命。波莉姨媽羞紅了臉，對著湯姆搖搖頭，不斷皺眉。不過最尷尬的還是湯姆和哈克。

「湯姆一直沒回家，所以我放棄啦，」威爾斯老先生說。「沒想到在我家門口碰上他和哈克，趕快把他們帶過來。」

「辛苦你了，」道格拉斯寡婦說。「孩子，跟我來吧。」她帶著湯姆和哈克走進臥房。「你們兩個好好梳洗一下，換上乾淨的衣服。這裡有兩套西裝、襯衫和襪子，全都準備好了。這兩套是哈克的衣服，不過湯姆應該也穿得下——不，不用謝，哈克——瓊斯先生幫你買了一套，我又買了一套。你們快換吧，換好衣服就下來。」道格拉斯寡婦說完就走出房間了。

34

「湯姆，窗戶不太高，離地不遠，只要找得到繩子就能逃走了。」哈克說。

「你在說什麼啊！爲什麼要逃？」

「哎，我不習慣這種人擠人的場合。我受不了，湯姆，我不要下樓。」

「嘿，別擔心，沒什麼大不了的。我才不在乎呢！我會罩你的。」

席德打開門探頭進來。「湯姆，姨媽整個下午都在等你。瑪麗準備了你禮拜天穿的那套西裝，每個人很擔心，不曉得你去了哪裡。欸，你衣服上是不是沾到泥巴和燭油啊？」

「席德先生，麻煩你管好自己的事就好。我問你，這些人聚在這裡幹嘛啊？」

「道格拉斯夫人常辦這種宴會，今晚也一樣。這一次是爲了感謝威爾斯老先生和他兒子那天晚上見義勇爲。你想知道的話，我可以全部告訴你喔！」

「那你還不快說！」

「威爾斯老先生打算要跟大家宣布一個大消息。我今天偷聽他跟姨媽講話，聽得一清二楚。他說這是祕密，我看大家早就猜到了，根本不是什麼祕密。每個人都知道。雖然道格拉斯寡婦假裝什麼也不知道，但她也很清楚。威爾斯老先生指名哈克今晚非在這裡不可。畢竟……沒有哈克就沒有那個大祕密！懂嗎？」

「什麼祕密啊？」

「就是哈克跟蹤那兩個壞蛋，一直跟到道格拉斯夫人家的事啊。我看呀，威爾斯老先生想給大家一個驚喜，不過大家早就知道啦，一點也不好玩。」席德得意地咯咯笑。

「席德，是你把祕密說出去的嗎？」

「這個嘛……誰說的不重要，反正有人說出去了，就這樣。」

「席德，整個小鎭只有一個人會那麼壞心地到處八卦，就是你。如果你是哈克，你一定會嚇得跑下山，根本不敢跟別人說山上有壞人。你什麼都不會，只會耍些賤招，你就是看不慣別人做好事，得到大家的讚美。哼，你快滾啦，借句道格拉斯夫人說的話，不用謝了。」湯姆揪住席德的耳朵，把他推出房間，還不忘踹他幾腳。「你要是敢跟姨媽告狀，明天就有你好看！」

幾分鐘後，賓客們都在餐桌旁坐定，並依照當時的風俗習慣，另外安置了幾張小桌，讓十幾位孩童坐在旁邊。威爾斯老先生發表了簡短的演講，感謝夫人熱忱款待，他和兩個兒子倍感榮幸，接著說起有一位謙虛的人不願居功……等等。他談起驚險的那一夜，哈克有多勇敢，語調還隨著情節抑揚頓挫，戲劇效果非常好。只可惜大家早就聽說這個祕密，因此沒有達到預想中的驚喜。不過，道格拉斯夫人還是非常稱職地露出目瞪口呆的表情，不斷感謝哈克挺身而出，說了許多讚賞的話。

哈克聽得全身飄飄然，一時忘了身上的新衣服讓他很彆扭，也忘了成爲衆人焦點、不斷接受讚美的感覺有多奇怪。

接著，道格拉斯夫人表示她想收養哈克，讓他受良好的教育。如果她行有餘力，希望能給哈克一筆錢，讓他做點正當的小生意。

「哈克不需要錢，他很有錢呢！」湯姆抓住機會插嘴。

大家都覺得湯姆這句天外飛來一筆的發言很好笑，但爲了禮節勉強忍住。

「我說的是眞的，」湯姆繼續說。「也許你們不相信，但哈克眞的有錢。你們不用笑，我有證據可以證明。你們等著看吧。」湯姆說完就衝到門口。

其他賓客你看我、我看你，完全不知道湯姆葫蘆裡賣什麼藥，只能用探詢的眼神望著哈克，但他緊張得說不出話來。

「席德，湯姆究竟在搞什麼鬼？」波莉姨媽問道。「這孩子眞讓人猜不透，我從來……」

這時，湯姆提著沉重的袋子，步履蹣跚地走進飯廳。波莉姨媽還來不及把話說完，湯姆就把袋子往桌上一倒，亮澄澄的金幣四散各處。

「你們看吧，」湯姆說。「我就說哈克有的是錢。這些錢一半是哈克的，一半是我的！」

眼前這幅壯觀的景象讓在場所有人都嚇了一大跳，大家有好一陣子都說不出話來。接著，大人異口同聲地要兩個孩子好好解釋一番。湯姆滔滔不絕地描述事件經過，幾乎沒有人出聲打斷他。他的故事很冗長，但大家都聽得聚精會神。

等到他說完前因後果，威爾斯老先生說：「我以爲自己今晚準備了大驚喜，相較之下我的祕密根本不算什麼嘛！」

大家把錢數算清楚，湯姆和哈克總共拿到一萬兩千多元。雖然現場有些人的身價比這個數目高出好幾百倍，但從來沒有人一次看過這麼多的金幣。

35

讀者現在可以放心了。湯姆和哈克的意外之財讓又窮又小的聖彼得堡小鎮掀起一陣軒然大波。價值不菲的錢財、全都是亮澄澄的金幣和銀幣，實在令人難以想像。鎮民不停討論那筆令人垂涎三尺的財富，不斷誇張地渲染，直到人人都想發財想得發狂，吹起一陣瘋尋寶的熱潮。聖彼得堡小鎮和鄰近村莊的「鬼屋」都被大家搞得天翻地覆，每片木板都被撬開，地基也全被挖開，大家一窩蜂地尋找埋藏已久的寶藏。這些忙著掘土挖地的可不是像湯姆一樣的小男孩，而是成年男子，連那些實事求是、嚴肅、不浪漫又不做白日夢的男人也捲起袖子，加入尋寶的行列。

湯姆和哈克不管走到哪裡，都受到大家熱烈歡迎。以前這兩個男孩說的話無足輕重，現在他們說的每一句話都被人牢牢記在心底，不斷傳頌。他們的一舉一動都變成了不起的大事，顯然他們失去平凡的能力，也不知道該怎麼樣才能不引人注意。除此之外，還有人把他們的過去全翻出來，宣稱他們從小就天資聰穎、才智過人，連鎮上的報紙也刊載了兩位男孩的生平傳記呢！

道格拉斯寡婦把哈克的那筆錢以六分利息放債，波莉姨媽也拜託柴契爾法官把湯姆的錢拿去放債。這下子，兩個小傢伙有了一筆驚人的收入：平日每天都能賺到一美金的利息，週日則有五十角，相當於牧師的薪水——不，不對，雖然牧師理論上有這筆薪水，但他通常無法全拿。當時，一元兩角五分就足以供一個男孩吃住和上學，還包穿衣洗澡呢。

柴契爾法官對湯姆留下很好的印象，他說能讓他女兒逃出洞穴的人，絕對是可造之材。貝琪還告訴爸爸一個祕密，就是湯姆在學校替她挨打的事。貝琪替湯姆求情，希望爸爸可以原諒湯姆說謊，他只是想承擔原本會落到她身上的痛。法官情緒激動地稱讚湯姆，說他的謊言既高尚又大方，爲人寬容大度，還說他跟砍下櫻桃樹的喬治·華盛頓一樣難能可貴。貝琪看到爸爸踱著腳走來走去地說出這段話，覺得他看起來好高大、好威武，她從來沒見過爸爸這個樣子。她立刻跑去跟湯姆說這件事。柴契爾法官希望湯姆能成爲一名卓越的律師或是令人欽佩的軍官。他說，他打算安排湯姆進入國家軍事學院，然後送他去全國最棒的法學院受訓，爲他的事業和未來鋪路。

一夕之間成爲富翁的哈克現在是道格拉斯寡婦的養子。她帶他進入社交界（應該說，他是心不甘情不願地被拖進社交界），但他覺得好痛苦，幾乎快要被壓垮了。寡婦家的傭人每天都會幫他梳好頭髮、洗淨身體，確保他乾淨又整齊，晚上則是讓他睡在一點髒汙都沒有的潔白床單，這一切對他來說都很陌生。吃飯時，他得拿著刀叉、使用餐巾、喝水要用杯子，吃的東西一定要放在盤子裡。此外，平日他要唸書，假日還得上教堂。說話要注意用字遣詞，逼得他連一個字也不想說。文明就像是貼身的腳鐐和手銬，讓他動彈不得。

哈克勇敢地在充滿壓力的新生活中熬了三個禮拜，有一天突然不告而別。接下來四十八小時，道格拉斯夫人急得像熱鍋上的螞蟻，到處找他，大家也都很擔心，無論高山低谷，全都翻找了一遍，甚至到河邊搜尋他的屍體。第三天早上，了解哈克的湯姆跑到舊屠宰場後面堆放的大木桶那裡，東看看、西看看，才一下子就發現哈克躲在一個大桶子裡。他這幾天都睡在木桶裡。

哈克吃了一點偷來的食物，心滿意足地躺著抽菸。他又回到從前那副蓬頭垢面的樣子，身上還穿著那些破破爛爛的衣裳。

湯姆把他從木桶裡拉出來，說他的失蹤把小鎮搞得雞飛狗跳，勸他快點回家。

原本開心的哈克瞬間垮下臉，悶悶不樂地說：「湯姆，別再提那件事了。我試過了，真的沒辦法。那不是我的生活，我過不慣。夫人對我很好，把我當朋友，但我真的受不了她家的規矩。她要我每天早上按時起床，逼我洗澡，把我的頭髮梳得服服貼貼，不准我睡在柴房，還要穿那些該死的衣服，害我動都不敢動。湯姆，那種合身的衣服是很漂亮沒錯，但是讓我透不過氣，我坐也不是、躺也不是，只要穿著那些衣服就不能打滾。唉，我已經好久沒睡在地窖裡了，簡直度日如年。而且我還要上教堂，坐在那裡流汗流個不停，我恨死那些無聊的講道了！我只能呆呆坐在那裡，不能抓蒼蠅，也不能嚼菸草，每個禮拜天都得穿鞋子。夫人一天到晚跟著時鐘過日子，按照鐘響吃飯睡覺，連坐下來都得看時間。她的生活一成不變，誰受得了啊！」

「唉，哈克，其實每個人都是這樣過日子的。」

「那又怎樣？湯姆，我不是那些人，我受不了。這樣綁手綁腳真的快把我整死了。在她家吃東西實在太容易了，我不喜歡不用做事就有東西吃。我想去釣魚也得問她，游泳也要等她同意，如果沒有先問她，那就完蛋了。而且我還得好聲好氣、斯斯文文地說話。拜託，我每天都得想辦法躲進閣樓嚼幾口菸草，發洩一下才行，不然我早就死翹翹了！湯姆，夫人不准我抽菸，不准我大叫，不准我打呵欠，不准我伸懶腰，不准我在別人面前抓癢……」哈克越說越委屈，忍不住全身發抖。「最該死的是，她每天都禱告個沒完！我從來沒看過像她這樣的女人！我非逃不可，湯姆，我受不了了。再說，學校就快開學啦，我還得去上學咧——拜託！我才不要去上學！唉，你看，湯姆，有錢有什麼好？我的日子比不上從前自在逍遙。每天都得提心吊膽、滿頭大汗，老是想著不如死了算了。現在這身衣服才適合我，我在木桶裡才睡得著，我不想回去過那種生活。湯姆，要是我沒有那麼多錢，就不會惹來這麼多麻煩。現在，你把我那一份拿去吧，只要不時給我幾分錢就行了。千萬不要太常給我錢，我對太容易得到的東西沒興趣。你去幫我跟夫人解釋，也替我向她道別吧。」

「哎，哈克，你明知道我不能這麼做，這樣做也不太好。只要你在她家多待一陣子，就會慢慢喜歡這種生活啦。」

「我會喜歡一直坐在熱得要命的火爐上嗎？不可能！湯姆，我不想當有錢人，我也不想住在悶到讓人喘不過氣來的漂亮房子裡。我喜歡樹林、河流和大木桶，我想和它們住在一起。可惡！我們明明就有找到那些槍，還找到藏身的洞穴，只要到處搶劫，就能過著強盜的生活，偏偏遇上這些蠢事！」

湯姆見機不可失，趕緊接話：「哈克，你想想，有了錢還是能當強盜啊！」

「眞的嗎？太好了！湯姆，你是認眞的嗎？」

「就像我現在坐在這裡一樣認眞。但是，哈克，我們這個幫派不收不受人尊敬的傢伙，懂嗎？」

湯姆的話潑了哈克一盆冷水。「湯姆，你是說你不打算讓我加入嗎？但你不是讓我跟你一起當海盜了嗎？」

「是沒錯，但當強盜跟當海盜完全不一樣，強盜比海盜厲害、崇高多了。有些國家的強盜地位甚至和貴族差不多，像公爵一樣喔。」

「聽我說，湯姆，你一直都對我很好，看在老交情的分上，你不會拒絕我吧？湯姆，不要拒絕我加入你的幫派。你眞的這麼狠心嗎？」

「哈克，我不想拒絕你，我眞的想讓你加入——但別人會怎麼說？他們會說，『哼！湯姆·索耶幫！不過是一群爲非作歹的無賴罷了！』他們說的就是你，哈克。一顆老鼠屎壞了一鍋粥，哈克，你不想變成這樣吧？我是不想啦。」

哈克沉默了好一陣子，內心掙扎不已。

「那……如果你讓我加入幫派，我就回夫人家再待一個月，看看能不能撐下去。」最後他終於妥協。

「太好了，哈克！一言爲定！來吧，我的好兄弟，我會向夫人求情，請她對你通融一點。」

「眞的嗎？湯姆，你會幫我說話嗎？太好了。只要她別把我逼得那麼緊，我保證絕對不會公開抽菸或罵髒話，如果做不到，那我就認了。你什麼時候要號召大家加入強盜幫？」

「喔，馬上啊。說不定今天晚上我就會把其他男生找來，辦個開幫大會。」

「辦什麼？」

「開幫大會。」

「那是什麼？」

「就是立誓永遠爲兄弟兩肋插刀，絕不洩漏機密，就算受千刀萬剮也要守口如瓶。要是有人敢欺負我們的兄弟，我們一定要報仇，把對方殺得家破人亡。」

「太棒了，湯姆，好有義氣喔！太帥了！」

「對啊，而且一定會很好玩。我們得找個最可怕、最荒涼的地方在午夜立誓才行，最好能在鬼屋立誓，只可惜鬼屋現在都被拆掉了。」

「沒關係，湯姆，午夜立誓最讚了。」

「你說得沒錯，就這樣決定啦！我們還要對著棺材發誓，滴血爲盟。」

「哇，這才像話嘛！當強盜比當海盜酷上千萬倍！湯姆，就算我得死在夫人家也在所不惜。要是能當個響叮噹的大強盜，讓大家討論我討論個沒完，我想夫人一定也會因爲幫過我而感到自豪吧。」

結語

故事到此結束。這是一個男孩的故事，一定要在這邊畫下句點，繼續講下去就會變成一個大人的故事了。撰寫成人故事的作家都知道最後得以婚姻作結，撰寫少年故事則得見好就收。

本書裡的大部分人物都還在世，過著幸福快樂的生活。或許有一天我會繼續聊起這群少年少女，說說他們後來成爲什麼樣的人。所以現在還是不要透露太多他們當前的生活故事比較好。

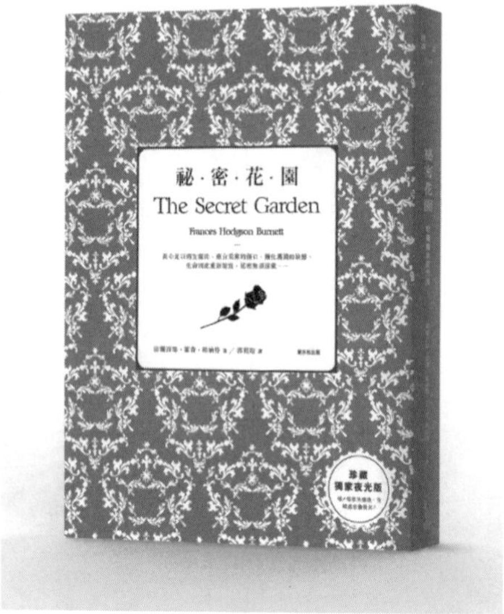

祕密花園

法蘭西絲·霍森·柏納特◎著 郭庭瑄◎譯

你找到你的祕密花園了嗎？還是根本忘記自己擁有它？

富家女瑪莉非常不快樂，她對什麼都沒興趣，從來不喜歡任何人，也沒感受過被疼愛的滋味。十歲時雙親病逝，瑪莉不得不從印度搬去英國和姑丈住姑丈的豪宅座落在荒原，那裡有上百個房間，還有一個被鎖上門、荒蕪的祕密花園，據說背後藏著一段傷心的故事……

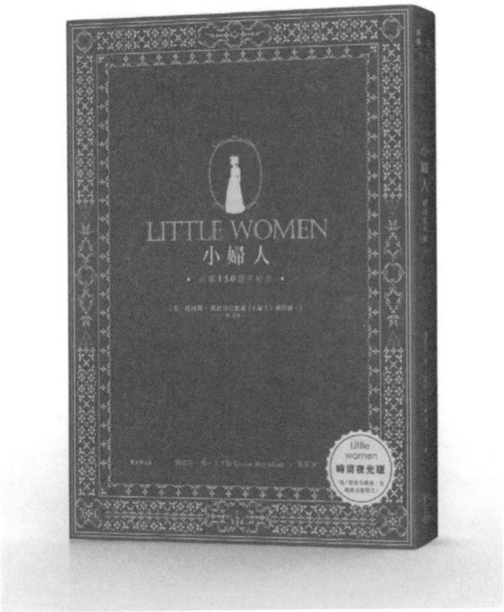

小婦人

（電影《她們》原著小說）

露意莎・梅・艾考特◎著　張琰◎譯

文學史上最經典的四姐妹，出版150週年紀念

這是關於四個有趣美少女的故事，她們曾經是富裕的千金小姐，但是父親因幫助朋友而散盡財產，又爲了戰爭到前線，家中只靠堅強的母親照料一切。每天有無數趣事與歡笑，當然難免發生爭執或面臨困頓，但全家始終緊密凝聚，而四姐妹也在迷惘與考驗中學習，漸漸成爲美麗善良、受仰慕尊敬的「小婦人」！

彼得潘

（首度收錄前傳《肯辛頓花園裡的彼得潘》）

J.M.巴利◎著 F.D.貝德福、亞瑟・拉克漢◎繪
郭庭瑄◎譯

充滿歡樂與想像的背後藏著無奈和淚水

彼得潘原先是以一個男嬰的姿態出現在英國著名作家J.M.巴利的《肯辛頓花園的彼得潘》，之後，巴利將他的同名劇作《彼得潘》改寫成小說《彼得與溫蒂》，創造了一個充滿奇想與誘人的童話世界：永無島。在永無島上，有迷失男孩、小仙子叮噹、虎克船長、美人魚、肚子會滴滴答答響的鱷魚……

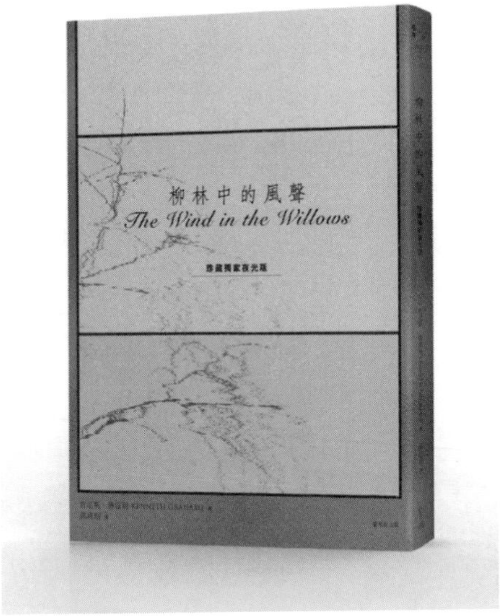

柳林中的風聲

肯尼斯・格雷姆◎著　郭庭瑄◎譯

被譽為英國兒童文學黃金時代的壓軸之作

厭倦了春季大掃除的鼴鼠，決定鑽到地面上曬曬太陽，展開一場冒險之旅，剛好遇見了他的好朋友河鼠。他們倆一起勇敢踏進邪惡的野森林，拜訪壞脾氣的老獾，還跟可愛又傻乎乎的蟾蜍共乘一輛吉普賽篷車。享受這新鮮冒險生活的鼴鼠，有一天，那熟悉又充滿吸引力的呼求找上了他……

清秀佳人

露西・蒙哥馬利◎著　郭庭瑄◎譯

一頭紅髮，名字上有個E的ANNE，回來了！

有一天，翠綠莊園的馬修穿著體面的衣服，在最農忙的下午，平靜地駕著馬車離開，原來是要去接領養的小男孩。沒想到等著他的是個女孩子。就在陰錯陽差下，這個紅髮女孩安妮漸漸地用她充滿想像力的世界，和對生命的熱情，融化了馬修和瑪莉拉這對兄妹，住進了翠綠莊園。

愛米粒出版
Emily

當 讀 者 碰 上 愛 米 粒

掃回函 QR Code 線上填寫回函資料，即可獲得晨星網路書店 50 元購書優惠券。

線上回函
QR Code

得獎名單會於愛米粒臉書公布，敬請密切注意！
愛米粒 FB：https://www.facebook.com/emilypublishing

更多愛米粒出版社的書訊

晨星網路書店愛米粒專區
https://www.morningstar.com.tw/emily

愛米粒的外國與文學讀書會
https://www.facebook.com/groups/emilybooks

愛經典 015

湯姆歷險記
The Adventures of Tom Sawyer

作　　者　馬克・吐溫 Mark Twain
譯　　者　郭庭瑄
出 版 者　愛米粒出版有限公司
地　　址　台北市10445中山北路二段26巷2號2樓
編輯部專線　（02）2562-2159
傳　　真　（02）2581-8761

【如果您對本書或本出版公司有任何意見，歡迎來電】

總 編 輯　莊靜君
特約編輯　金文蕙
印　　刷　上好印刷股份有限公司
電　　話　（04）2315-0280
初　　版　二〇二〇年（民109）五月一日
定　　價　280元
總 經 銷　知己圖書股份有限公司　郵政劃撥：15060393
（台北公司）台北市106辛亥路一段30號9樓
電話：（02）23672044／23672047
傳真：（02）23635741
（台中公司）台中市407工業30路1號
電話：（04）23595819
傳真：（04）23595493
法律顧問　陳思成
國際書碼　978-986-97892-8-8　CIP：874.57/109003253

愛米粒出版有限公司
Emily Publishing Company, Ltd.

因為閱讀，我們放膽作夢，恣意飛翔——

在看書成了非必要奢侈品，文學小說式微的年代，愛米粒堅持出版好看的故事，讓世界多一點想像力，多一點希望。